THE CANDY HOUSE

糖果屋

珍妮佛・伊根＿著＿
何穎怡＿譯＿

JENNIFER EGAN

目錄 contents

獻給我的寫作團體，合作者與同胞

Ruth Danon

Lisa Fugard

Melissa Maxwell

David Rosenstock

Elizabeth Tippens

頭腦——比天空遼闊——
因為——兩者並排——
其一能含其二
輕易萬分——連你——在內——

——艾蜜莉・狄金生

一旦擁有，沒有什麼比自由更難承擔。

——詹姆斯・鮑德溫（James Baldwin），《喬凡尼的房間》（*Giovanni's Room*）

第一部

立

親緣魅力

1

畢克斯站在床前伸展肩膀與脊椎，這是他晚間就寢前的習慣，他說：「我非常非常想要就是純聊天。」

麗姿隔著葛萊格里的黑色卷髮與他正視，低語：「我聽著呢。」他們的老么在吸奶。他深呼吸說：「就是……，我不知道。太難了。」

麗姿坐起身，畢克斯發現自己驚動她了，她的奶頭扯離了葛萊格里的嘴，他哇叫：「媽媽！我吃不到。」他剛滿三歲。

畢克斯喃喃說：「我們得給這孩子斷奶。」

葛萊格里尖聲反對：「不要。」對畢克斯投以譴責眼神：「我不想。」

麗姿向葛萊格里的拉扯投降，又躺回去。畢克斯懷疑老婆這種屈服共謀的態度會不會讓這個老四把嬰幼期延續到成年。他在兩人身旁拉筋，焦慮注視麗姿。

麗姿小聲說：「親愛的，怎麼了？」

他說謊：「沒有。」他的困擾過於滲透又過於飄渺，無法解釋。他以實話將之驅逐：「我總想到東七街的日子，我們的那些談話。」

她柔聲說：「又來了。」

「又來了。」

「為什麼？」

畢克斯不知道為什麼——尤其東七街時代，每當麗姿跟朋友籠罩在大麻煙霧積雲裡，像大霧山谷的迷途登山者互相叫嚷：「愛與慾有差別嗎？邪惡存在嗎？」他也只是隨便聽聽。麗姿搬來與他同居時，畢克斯博士已經讀到一半，這類話題他早在高中與賓州大學頭幾年就經歷過。他眼前的懷舊其實來自麗姿與朋友的談話飄來時，他正掛在SPARC（可擴充處理器架構）電腦前，以數據機連向Viola全球資訊網路：一九九二年，那可是研究生忙著定義的祕密知識，令人亢奮，但不久即遭淘汰。

葛萊格里吸奶。麗姿打瞌睡。畢克斯追問：「我們可不可有一次那樣的對談？」

她說：「現在？」她看起來筋疲力盡——就在他眼前委頓！畢克斯知道她早上六點就得起床打點小孩，而他呢，打坐沉思，然後開始打電話到亞洲。他感到絕望襲來。他該找誰，才能有這種大學生式的開放肆意清談呢？「曼荼羅」公司裡的人會嘗試，企圖取悅他。公司外的人會以為裡面有貓膩，可能是測試，獎賞爲「曼荼羅」公司的工作機會！他的父母姊妹？他從不這麼跟他們說話，雖說他很愛他們。

當麗姿與葛萊格里睡熟，畢克斯抱兒子穿過走道到他的小娃床。他決定更衣外出。已經十一點多。這違反董事會對他的安全要求：無論任何時刻，都不能獨行紐約街頭，更別提入夜。因此他放棄他的註冊商標，不穿剛脫下的那件快要解體的祖特風（zoot）外套，那衣服深受他高中時代的斯卡樂（ska）愛團影響；也不戴他的費多拉小皮帽。十五年前他離開紐約大學後，爲了紓緩剃掉雷鬼辮的詭異暴露感，就一直戴那頂帽子到現在。他從衣櫃撈出迷彩裝夾克跟磨損的靴子，光頭進入雀兒喜區的夜晚，努力對抗頭上的涼意。眞的，他的腦門已經開始禿了。他正打算朝監控器揮手叫安全警衛讓他回去拿帽子，卻瞧見七街角落有個小販。他踏入二十一街走向那攤子，試戴一頂黑色毛線小圓帽，對著夾在攤子旁的小圓鏡檢查儀容。戴上圓帽，就連他也覺得鏡中人超級普通。小販收下他的五元，彷彿他就是一般顧客，這筆交易讓畢克斯湧上調皮快感。他早已習慣走到哪兒都被認識。無名是嶄新經驗。

這是十月初，風寒如剃刀。畢克斯踱步曼哈頓上城區，沿著七街前行，打算走幾個巷弄後便回家。但是夜裡走路感覺很棒，讓他回到東七街歲月：戀情初期，麗姿父母從聖安東尼奧來訪，他就偶爾得外出夜行，因爲麗姿的父母相信她是跟朋友莎夏（同爲紐約大學二年級）合租公寓，原因是秋季開學那天他們來訪，莎夏巧施詭計在浴室洗衣裳。麗姿成長於一個除了鄉村俱樂部裡的桿弟、服務生外，對黑人一無所知的世界。她驚慌揣想父母發現她跟黑人男孩同居後的恐懼，父母頭幾次來訪，她便把畢克斯趕下床，儘管她的父母根本留宿城中區的旅館！不重要，他們就是會知道。所以畢克斯就得外出散步，偶爾在電機所實驗室打尖，假裝徹夜研究。那些夜行在身體留下記憶：不管多疲倦或者多怨恨，仍得頑強命令自己一直走。回想自己的隱忍直叫他反胃，雖然麗姿現在打理家中一切，讓他可以專心工作，想旅行就旅行，感覺起來也像是一種天道好還，帳面上的兩相抵消。而伴隨而至的連串好事也可視為那些夜裡踱步的賠償。但是，為什麼隱忍？因為性事太棒了？（嗯。是的。）還是他的自尊低落到縱容白人女友的胡思亂想，卻不做任何抗議？抑或他喜歡成為她的不正當祕密？

都不是。是他對即將實現的「遠景」（Vision）的執迷，支撐了他的縱容與忍耐，在那些刻苦的放逐夜裡，構想中的「遠景」燃燒，清晰到令人迷醉。一九九二年時，麗姿跟她的朋友幾乎不知道什麼是網際網路，畢克斯便感覺那個聯繫人與人的隱形網路在震動，即將衝破熟悉世界，像布滿裂縫的車窗。他們習慣的生活將被擊碎，掃到一旁，屆時人們將奮起，攜手迎接一個形而上的世界。畢克斯想像這世界就跟他以前收集的末日審判畫複製品一樣，只是沒有地獄。相反的：是解體。他相信以往在實體世界裡，仇恨與侵略緊隨黑人，現在他們將得到解放。最後他們可以自由移動聚合，無需承受麗姿父母這類人的壓力——這些面目闕如的德州人，尚不知道畢克斯的存在就直接反對。大約十年後，「社群媒體」這個詞彙才誕生，用以形容「曼荼羅」這類的企業，但是畢克斯早在建立「曼荼羅」前就想像到了。

他把這個烏托邦想像保留給自己，謝天謝地，因為以二〇一〇年的眼光來看，它簡直天真到滑稽。但是「遠景」的基本架構——全球又個人——後來證明為眞。一九九六年，麗姿的父母來參加他們在湯普金斯廣場公園的婚禮，嚇呆了，他的父母驚嚇更甚，魔術師、雜耍藝人、快速提琴都不是他們想像中的合宜婚配儀式。他們陸續生下小孩後，大家開始鬆口氣。麗姿的父親去年去世，她老媽開始夜裡打電話給他探詢家中狀況，因為她知道麗姿已經睡了：他們的長子李察想學騎馬嗎？女孩們想看百老匯歌舞劇嗎？就畢克斯個人而言，岳母那口德州長鼻音簡直摩擦他的神經，卻也不能否認就是這個夜裡傳來、不具形體的相同口音給他帶來熱情滿足。他們在乙太介質裡交換的每一個字都證明他是對的。

一個清晨永遠終止了東七街的清談。麗姿最親近的兩個朋友趴踢一整晚後，跑到東河游泳，其中一人被急流帶走溺斃。當時麗姿父母正好來訪，畢克斯因而湊巧接近悲劇現場。那天黎明時分，他在東村遇見羅勃與朱爾，一起用了快樂丸，三人在破曉時跨天橋到東河。畢克斯回家後，他們才臨時起意游泳，地點在東河下游。雖然他已經跟警方複述那天早晨的每一個細節，現在卻記憶模糊。十七年了。他連那兩位年輕人的長相都想不起來。

他左轉上百老匯大道，一路上行到一百一十街，這是他十年前開始出名後第一次在街頭閒逛。他很少來到哥倫比亞大學區，攀坡的街道與巍峨的戰前建築很吸引他。他抬頭，看見一扇窗戶透著燈光，畢克斯覺得他能聽見裡面沸騰著創意。

前往地鐵的路上（同樣是十年來第一次），他駐足傳單如羽毛貼滿的電線桿前，有協尋寵物的，有賣舊家具的。一張印刷海報吸引了他的注意：人類學家瑪琳達·克林要到校園演講。畢克斯對克林很熟，她對他也一樣。成立「曼荼羅」一年後，畢克斯接觸了她的著作《親緣模式》（*Patterns of Affinity*），它的概念如烏賊噴墨在他腦海炸開，讓他成爲巨富。事實上，ＭＫ（畢克斯圈中人對她的暱稱）譴責畢克斯這班人挪用她的理論，只讓畢克斯更加迷戀她。

一張手寫傳單釘在這張海報旁：「**講談會！讓我們以普通語言討論跨科際的大哉問。**」第一場介紹性質的會談將在克林演講三週後舉行。這個巧合讓畢克斯一陣悸動。他拍下海報，然後純粹出於好玩，他撕下傳單下的貼條塞到口袋裡，並詫異即便處於他協助推動的新世界，人們依然在電線桿貼傳單。

2

三個星期後，他置身哥倫比亞大學附近一棟氣派卻褪色的公寓八樓裡——可能就是他那日在街頭讚嘆仰望的建築。這公寓巒符合畢克斯的愉悅想像：老舊的木條鑲花地板、有汙漬的白色天花板嵌條，鑲框版畫與小雕塑掛在牆上與門廳，也塞在成排書籍間。主人夫婦是藝術史系教授。

除了主人與另一對夫婦外，參加「講談會」的八個人彼此陌生。畢克斯決定放棄瑪琳達・克林的演講，就算他能使詐混入場，依她對他的嫌惡程度，他冒名變裝參加都不應該。他現在化名爲華特・韋德，電機工程研究生，換句話說，十七年前的他。隔了這麼多年，他還敢厚顏冒充研究生，因爲他自信看起來不像四十歲，比多數同年的白人年輕。有一點他倒是錯了，他以爲「講談會」與會者會是白人。但是主人之一、藝術史教授珀西雅是亞洲裔，還有一位拉美裔動物學研究教授來自巴西。最年輕的蕾貝嘉・艾馬利是社會學博士候選人（跟「華特・韋德」是唯二在學生），她的族裔有點模糊，他猜是黑人，因爲他們之間似乎擦出一絲同族的認知。蕾貝嘉美到讓人放下心防，狄克・崔西[1]大眼鏡絲毫不減她的美麗，反而更襯托。

幸好，畢克斯還配備了其他僞裝道具。他上網買了一個後面附髮辮的頭巾，價錢高得離譜，但是髮辮看起來、摸起來都像眞的，垂落肩頭的重量也像鬼魂的觸摸。他熟知這重量，歡迎回來。

當大家落坐沙發與椅子，自我介紹後，畢克斯無法壓抑好奇問：「所以，她是什麼模樣，瑪琳達・克林？」

泰德・賀蘭德說：「驚人風趣。」他是珀西雅的藝術史教授丈夫，快六十，比珀西雅老上一個世代。他們還在蹣跚學步的女兒衝進起居室，大學生保母緊追在後。泰德繼續說：「我以爲她會有點陰鬱，卻是幾乎調皮。」

芙恩說：「因爲人們剽竊她的想法她才陰鬱。」芙恩是女性研究系主任，就畢克斯看來，相當陰鬱。

泰德說：「人們使用她理論的方式違背她所願，但即便克林本人，我想也不會說這是剽竊。」

蕾貝嘉小心翼翼說：「她用的是『曲解濫用』這個詞，對吧？」

泰莎說：「我吃驚於她的美貌。」她是年輕的舞蹈教授，一起出席的丈夫西瑞是搞數學的。她說：「即便已經六十歲了。」

泰德好脾氣地點頭：「嗯嗯，六十歲還稱不上老邁。」

芙恩挑戰泰莎：「相貌有關宏旨嗎？」

西瑞永遠與泰莎同一陣線，企圖駕馭此一議題，說：「瑪琳達．克林會說有關係。她書裡提到的親緣特徵一半以上都與外表有關。」

泰莎說：「《親緣模式》或許可以解釋我們各自對瑪琳達．克林的反應。」

儘管大家喃喃同意，畢克斯很確定只有他跟西瑞、泰莎讀過《親緣模式》，他可不會點破。克林那本薄薄的專論以演算法解釋了巴西某原住民部族成員間的信任與影響力，常被稱爲「**傾向的基因**」。

珀西雅說：「眞悲哀，克林的名氣多半來自她的作品被社群媒體公司挪用，而非作品本身。」

宜蒙說：「如果不是被挪用，那天的演講廳不會有五百名聽眾。」宜蒙是愛丁堡大學來的文化史訪問學者，在寫一本關於產品評價的書。畢克斯覺得他嚴肅的長臉蛋似乎在掩飾某種不正當的興奮，像普通住家藏了冰毒工廠。

凱西亞說：「或許力爭研究的原始目的是一種宣告主權的作法，保住自己跟它的關係。」她是巴西的動物研究教授。

宜蒙反駁：「如果她不是忙著捍衛舊理論，或許會有些新理論。」

西瑞說：「一個學者一生能有幾個開創性理論？」

畢克斯喃喃：「沒錯。」一股熟悉的恐懼感翻攪五內。

芙恩說：「尤其她又起步得晚。」

珀西雅說：「還有了孩子。」焦慮瞧著女兒扔在房間角落的玩具廚爐。

芙恩說：「克林起步晚就是因爲如此，連生兩個女兒，還在包尿片，老公就拋棄她們。克林是冠夫姓，不是娘家姓。還眞是渣破紀錄。」

畢克斯說：「眞是幹。」他強迫自己說髒話，當成僞裝的一部分。畢克斯以不說髒話聞名，他的母親是小六文法老師，總是無情砲轟嘲笑髒話的重複蠢笨與幼稚，成功瓦解髒話的踰越力量。他很珍惜他與其他科技大頭的這項差異，他們的連珠炮髒話簡直惡名昭彰。

芙恩說：「總之那個老公也死了，下地獄去吧。」

宜蒙暗示性聳眉說：「哦哦，我們當中有天譴派哦。」儘管「講談會」宗旨在「使用普通語言」，教授群們免不了要掉書袋，畢克斯想像泰莎與西瑞的枕邊細語會用到「急需品」（desideratum）與「純概念的」這些字眼。

蕾貝嘉逮到他的眼神，畢克斯笑了，這種暈頭表現等同當眾脫襯衫。去年他的四十歲生日派對，大家獻上一本精美冊子，名爲「畢克斯表情」，以照片搭配系統化意義分析，解碼畢克斯的眼、手、姿態的細微變化，幾乎肉眼難察。當他還是紐約大學電機所實驗室裡唯一的黑人博士生，就發現大笑回應他人的笑話與努力讓別人笑是讓他沮喪又空洞的動力作用。拿到博士學位後，他在實驗室就不再大笑，後來連微笑也免了，取而代之的是高度專注的姿態。他聆聽、他觀察，不露反應聲色。這種紀律強化他專注他所相信的東西。回想起來，當背後勢力串連，打算吸納、挪用他的概念、排擠他、理所當然地以白人取代他，就是這種紀律讓他可以技高一籌，搶先一步。這些勢力來自上面、下面、內部、四面八方。有時他們是朋友，有時他信任他們，但總有保留。每次這些試圖推翻他的力量尚未集結，畢克斯便已經預期到了，眞正發生時，他已經準備好答案。他們無法搶在他前面。最後，他還賞給其中某些人職位，駕馭他們詭計多端的精力爲己所用，強化自己的工作。

畢克斯的老爸則滿腹憂心看著兒子崛起。他服務於費城郊區某家空調公司，擔任經理職位，畢生杜畜，總戴著公司餽贈的退休銀錶。一九八五年，費城古德市長下令對「運動」組織[2]那些「邋遢鬼」的房子投彈，他還替古德辯解：「他們讓市長別無選擇。」（他父親的原話。）畢克斯當時十六歲，那次炸彈摧毀了兩條街，也導致他與父親的爭論形成難以彌補的裂痕。即便現在，他仍感覺父親對他的「過高成就」導致他成爲「名人」進而變成「攻擊目標」嗤之以鼻，也不贊同畢克斯忽略他的教誨。實情是這些教誨直至今日仍隨意放送不停，就連他們搭機動小船沿著佛羅里達州海岸釣魚，也反覆飄進耳內，那就是：謹小愼微否則惹禍上身。

蕾貝嘉思索一會害羞說：「克林理論發生的這些事會不會正好讓她成爲悲劇人物呢？我的意

思是說古希臘那種類型。」

泰莎說：「有趣。」

珀西雅說：「我們必須找出《詩學》。」畢克斯饒富興味瞧著泰德從椅子起身去找詩集。二〇一〇年了，這些學界人物似乎都沒有黑莓手機，更甭提iPhone。他這可是滲透了地下盧德運動[3]！畢克斯也跟著起身假裝幫泰德尋找，其實是找藉口看看這公寓。每面牆都有整齊排列的訂做書架，走道也不例外，他漫步檢查這些大開本精裝藝術書籍以及泛黃舊平裝本的書背。書本與書本間散見小相框裡的褪色照片：一棟不規則房子，男孩們在屋外的落葉堆中微笑。有的照片裡背景下雪，有時蒼鬱綠意。男孩拿著球棒、足球。他們是誰？答案來了。一張照片裡，年輕許多的泰德抱著其中一個男孩，把星星掛到聖誕樹上。所以教授先前還有另一種生活——住在郊區甚或鄉間，在數位相片時代來臨前養了幾個兒子。珀西雅曾是他的學生嗎？兩人的年齡差距頗具暗示性。但是何必假設泰德拋棄了舊生活？或許是舊生活拋棄了他。

你可以不扔棄一切而開始新生活嗎？

這疑問強化了畢克斯幾分鐘前的恐懼，他躲進洗手間等它退去。一個頗具年分的破損鏡子掛在球莖狀瓷臉盆上方，他坐在馬桶蓋上逃避鏡子。閉上眼，專注於呼吸。他在東七街時代成形的「遠景」——具有啓發性的互聯世界——後來變成「曼荼羅」的生意：他補強它、擴充它、雕琢它、讓它生財、賣掉它、維持它、改善它、重塑它、讓它可普及計算[4]、讓它標準化、讓它全球化。現在他的工作接近完成。然後呢？在他的思維地景中段處有一個邊角對他發出暗示：你的下一個「遠景」就等在後面。但是無論他如何努力眺望邊角，腦袋都出現一片空白。剛開始，他帶著好奇心接近這片空曠：這會是冰山的一角嗎？一個跟氣候相關的「遠景」？那是遮擋戲劇化遠景的白幕，還是白幕本身就是其戲劇性？慢慢的，他感覺那一片白不是物質，而是欠缺，那是空無。除了他即將窮盡的這個「遠景」，他已經沒有其他「遠景」了。

這個決定性體悟來自他四十歲生日後幾個月的某個早晨，當他和孩子、麗姿躺在床上，翻天恐懼讓他奔進浴室，偷偷大吐。欠缺嶄新遠景撼動了他對過往成就的看法，要是他到了四十歲，只剩下購買他人的創意，或者不斷自我剽竊，走向空無，又有什麼價值？那個念頭鬼魅糾纏，讓他成爲獵物。他眞的「過度成就」嗎？那個糟糕早晨之後的一整年，「反遠見」（anti-vision）的陰影籠罩他，有時隱約，但從未完全消失，不管他是送小孩去上學，或者到白宮赴晚宴。歐巴馬與蜜雪兒入主白宮後，一年半內，他已經四度受邀。他可能是在對數千人演講，或者在床上戮力讓麗姿達到難以捉摸的高潮，這片不祥的白都會在他耳邊嗡嗡，預告令他驚駭折磨的空無。不止一次，他想像自己抓住麗姿哽咽：「幫我，我完蛋了。」但是畢克斯．布登不可能跟任何人說這件事，永遠。最重要的，他得維持並盡力扮演丈夫、父親、老闆、科技巨頭、溫馴兒子、政治獻金大戶、不知疲倦且關愛無比的性伴侶角色。那個渴望重返校園，盼著激起嶄新啓示，好重整餘生的男人，必須是個跟眼前不一樣的男人。

他返回起居室，發現西瑞、泰莎正靈魂出竅地研究一冊書，好像那是一桶冰淇淋。畢克斯說：「你們找到了。」泰莎微笑，舉起亞里斯多德這本「巨著」。那也是父母爲他購買奉若至寶的《大英百科全書》之外還購買的成套「偉大著作」之一。畢克斯小時崇敬捧讀《大英百科全書》，在有關大麻、鐵杉、柏拉圖的報告中引經據典，閱讀動物條目則純屬樂趣。四年前，當他的父母出於自尊（他老爸）與簡樸（他老媽），拒絕他資助買大房，搬到小一點的佛羅里達公寓，畢克斯把《大英百科全書》裝箱，留在西費城他的童年舊居外的人行道上。在他協助打造的新世界裡，沒有人會需要實體的百科全書。

泰莎說：「根據我讀亞里斯多德所獲，克林不是悲劇人物。容我提醒，我是舞蹈教授，我們這行可有上百萬篇關於這個主題的論文。要成為希臘悲劇式的悲劇人物，挪用她理論的人必須跟她有關係，才會增添背叛與戲劇反諷。」

凱西亞問：「而且，難道不是她自己賣掉理論，還是演算法的？」

珀西雅說：「我想那是個謎團。有人賣，但不是她。」

芙恩說：「那是她的智慧財產，誰能賣？」

畢克斯恰是克林演算法購買者之一，神經質曖昧蠕動。當泰德開口，他鬆了一口氣。泰德說：「不同的提問：克林演算法幫助社群媒體公司預測信任與影響力，大發其財。這一定是壞事嗎？」

眾人吃驚看他。泰德說：「我不是說它不壞。但是不該想當然耳，讓我們檢視一下。拿棒球來說，每個動作都可測量，球速與球種，誰上壘，如何上壘。這個運動原本是人與人的動力交互作用，但是也可以用數字與符號量化描述，懂的人就知道如何解讀。」

西瑞詫異地說：「你是這類人？」

珀西雅笑了，說：「他是這樣的人。」一手攬住丈夫。

泰德說：「我三個兒子打小聯盟，算斯德哥爾摩症候群吧。」

畢克斯說：「三個？我只在你的照片裡看到兩個。」

泰德說：「老二的苦難啊。大家總忽略艾米斯。總之，我的論點是到目前為止，量化並未毀掉棒球運動。反而強化我們對它的了解。所以我們為什麼如此反感自己被量化？」

根據畢克斯匆促的網路瀏覽，他知道泰德．賀蘭德的學術高峰在一九九八年，也是畢克斯成立「曼荼羅」那年。那時泰德的學術生涯已經進入中期，發表了《聲音繪者梵谷》（*Van Gogh, Painter of Sound*），指出梵谷的筆觸與會發出聲響的生物如蟬、蜜蜂、蟋蟀、啄木鳥等接近，用顯微鏡即可看到畫作裡的上述生物痕跡。

珀西雅說：「我跟泰德在這個論點上意見相左。我認為量化人類的目的如是為了賺錢，那是剝除人性，甚至可以稱為歐威爾式。」

凱西亞說：「但是科學本身就是量化。藉此，我們解開謎團得到發現。每跨出一步，便有人憂懼我們可能踰越界線。以前稱之為瀆神，現在則比較模糊，統稱為知道得太多。譬如，我們的實驗室開始將動物的知覺外顯化——」

畢克斯插口，以為他聽錯了：「對不起，你們做什麼？」

凱西亞說：「利用腦部感應裝置，我們可以上傳動物的知覺。譬如，我可以捕捉一隻貓的部分意識，用頭戴式顯示器看，就像我是那隻貓。最後，它有助我們得知動物如何感知、如何記憶，也就是思想方式。」

突來的警覺讓畢克斯如同觸電。

凱西亞說：「這技術還很粗糙，但已經引起爭議。侵入另一種知覺生物的意識是不是踰越？我們是否掀開了潘朵拉的盒子？」

宜蒙說：「現在我們回到自由意志的議題，如果上帝萬能，我們是否成爲傀儡？如果我們是傀儡，知道好，還是無知好？」

芙恩說：「去他的上帝，我擔心的是網際網路。」

宜蒙說：「妳是說有一個全知全視的存在可能預知並操控妳的行爲，而妳還覺得妳的選擇是自主行爲？」說時，狡詐瞄了蕾貝嘉。一整個晚上他都在調情。

泰莎抓住西瑞的手說：「喔！越來越有趣了。」

3

畢克斯離開泰德與珀西雅的公寓，希望熊熊燃起。他感覺講談過程的某個點，他變了，久違的思潮洶湧如此熟悉。他跟宜蒙、西瑞、泰莎一起搭電梯下樓，其他人延宕在後，在看泰德數十年前尼泊爾之旅買的石膏浮雕。到了建築外面，大家聚成小圈聊天，畢克斯不知道該如何擺脫而不顯粗魯。他不想讓人知道他往下城區方向；哥倫比亞大學研究生會住下城區？

宜蒙要往西走，泰莎與西瑞要搭地鐵到英伍德。他們住不起哥倫比亞大學區，又因爲只是助理教授，弄不到教職員宿舍。畢克斯內疚回想自己的五層大排屋。這對夫婦提過他們沒小孩，西瑞的金屬眼鏡框還用迴紋針固定。但是兩人之間的導電劈啪作響，顯然，概念對他們來說就夠了。

頂著華特．韋德身分，畢克斯自覺可以通行各處，慢步踱向中央公園。還沒到公園入口，灰黃天空的半禿樹木剪影便讓他倒胃。眞希望此刻下雪，他喜歡紐約的雪夜。他渴望跟麗姿躺在寬闊大床上，加上任何一個因做了噩夢或者想吃奶而爬上床的孩子，洗得香噴噴的。十一點多了。他折返百老匯大道，搭上一號線，看到九十六街有區間快車，便轉車了，希望能趕上路線較快的慢車。他從「韋德」的背包撈出另一個必備僞裝道具：研究所時代閱讀的《尤利西斯》，當年自然是想強化文學深度。這部巨作結實擊中麗姿（瑪琳達．克林的算式一定可以解釋），對她來說，詹姆斯．喬伊斯[5]加上及腰髮辮代表了不可抗拒的性魅力。麗姿高過膝蓋的古銅色漆皮靴子則納入畢克斯的算式之一。他保留這本《尤利西斯》做爲浪漫文物，雖說書本的磨損模樣來自歲月遠超過翻閱。他隨意翻開。

「有了！壯鹿馬利根大喊。有了！」

閱讀時他感覺有人在看他。被看是他的日常，所以他反應較慢，最後還是抬起頭。蕾貝嘉．艾馬利在對面那排座位的尾端觀察他。他面露微笑舉手示意。她回以相同姿勢。畢克斯鬆了一口氣，友善打招呼卻分坐兩端仍是可以接受的。可以嗎？他們參與了數小時的熱烈討論，現在僅是無言的招呼，或許並不合社交禮儀？人們很少質疑他一般社交禮儀的問題，他已經完全忘記規則。如有疑問，採禮貌之舉。這是他講究禮儀、一絲不苟的老媽的教條，完全被他內化，無法擺脫。不情願地，他收起《尤利西斯》，穿過車廂，坐到她身旁的空位。馬上覺得錯了，這下他們從肩膀到膝蓋都碰到了。抑或，完全的身體接觸在地鐵算常態？血液猛地衝上臉蛋，他都出現白斑了。他斥責自己：打從何時起凡俗的社會接觸會導致心臟病突發，不對勁，名氣讓他變軟弱了。

他勉強開口：「妳住下城區？」

她說：「跟朋友碰頭。你呢？」

「一樣。」

就在此時，畢克斯發現他該下車的二十三街站從窗外飛過。他忘了他坐的是區間快車。不知道蕾貝嘉會不會在下一站十四街下車，前往「曼荼羅園區」——「曼荼羅」公司所在地。九一一後，畢克斯在這裡成立新園區，八年後，它擴充成工廠大樓、倉庫跟連排住宅，還有人笑說如果你住在西二十街以南，打開水龍頭，流出來的會是曼荼羅水。車子到了十四街，畢克斯考慮下車步行回家。不過以僞裝身分行走自己的園區顯然荒謬可議。一輛前往下城區的慢車剛進站，他決定搭一站然後換往上城的慢車折返。

兩人都下車後，蕾貝嘉問：「你也在這兒下？」

「換車而已。」

「哦——我也是。」

往南的一號線上，他們都站著。一絲狐疑浮上畢克斯心頭：蕾貝嘉有可能認出他，然後跟蹤他嗎？但是她看起來很放鬆，沒有看到偶像的暈眩，他的猜忌轉爲與美女同搭地鐵的愉悅。他突發狂想：他可以在下城區下車，步行到東七街的舊公寓！他可以抬頭看他跟麗姿的窗戶，十多年了。

畢克斯正準備在克里斯多夫街下車，發現蕾貝嘉也打算離開。果然沒錯。她下車了。他們一面爬上出口階梯，蕾貝嘉一面笑說：「搞不好我們去同個地方哦。」

畢克斯說：「不太可能。」

但是蕾貝嘉也往東轉走西四街，畢克斯疑心復熾，問：「妳的朋友在紐約大學嗎？」

「有些是。」

「狡猾。」

「本性如此。」

「偏執？」

「謹慎。」

畢克斯感激城市噪音塡補了兩人的沉默。蕾貝嘉昂頭直視前方行走，畢克斯得以從側邊開心偷瞄她細緻對稱的臉蛋，雀斑散布的顴骨讓他聯想蝴蝶的雙翼。或許美貌讓她謹慎。或許狄克・

崔西眼鏡只是美貌的掩飾。

她轉頭逮到他在偷瞄，便說：「很恐怖耶，你看起來眞像畢克斯。簡直兄弟一樣。」

畢克斯微笑說：「我們都是黑人。」這是庫藏來對付白人對談者的話。

蕾貝嘉笑了，說：「我媽是黑人，半黑人半印尼人。我爸是半瑞典人半敘利亞猶太人。我接受猶太信仰長大。」

「妳沒得獎嗎？種族混合彩票獎之類的。」

「沒錯。每個人都以爲我跟他同一族。」

畢克斯瞪著她瞧，驚呼：「妳有**親緣魅力**。」那是《親緣模式》的詞彙。根據克林的理論，**親緣魅力**是罕見的強大資產，擁有者可獲得令人豔羨又值得信任的「普同盟友」地位。

蕾貝嘉說：「等等，你根本沒參加那場演講。」

「我……讀過。」

他們站在布祿街等燈號轉換，然後沉默走到下個街口。到了第二大道，蕾貝嘉突然轉身急促地說：「三年前，我在史密斯學院最後一年，國土安全部面談了所有成績優異的『族裔身分不明』學生，尤其是攻讀語言的。」

「哇。」

她說：「他們很堅持，不接受『不』。」

「我可以想像，以妳的**親緣魅力**，可以派去任何地方工作。」

快到第一大道時，畢克斯喜歡的地標逐漸浮現腦海：班尼墨西哥煎餅、「波琳娜」的湯超好吃，還有位於湯普金斯廣場公園旁的報攤賣的雞蛋奶油[6]。不知道哪一個還在。到了第一大道，他止步道別，然後左轉，蕾貝嘉居然也要朝北走。畢克斯心中猜忌升起，難以忽略。他加快腳步，瞪著灰黯街道，想著該怎麼質問她。

蕾貝嘉轉身面對他說：「發誓你不是替國土安全部工作。」

突遭奇襲，畢克斯說：「我？瘋了。替誰工作？」深知自己僞裝身分。

蕾貝嘉停住腳步。他們已經接近第六街。她詳看畢克斯的臉說：「你敢發誓你眞的是華特什麼的，哥倫比亞大學電機系研究生嗎？」

畢克斯瞪著她，胸口小鹿猛撞。

蕾貝嘉說：「幹！」

她轉入東六街，畢克斯緊跟她的步伐。他得修正此事，低聲說：「是這樣的，妳猜對了。我……就是妳認爲很像的人。」

她憤怒大喊：「畢克斯・布登？饒了我吧！眞是媽的，你有髮辮呢。」她加快腳步，似乎想擺脫他又不想看起來在跑。

畢克斯低聲堅持說：「我是啊。」但是三更半夜連走帶奔在東村追逐一個漂亮陌生人，讓他開始懷疑：他是畢克斯・布登嗎？曾經是嗎？

蕾貝嘉說：「是我讓你有這個想法的，記得嗎？」

「妳注意到我們的相似。」

她說：「這可是，眞的，經典啊。」她在笑，但是畢克斯看得出來她很害怕。這個情況會有麻煩的。慶幸的是她不再快走如奔跑，而是停下來在銳利的街燈下觀察他。他們已經快靠近C大街了。蕾貝嘉做出結論：「你看起來不怎麼像，臉蛋不一樣。」

「那是因爲我在笑，他不笑。」

「你講到畢克斯用的是第三人稱。」

「幹。」

她發出嘲笑聲：「畢克斯不講髒話，大家都知道。」

畢克斯聽到自己驚呼：「屎啦。」接著，他的猜忌回頭了，他說：「等一下，」他的語氣讓蕾貝嘉停步。畢克斯說：「妳才是那個突然冒出來的人，我猜妳從離開泰德與珀西雅的家就一直尾隨我。我怎麼知道妳是不是接受了國土安全部的工作？」

她怒笑，說：「神經錯亂。」但是，他聽出蕾貝嘉的否認裡有一絲焦慮顫抖，跟他一樣。她說：「我的碩士論文可是寫妮拉．拉森[7]。你問啊，問我有關她的一切。」

「聽都沒聽過。」

他們互看，互不信任。畢克斯感覺毛髮直豎，讓他想起青少年時期一次不好的幻菇經驗。他跟朋友去聽「厄普頓」（Uptones）樂團演出，試了幻菇，一下子就跟朋友嚇得四竄。他依照正念法基礎練習深呼吸三次，感覺周遭世界逐漸恢復原樣。不管蕾貝嘉什麼背景，她還是個孩子。他至少比她大十五歲。

他保持一個禮貌距離說：「我說啊，妳跟我都不是危險人物。」

她嚥了口水，抬頭看他說：「我同意。」

「我接受妳是蕾貝嘉．艾馬利，哥倫比亞大學社會學系研究生。」

「我接受你是華德什麼的，哥倫比亞大學電機系研究生。」

他說：「好。就此協定。」

4

結果蕾貝嘉是繞路前往B大道的酒吧，兩人達成脆弱協議後，她便折回去，畢克斯婉拒她的邀請。他得審思此次擦撞並評估損害。他有辦法重返講談會嗎？蕾貝嘉會再去嗎？

他已經到了第六街通往東河公園的天橋，東七街只有數條小巷遠，他爬上天橋，穿越羅斯福大道，看到東河公園跟以前不一樣了：有造型樹籬與一座圖畫般的小橋，這麼晚了還是有人慢跑。

他走向欄杆俯瞰東河，看到城市七彩燈光在河面映出索椿模樣。以前他的深夜踱步經常止步於此，太陽躍出油膩河水，跳入眼簾。幹嘛有人要在這兒游泳？這疑問讓他注意到所站的地方正是羅勃溺斃那日，他跟羅勃、朱爾並肩之處。他突然想起曾對他們說：「兩位先生，早安。」兩手分攬他們的肩膀。羅勃的模樣回到眼前：結實如運動員的白人男孩，掛著自以為聰明的微笑，眼神卻閃避痛苦。之前，這回憶躲到哪兒了？其他的呢：羅勃跟朱爾的聲音，他們在羅勃生命最後清晨說過的話、做過的事又是什麼？當他告別時，是否漏掉什麼重要線索，以致未能查知即將發生的事？他感覺自己的潛意識就像個謎團，有如大鯨潛伏於瘦小泳者的下方，隱形難察。如果他不能探索、取回、正視自己的過去，那就不是他的過去，而是失去。

他站直身體，好像聽到有人大聲叫他。事情似乎連起來了，這想法震撼他。他四下張望東河。兩位白人婦女正朝他的方向慢跑，看到他轉身，便繞過去。還是這只是想像？他在腦海重播那個時刻——一個熟悉不安的謎團蒙蔽了他原本極力想要成形的新構想。突然間，他精疲力竭，好像已經走了好幾天，好像已經漫遊太遠，無法重返生活。

他撥快速鍵給麗姿，想要縮減兩者的距離，電話還沒響，他便掛斷。她應該還在睡，葛萊格里可能還在吸她的奶，電話放在遠處充電，得爬起身去接，心頭恐懼。他又怎麼解釋自己身處這個奇怪的地方，又是這種時辰？

打給爸媽？他們可能會以為有人死了。

他撥給岳母。畢克斯從未主動打電話給她，不知道她會不會接。他發現自己居然盼著她不要接。

她回答：「畢瑞斯佛德。」

「瓊安。」

她對每個人都叫「親愛的」，人們叫她「瓊妮」。但是她跟畢克斯彼此稱呼本名。

她以簡短的鼻音問：「大家都沒事吧？」

「呃，是的，都很好。」

中間停頓。「你呢？」

「我……也好。」

「別在唬爛專家面前唬爛。」話筒背景有除草聲，畢克斯聽到瓊安點燃香菸。顯然，聖安東尼奧人會在晚上除草。她吐口氣說：「想講什麼？」

他說：「沒什麼。只是……不知道接下來會是什麼。」

「我們不都如此？」

他說：「可是我該知道，這是我的工作。」

「這可是大哉問。」

他瞪著河面顏色移動渲染。瓊安吸了一大口，畢克斯耳裡響起香菸的劈啪燃燒聲。

她的菸嗓說：「我聽到憂慮，令人憂慮的沉默。」

「我擔心自己沒法再創風雲。」

這是畢克斯首度對任何人吐出這幾個字，或者之類的話。隨後的停頓裡，畢克斯因告白而畏縮。

瓊安說：「狗屎。」畢克斯幾乎能聽到香菸的煙霧熱辣噴到他臉上。她說：「你可以的，而且你也會。打賭，你比想像中更接近目標。」

她隨口吐出的言語帶來無法解釋的慰藉。可能是她叫了他的本名，他很少聽到，也可能瓊安平日不是加油打氣派。或許在這個時刻，「你可以的，而且你也會」聽起來像眞的。

瓊安說：「畢瑞斯佛德，我要給你一個小建議。來自我心中的愛。準備好了嗎？」

他閉上眼，感覺風掃眼簾。小浪拍打腳下的欄杆。鼻子裡有海洋的味道：鳥、鹽、魚，全部跟瓊安的低聲氣息不協調混在一起。

他說：「好了。」

「上床，給我那個瘋女孩一個吻。」

他照辦。

1 狄克．崔西（Dick Tracy）美國漫畫裡的天才神探。

2 「運動」（MOVE）是由John Africa建立的公社組織，提倡自然法與自然生活。經常以擴音器播放宣言、違反市府衛生規範、攻擊鄰居與執法人員。一九八五年，費城市長古德下令驅逐。MOVE成員住在連排屋，警局的直升機朝他們的聚集處丟了兩顆炸彈，引起大火，造成六名成員死亡，成員的五個小孩死亡，摧毀了六十五棟房舍，市府後來一共賠償了一千四百萬美元。

3 盧德（Luddite）主義，十九世紀的反工業革命運動。

4 普及計算（ubiquitous），是軟體工程和電腦科學中的一個概念，與桌面計算相比，普及計算可以使用任何裝置、在任何地理位置和任何格式進行。當用戶進行人機互動的時候，該電腦可以以各種形式存在，包括冰箱、平板電腦和終端機，甚至是一副眼鏡。（以上摘自維基百科）

5 James Joyce，《尤利西斯》（*Ulysses*）作者。

6 雞蛋奶油（egg cream），一種由牛奶、汽水、糖漿調成的飲料，沒有奶油也沒有雞蛋。

7 妮拉．拉森（Nella Larsen，一八九一——一九六四），美國小說家，作品側重種族與性別，被封為哈林文藝復興運動之母。

個案研究：沒有人受傷

1

包括艾佛德．賀蘭德在內，沒人確知他何時開始對電視上的「假」反應激烈，他用的字眼是「過敏」。一開始是電視新聞：虛假的笑容。瞧瞧那頭髮！他們是機器人？搖頭娃娃？還是他在恐怖電影海報看到的那種動畫洋娃娃？你沒法跟艾佛德一起看電視新聞，也沒法跟他一起觀賞《歡樂酒店》（*Cheers*）。最後變成看什麼電視節目都最好沒有他，他會在沙發上鬼叫，還微微大舌頭：「他們付她多少錢啊？」或者「他以爲唬得了誰！」破壞氣氛。

關掉電視還不夠；九歲開始，艾佛德對「虛假」的零容忍衝破生活/藝術界線，進入日常世界。他會躲在簾子後面偷窺人們如何扮演自己，或者，更加邪惡，扮演他們抄襲自電視的角色：**神煩老媽**。**怯懦老爸**。**嚴厲老師**。**鼓舞人心的教練**。艾佛德不肯也無法忍受這種冒用，他會跟吃驚的對話者說：「少裝了，不裝，我就回答你。」或者更直接說：「好假。」他們家的貓「文森」

和狗「菲歐」不用假裝就能過日。紐約上州是艾佛德的成長地，父親泰德·賀蘭德也在此地大學教藝術史。上州湖泊處處，那兒的松鼠、鹿、地鼠與魚也不加掩飾地過日，人，爲什麼要扮演自己？

問題很明顯：艾佛德很難搞。套幾位見證者的話是「操蛋噩夢」。還有一個更深層的問題：他荼毒周遭世界。譬如我們許多人被誤控爲國土安全部的間諜，或者跟蹤某個我們根本沒認出來的大人物，這時我們的反應會是內疚焦慮，企圖傳達我們的無辜。結果恰恰是國土安全部間諜或者祕密跟蹤者會有的表現。同樣的，被艾佛德批判「少用那種假兮兮聲音」的人，會企圖表現得自然點，結果更不正常。父母扮演父母，老師扮演老師，棒球教練扮演棒球教練。但是逮到機會，他們便一溜煙逃走。

家庭生活是艾佛德的不滿原爆點。晚餐時，大哥邁爾斯的安靜優越讓他「窒息」。邁爾斯生活有序有成就。二哥艾米斯則刻意缺席，來去無蹤，沒人能掌握他的眞實想法。碰到父母泛泛問起學校情況，艾佛德會回以怒吼：「我沒法跟你們談這個。」讓珍惜家人相處時光的母親蘇珊大感不快。

十一歲時，艾佛德開始在節日家族聚會套上棕色紙袋，露出兩隻眼睛。整頓飯都不拿下，小心翼翼把滿湯匙的火雞肉跟山核桃派送進紙袋的長方形嘴巴開口。他的目標在創造極端擾亂來引出周遭人的眞實反應，不良反應也沒關係。

一個祖字輩人物問：「艾佛德這是在幹嘛？」

艾佛德會在紙袋裡面說：「我把紙袋套到頭上。」

「他不滿意自己的相貌嗎？」

「阿嬤，我就在這裡，妳可以問我。」

「但是我看不見他……。」

只有極少數人有自然表露的天賦，艾佛德只尊重這類人。最棒的是傑克·史蒂芬斯，邁爾斯最要好的朋友。傑克會懇求：「艾佛，戴上紙袋。」咯笑期盼。但是傑克在場，無需紙袋，他讓艾佛德全家輕鬆無比。傑克年輕時母親就癌症過世，經常窩在賀蘭德家。艾佛德形容傑克是吵鬧、主動、渴望刺激的人。他會拎著酒桶出現在「海灘」──廢棄夏令營的一小塊砂石海灘、地方少年的熱門趴踢地點。傑克以「破處」啦啦隊員聞名，地點就在廢棄的露營小屋，就艾佛德看來，那些破碎的心被傑克的善意、快樂，以及偶爾閃現的喪母之痛給安撫了。同樣的，就艾佛德的看法，傑克的喪母之痛充分表現在他呆望湖水的習慣。那湖由冰河灌注而成，又深又凍，秋日，棲滿數以千計的加拿大雁。

邁爾斯與傑克的交情一直維持到大學，因一件事突然破裂。從此，艾佛德的哥哥與偶像不再說話，他因而跟童年不可或缺的人物永遠失聯。

艾佛德還是紐約州立大學新帕爾茲分校學生時，曾跟一群同樣討厭「屁話」的同學組成小團體。二〇〇四年畢業後，這些朋友的「虛假成人生活」令他迷惑。讀完法律系便假裝是律師，或者投身機械公司、行銷公司，以及在互聯網泡沫破滅後又重新站起的網路公司。當大學朋友減肥成功、隆鼻或者戴上彩色隱形眼鏡，他便拋出下列問題糾正他們的「偽裝」：「你自認是個胖子，只是在這個階段剛好瘦下來嗎？」「你懷疑過自己的鼻子選擇正確嗎？」或者「你戴上那種眼鏡，我的皮膚是不是變成綠色？」更名換姓對他完全無效。安娜塔西亞依然是那個舊「艾咪」，儘管「艾咪」警告艾佛德：堅持叫她舊名，就不讓他參加婚禮，幾次警告無效，邀請果然被取消。

大學朋友光速離開，艾佛德如釋重負又備感失落。他搬到西二十八街一處公寓跟一對老夫婦共住，替他們的自動給藥盒每週補藥、讀信件、依他們的口述寫回信，以此抵房租。他在自行車修理店工作，把所有資源投入一個北美雁遷徙模式的三小時紀錄片。這部名為《北美雁遷徙模式》的片子以毫無假飾的聲音搭配口白，換言之，抹去一切情緒表達。他花錢在曼哈頓辦了首映，對所有參加首映的觀眾來說，這紀錄片有昏迷效果，邁爾斯一向失眠得厲害，片子播完居然還得被搖醒。他懇求艾佛德拷貝一份雁子DVD給他帶回芝加哥睡前觀賞。備受打擊的艾佛德憤然拒絕。

2

我是在二〇一〇年首次得知艾佛德，那時《北美雁遷徙模式》已經拍竣一年。我還是哥倫比亞大學研究生，參加了一次講談會，主持人是泰德．賀蘭德跟第二任妻子珀西雅。泰德是艾佛德的父親，他與前妻在艾佛德上大學那年離婚。我寫了幾次電郵拜託艾佛德接受我的博士論文訪問，研究主題是數位時代的原眞性檢驗。他沒回信，我找到他工作的自行車修理店，看到一個草莓色頭髮的和氣傢伙，他的快活表情裡有著敵意銳角。

他說：「恕我無禮，蕾貝嘉．艾馬利，我幹嘛讓虛假的學術狗屎挪用我的概念，好讓妳得到終身教職？」他講話的腔調令我懷疑我捏造了自己的名字。

我解釋我還沒資格申請終身教職，這是博士論文，我只盼能搞到一份教書工作，並保證就算我把他觀察到的現象符碼化脈絡化，也絕對會註明故事來自他。

他說：「我不想失禮，但是我眞的不需要。」

我回說：「恕我無禮，你的確需要。」

「為什麼？」

我說：「我不想失禮，但是目前爲止，你的成就僅止於製作了一支關於雁子、難以卒睹的片子。」

他放下手中的工具，歪頭看我說：「我們見過嗎？妳瞧著面熟。」

我說：「我們都有雀斑。」他首度露出眞誠笑容。我說：「我猜我讓你聯想到自己，何況除了你，我是唯一執著於原眞性的人。」

一年後，我才得到回音。

我已經從艾佛德老爸那兒得知他展開一項新計畫，比中學時代戴紙袋更極端更異化，概念雛形誕生於夏末一個清晨他去遛領養的達克斯犬「楓樹」，正逢當地小學註冊日，艾佛德帶牠到學校，告知教育部門的兩位女士「楓樹」要註冊學前班，準備享受她們的大惑不解。

他說：「牠很聰明。只是學習方法不同。」

「牠沒有語言能力，但是什麼都懂。」

「只要你隔幾分鐘扔個零嘴給牠，牠會安靜坐著聽課，多久都行。」

兩位女士留著長而彎曲的指甲，美甲的塗色層次細微豐富，只有博物館級的衝浪板可媲美。她們聆聽，難掩荒謬可笑，其中一位扭曲嘴角拉長聲調說：「你要讓你的狗入學？」

另外一位女士加入：「要是其他小朋友也要帶寵物來呢？」

「牠已經訓練過大小便了嗎？我們不容許在地板上排泄……」

「牠認識字母跟數字了嗎？」

艾佛德注意到她們交換熟練的眼神，彷彿貓聞到老鼠耍花招。其中一位偷偷抹完唇膏後說：「好啦，親愛的，我們還有一大排人等在外面呢。該打破第四面牆囉[8]。」

艾佛德摟緊懷中的「楓樹」說：「講什麼啊？」

「在你身上吧？書包裡還是狗身上？」

第一位女士說：「我希望是狗，我一直把比較漂亮的那一面亮給狗看。」

當她們發現艾佛德沒有偷藏攝影機記錄這場荒謬的會面，她們只是白白浪費了二十分鐘取樂這個呆子，沒機會成爲YouTube名人，馬上將他趕出去。

就此，艾佛德覺醒於這個「自我監控時代」。

回到西二十八街房間，他喪氣望著「楓樹」的琥珀色眼珠。在這個新世界，惡作劇已經不夠激發原眞性反應，想要原眞，得猛力撕開面具，像掀開石頭蟲兒便四竄一樣。他需要把人們推向崩潰點。艾佛德知道就連他老哥——「靜默的優越先生」也有崩潰點。艾佛德還在紐約州立大學新帕爾茲分校讀大四時，接到老哥爛醉憤怒的電話，這是他首次看到邁爾斯受到重創。

那時邁爾斯在芝加哥大學唸法學院二年級，跟傑克．史蒂芬斯合住，傑克當時在銀行界上班。艾佛德老媽經常去探望他，說她跟芝加哥某男士在約會，那人喜歡冰箱裡塞滿新鮮水果。結果她口中的約會對象竟然是傑克。

邁爾斯在電話那頭暴風咆哮，艾佛德問：「你確定嗎？」邁爾斯得知實情後速速從住處拔營，搬到「假日旅館」。

邁爾斯口齒不清地說：「我再也無法回想高中時代或者家。一切都毀了……結束了。因爲結局竟是這樣。」

艾佛德扛起與他完全無關的鎭靜者角色：「唉，又不是大家都死了。」

邁爾斯說：「這是……百。分。百。死了人。」語氣像踩高空繩索：「全部死了。你。我。老媽。老爸。」

艾佛德說：「那艾米斯呢？」企圖讓氣氛輕鬆點。大家總是忘了艾米斯。

邁爾斯的憤怒尖叫讓艾佛德拿開話筒。「艾佛，你不懂！你太怪了。你就跟老媽一樣。什麼事都不重要。」邁爾斯開始哭泣，這是艾佛德有記憶以來第一次聽到老哥哭。邁爾斯啜泣說：「他們毀了一切。什麼都沒了。」

第二天，艾佛德收到邁爾斯的電郵說：「嗨，艾佛，抱歉在電話裡情緒激動。誰想到我居然是個念舊的？日子還是要過下去。你。我。」

之後一年多，邁爾斯拒絕跟老媽說話，此時，她跟傑克已經分手了。算算到今天已經八年，傑克的名字不再飄進艾佛德耳中，但是他聽到邁爾斯痛苦哭泣，珍惜那段回憶。

某些中學科學課有「疼痛」單元，研究痛，但是不讓身體受傷，因此採用「冷」。雙手塞進冰水會疼痛難忍但不會受傷。艾佛德對此深深著迷，在家中地下室，整個下手臂埋進裝了冰與水的桶子裡，直到劇痛讓他差點嘔吐。卻沒留下傷痕。

「楓樹」事件大潰敗沒多久，艾佛德聽到西二十八街公寓窗外傳來尖叫——不是喊，不是哭，而是扯開嗓門的尖叫，讓他籠罩於恐懼中。艾佛德衝出去，瞧見某女人抱著的棕色拉布拉多小狗掙脫狗繩，衝到卡車輪子間，居然沒受傷，踉蹌逃離。艾佛德瞪著小狗跟牠的主人。事件裡有聲量、緊急、恐懼。但是狗根本沒受傷。

3

艾佛德開始偶爾在公共場所尖叫：L線地鐵、時代廣場、全食超市、惠特尼美術館。他可以清晰（別忘了，他可是在尖叫）回憶隨之而至的混亂反應全景，儘管訴諸語言顯得蒼白無力，好像聽人敘述夢境。唯一的例外是聯合廣場杜恩雷德藥局那一次，後續發展讓它不同。他被兩名警衛粗暴請出藥房時，瞄見驚惶的顧客中有個女孩饒有趣味地好奇看他。出了店門後，她正靠著牆，顯然在等他。

她問：「你在裡面想幹嘛？」這問題讓艾佛德驚顫。多數人會說艾佛德在尖叫，這女孩看穿事情的表面。

他們在維塞卡喝熱蘋果茶吃馬鈴薯餅，艾佛德解釋他的尖叫計畫。聆聽時，克麗絲登眨眼，淡藍色大眼珠好像雛鳥張大的嘴。她二十四歲，仍處於紐約新住民的探索階段，在平面設計公司上班。艾佛德快二十九歲了。

她問：「多常發生？喊叫。平均？」

艾佛德說：「我偏好稱它爲尖叫。有時一星期兩次，有時數個月一次。總體來說……一年大概二十次？」

「你跟朋友一起做嗎？」

「多數人無法忍受。」

「家人呢？」

「零容忍。這是引用他們的話。」

「意思是有人提到你的尖叫毛病會用『零容忍』這個詞彙？」

「意思是他們在某次針對我的尖叫毛病做危機介入治療時，全員使用這個詞彙。」

「哇。後來呢？」

「我比較少見他們了。」

「因爲你不能尖叫？」

「因爲聽到他們使用『渴欲負面注意力』這類詞彙來解釋我的計畫，太沮喪了。」

克麗絲登漂亮的眼珠朝後翻說：「家人啊。」然後問：「你呢，渴欲負面注意力？」

咖啡館客人快走光，蘋果茶也冷了，艾佛德知道這題答案很重要。他約略感覺自己刻意不提有時他需要尖叫，就像打哈欠或噴嚏一樣。盼著此點大家心知肚明。

「事實呢，正相反。」他說：「我忍受負面注意力，以換取更重要的東西。」

克麗絲登警戒地看著他。

他說：「原眞性。」說話的態勢好像在展開古老脆弱的卷軸。他幾乎從來不提這個詞，講多了，會削弱它的力量。「眞實的人類反應，而非那些我們成日餵給彼此的狗屎。我犧牲一切獲取原眞。我認爲値得。」

克麗絲登的著迷模樣鼓勵了他。她問：「做愛時，你尖叫嗎？」

他說：「從來不。」頭暈腦脹，他大膽補上一句：「我保證。」

八個月後，艾佛德與克麗絲登在奧黑爾機場，搭乘艾維士租車公司的接駁車去拿租車。巴士擠滿人，在高速公路上轉彎或者煞停接更多乘客時，大家盡量不倒到他人身上。艾佛德跟克麗絲登站在巴士最後面。

一種熟悉的癢升起。艾佛德盡力抑止，畢竟，克麗絲登可能（希望啦）成爲他認眞交往的對象，邁爾斯第二個孩子要受洗，他們是來參加家族聚會的，艾佛德老媽也要飛來。他們計劃住在邁爾斯家，週末觀光芝加哥，包括藝術學院舉辦的日本動漫展，克麗絲登想看得要命。但是想到邁爾斯，那個癢越發難耐。

艾佛德發出短促模糊的噴音，介乎呻吟與吠叫。就連克麗絲登也無法判斷聲音來自他。她已經熟悉艾佛德的尖叫，不再覺得有趣。直到克麗絲登看見艾佛德——全車唯一無好奇神色的臉——她的藍色眼眸才收縮成威脅。艾佛德已經在盡情品味同車人的兩股力量交互作用：既想聳肩忽視那來源不明的聲音又備感威脅。這是「懸疑階段」，眾人的思緒隨著謎團一起漂浮，只有艾佛德知道答案。他可以在這個點罷手，他曾經如此，但是謎團的力道大到他覺得可以收手的次數極爲罕見。今天不是。謎團力量逐漸消融，眾人改爲抱怨車程擁擠，艾佛德再次發出呻吟吠叫，這次較長、較大聲，難以忽視。

現在進入「疑問階段」，靠近他的人（眼神直視前方的克麗絲登除外）開始私下評估那聲抱怨的本質爲何？出於無心嗎？因此禮貌忽略最好。還是沮喪的吶喊？此刻同車乘客全神貫注，陷入一種童稚狀態，看了都覺得喘不過氣。他們忘記自己也是被觀看的對象。艾佛德沉浸於他們毫不自覺的狐疑，同時深深吸氣至瀕臨爆炸；然後嘔出胸中塊壘，吐出震耳欲聾的咆哮與尖叫，猶如木樁直直刺入周遭毫無防備的臉蛋。他像野狼嚎月，只差沒仰臉朝天，而是平視同車乘客，他們的恐慌、害怕、奔逃欲望激起的歇斯底里，唯有飛機筆直墜落可比。

觀看此種毫無眞正威脅下的極端反應並不快樂。它不是樂趣。它是啓示。一旦得到此種啓示，一個人重返日常生活，便能意識平淡表面下其實暗流洶湧。沒多久，此人的領悟開始淡去，便期待再次目睹這種瀑布激流，飢渴更甚以往。否則文藝復興時期的畫家爲何總畫十字架上的耶穌（這是艾佛德的比喻），遠處背景是微小的人背負石頭或者稻草？因爲人們想看的是超越經驗的死亡，而不是扛運重負！艾佛德是找到了一個方法，不必死也不必殺人，只要他想，隨時能獲得啓示！

根據艾佛德的說法，第一聲尖叫最棒，那是品酒專家味蕾上的第一口。最後一滴也很重要，爲了得到這個，他得不停尖叫。他只有一個原則：絕不互動。他的任務只是單純尖叫，靜候「事情發生階段」。「事情」通常涉及肢體侵犯。艾佛德挨過巴掌、拳頭，被人推出門外到人行道上，也曾被毛毯罩頭、嘴裡塞橘子，甚至未經同意就注射麻醉劑。他被電擊過也被警棍打過，依違反秩序逮捕過，前後坐過八天牢。

在艾佛德尖叫約莫三十秒後，艾維士租車公司的巴士靠邊停，司機排開混亂的眾人，大步走到車尾。他是大塊頭非洲裔美國人。艾佛德鼓勇面對隨後的肢體衝突，這是他對黑人男性與暴力的既有偏見，儘管他堅信自己兩種皆無。那位名牌寫著「金宏」的司機以腹腔鏡的銳利眼神注視他，像外科醫師準備切除腫瘤，但是先把肌肉從骨頭剃除。他的侵入式檢視讓艾佛德有了新發現：一邊尖叫一邊被人研究，其實比被揍被踢都難過。這個發現又導致第二個發現：遭受肢體攻擊雖痛苦，卻可讓他趁勢結束連續尖叫。這又導致第三個發現：尖叫並非連續性的。要尖叫，你必須吐氣，要吐氣，你得先吸氣，要吸氣，你得先停止尖叫。

金宏先生第一次介入，尖銳地問：「有人傷害了這位先生嗎？」他發現眾人否認，靠近他卻有一張蒼白困擾的臉孔，他平靜問克麗絲登：「您跟這位男士一起的嗎？」

她低聲說：「是的。」

「他有精神問題嗎？」

克麗絲登乏力地說：「我不知道。我想他只是喜歡尖叫。」

金宏先生打斷艾佛德的連續吸氣說：「先生，你已經騷亂了兩分鐘……我再給你三十秒……三十秒後，你不是閉嘴就是下車……我說得夠清楚嗎？」

艾佛德發現自己屈服點頭，這可是違反他的「絕不互動」原則，可惡。金宏先生盯著手錶等著。那是碩大的潛水錶或者高空跳傘錶，可以把你直接做成蛋捲，或者把你分解送到下一個千禧年。艾佛德無法像先前那樣叫，因爲金宏先生的威嚴安撫了受創乘客，中和了他的尖叫效果。艾佛德此刻感覺就像帳棚垮了，他在裡面翻滾，他住嘴。

金宏先生輕輕點頭說：「謝謝您，先生。感激您願意安靜。現在我們繼續開車。」

他尾音上揚，那是響亮的男中音，充滿車廂，也顯然填滿乘客的心，因爲眾人一陣鼓掌。巴士駛離邊坡，載著滿車歡樂前往艾維士租車公司的停車場，只有三個例外：艾佛德，頹然抓住鐵桿陷入屈辱疲憊；克麗絲登，憤怒瞪著慘澹的機場景觀；金宏先生，慣常壓制鬧事乘客，這不過是另一樁。

當他們坐進租來的車子，陷入奧黑爾機場的打結交通，克麗絲登迷茫思索：「不知道金宏先生在現實生活裡是什麼樣子。」

艾佛德尖酸回答：「妳幹嘛不打電話到艾維士問問。」

克麗絲登說：「你心情不好，沉浸在自己的狂熱；這件事難道不該讓你臉紅又亢奮？」

「忘掉這件事吧。」

「眞希望可以！」

艾佛德嘆氣說：「妳以前喜歡我尖叫。」

「談不上喜歡。」

「妳相信它。」

「沒錯。」

「那什麼改變了？」

克麗絲登思索了一會，終於說：「乏味了。」

4

開車前往邁爾斯位於溫內特卡的家雖痛苦，卻唯有抵達後的痛苦能超越。艾佛德坐在陽臺吃三明治，面對密西根湖，樹葉窸窣落在水面，好像黃色的百合大浮葉。老媽飄散濃郁茉莉花香擁抱他。他介紹克麗絲登給大家認識（隨之而來是尖銳狐疑表情，可以翻譯爲：「她很可愛，眞是奇蹟；她顯然對艾佛德認識不深；還是她也有我們無法察覺的失常……？」）大家詢問旅途狀況，（約略）滿足於回答。然後，當然，新生小寶寶。當然，他很小。當然，大家都想抱他。雖說克麗絲登對認識他的家人有點焦慮，現在看起來，似乎慶幸能離開那個尖叫的人。艾佛德忘記艾米斯也會來。他來了，伴隨著慣常的滲透張力，圍繞著他黑暗的職業謎團。九一一事件之後幾年，他從徵兵一枚晉升到特殊部隊，職業謎團便伴隨他的肌肉等量膨脹。現在他三十一歲，號稱退伍，卻比之前更壯，多數時間待在海外，而且如果你提到刺殺賓拉登計畫，他好像霎時忘了這是誰。

邁爾斯的「安靜優越」伴隨歲月已經硬成體外殼，榮耀越多越僵硬，近乎無法動彈，更別提自動自發。在艾佛德眼中，他的每個動作都是僞裝甚至掩飾，否則怎麼只有楚蒂拿 iPhone 拍照時，他才會露出眞誠笑容。楚蒂是臉書愛用者，大肆宣揚家族聚會與幼兒繪畫，還是精力充沛的「標籤」發明者，譬如 #**母女之愛** #**感謝奶奶**，有時艾佛德登入臉書純粹爲了抓狂。面對這種虛僞，解藥通常是回憶最近的一次尖叫，但是今天他只能回想艾維士巴士與他的公開挫敗。他無法想像自己還能尖叫。這計畫就這樣毫無前兆地死了，只剩——什麼？要在邁爾斯這張桌子前再熬個他媽的一分鐘，他能有什麼可說，可做，甚至可想？

然後他靈機一動。他可以拋出一個問題。

「嗨，邁爾斯，你跟傑克．史蒂芬斯還有聯絡嗎？」

邁爾斯咀嚼食物的動作只停了短暫一會，像錄影帶跳了一下。他愼重地說：「沒。我沒有。」

隨之是窒人的沉默，克麗絲登想要輕鬆一下氣氛，問：「誰是傑克．史蒂芬斯啊？」

邁爾斯嘴角形成陰鬱線條。楚蒂低頭看桌子。艾佛德感覺克麗絲登自知說錯話的惶恐。

他們的母親說：「拜託，說眞格的，邁爾斯，這齣戲可以落幕了吧？」

蘇珊（艾佛德與邁爾斯現在都直呼母親的名字）看起來不像五十七歲，藍色裹身式洋裝搭配柔軟白毛衣，細柔沙色頭髮，看起來似乎比他們小時還年輕。那時她是「神煩老媽」，那種會在棒球比賽一局結束時衝進場給孩子鼻頭抹防曬油的。這類母親有點滑稽，鮮豔衣裳搭配大腰包，幫球隊殺西瓜。離婚後，她變得安靜、警醒，好像不知道自己該扮演什麼角色了。但是伴隨時間過去，她培養出一種有見識的氣度，開始隨性而爲。一點也不滑稽。

她跟克麗絲登解釋：「傑克．史蒂芬斯是邁爾斯的童時玩伴，一直到大學都形影不離，之後也是。」

克麗絲登嚴肅說：「原來如此。傑克是發生……什麼事嗎？」

邁爾斯發出乾笑，說：「正是如此。」

他們的老媽把眼鏡重重放到野餐上說：「很抱歉，這說法太荒謬。」

邁爾斯故意以詫異口吻說：「噢，妳抱歉了？」

「你講的好像我跟傑克殺了誰！」

「我搞錯了，原來妳不是在抱歉。」

艾米斯安靜地說：「別跟老媽這樣說話。」他抱著新生兒；青筋爆起的雄壯手臂搖晃著他，小娃兒好像被巨蟒吞噬的小老鼠。

邁爾斯說：「哦，現在變成我是壞人？」

艾佛德感覺痛苦遠颺，好像牙痛消失，說；「他，傑克，還住在芝加哥？」

邁爾斯看看手錶，問：「你來多久了？四十還是四十五分鐘？」

楚蒂說：「三十七分鐘。」

艾佛德說：「妳記錄我們的抵達時間？」

邁爾斯和楚蒂交換眼神後說：「我們在猜要多久你才會挑起爭議性話題。」

艾米斯說：「三十七分鐘已經是進步了。」大家都笑了，邁爾斯除外。

他說：「我不認爲他好笑。」

艾米斯說：「我好笑啊。」

他們的老媽對著邁爾斯說：「珀西雅比你們老爸年輕三十歲，你的同父異母妹妹碧翠絲跟你女兒同年。這些都不是問題。唉呀，這差異來自哪裡？」

邁爾斯說：「老爸跟珀西雅結婚前，我們不認識她。」

「我沒跟傑克結婚，你該很慶幸才對。」

「妳才是該慶幸沒跟傑克結婚，否則，妳見不到孫兒女。」

艾米斯以軍人的迅捷站起身說：「別。跟。老。媽。這。樣。說。話。」近乎不可聞的低語。楚蒂挖走他臂彎中的娃兒。

邁爾斯瞄一眼艾米斯說：「小心，他的下一個話題可能是你幹什麼營生。」

他們的老媽說：「瞧瞧，現在換誰在挑釁。」

艾米斯笑著說：「我退休了，很樂意談啊。」

邁爾斯把三明治丟過欄杆說：「三十七分鐘。」他看起來筋疲力竭，眼袋暗黑，好像旁人的蠢行吸光了他的生命力。

艾佛德說：「你沒回答我的問題，有關傑克。」

邁爾斯尖酸地說：「是的，據我所知，他還住在芝加哥。怎?你要去拜訪他?」

艾佛德站起身說：「就是這個打算，馬上。」

結果：周遭臉孔一片眞實訝異，毫無戒備，純正。就好像踢開一扇門，看到後面金光閃耀。

艾佛德進去拿書包，看一眼克麗絲登，本以爲她會選擇留下。但是她跟他在門口會合。

離開房子後，她說：「哇！一向如此嗎？」

5

回到租來的車上，艾佛德企圖利用新手機所宣稱的智慧，結果顯示芝加哥一地有幾百甚至幾千個傑克．史蒂芬斯。這個事實頓挫了他的動力。

克麗絲登開始陰鬱，問：「怎辦？行李都還在你哥家。我們要回去嗎？」

艾佛德說：「當然會回去，在我拜訪傑克．史蒂芬斯之後。」他一筆筆往下查，胖的瘦的傑克．史蒂芬斯，年輕的老邁的，在房地產網站上燦笑的，在嫌犯大頭照上惡狠怒視的。他開始焦灼憂慮傑克會不會是約翰的暱稱啊？

過一會兒，克麗絲登靠過來跟他一起搜尋，她的好奇爲艾佛德注入能量。幾分鐘後，他突然說：「就這個！」他們一起看那張臉：時髦、大大的笑容、微微模糊，可能拍照時動了，或者猶豫不決。艾佛德說：「這就是傑克。」

克麗絲登負責淘汰地址，找出符合這個照片超少又奇異模糊的傑克。有一個最可能：在西郊，不過也可能不是郊區。車行四十五分鐘後抵達，艾佛德覺得它不像郊區，比較像芝加哥的低矮延伸。簡樸的獨立屋排排站，家家戶戶相同，連大門上交錯排列的三片長方窗都一樣。他們要找的房子位於街道中。方形草坪上有玩具除草機跟小小的粉紅色踏板車。

他們踏出車子，聞到割草與機油味道。安靜顯得很突兀，好像幾分鐘前小孩還在這兒玩耍。

艾佛德感受熟悉的搔癢期待。傑克．史蒂芬斯。他為什麼等了這麼久才想找他？

他們走向前門，克麗絲登說：「我緊張，要是他生氣了怎麼辦？」

「他幹嘛生氣？」

「有人不喜歡你不告而訪。」

「傑克不是那種人。」

克麗絲登指出：「你不知道傑克是什麼樣的人，高中之後就沒見過。」

門鈴是三聲響，像眞的鈴。他們等待。艾佛德又按了一次。克麗絲登說：「他不在家。」明顯鬆了口氣。

「他們不可能遠行，東西還扔在草坪上。」

他們坐在前門臺階等待。艾佛德吃驚於街坊的面目一致；這不符合他對「成人傑克」的想像。克麗絲登好像察覺他的思想，問：「這傢伙到底有什麼特別的？除了，你知道的，他跟你媽的事。」

艾佛德說：「傑克就是傳奇。」但是這個貧乏詞彙無法傳達他所謂的傳奇。他說：「人們就是愛他。他能激起人們最好的一面，好像……無論何種狀況，只要有他在，就會變得圓滿。」他住嘴，困惑自己無法召喚出傑克的神奇效果。

但是克麗絲登點頭同意說：「我想每個高中都有一個這種人物。」

艾佛德想說，妳錯了，沒有其他高中有傑克，只有他們有，他是唯一。他猶豫要不要唱反調，畢竟他們現在這麼融洽。她得親眼目睹才行。

三十分鐘後，一輛破舊的灰色別克轎車開進車道，駕駛難以分辨，小小的臉孔從後車窗窺視。車子前往屋後車庫之前，曾非常靠近艾佛德與克麗絲登。他們聽到電動門嘎嘎打開，紗門甩上，小孩子聲音飄來。全家人從後門進屋。

克麗絲登說：「好奇怪啊，他幹嘛不停下？」

艾佛德說：「去停車啊。」但是車子從他身旁駛過，他的確感到一絲心寒。他握住克麗絲登的手，感覺她在冒汗，問：「妳要不到車上等？」

「才不。」

一個稍微年老、稍微變胖、稍微禿頭、稍微滄桑的傑克．史蒂芬斯打開門，瞇著眼睛，一臉準備迎接麻煩的表情。他拿著一個半透明、粉紅加藍色的浮具，簡短地問：「有何貴幹，兩位？」他沒推開紗門。

「嗨，傑克。我是艾佛德。」

傑克的臉經歷連串表情演化，好像解開北歐古字，終於推開紗門，瞇眼看他們說：「我操！賀蘭德？」

艾佛德說：「是我。」伸出手。傑克完全忽視，熊抱他。克麗絲登還得幫他拿浮具。傑克後退一步看艾佛德說：「艾佛德．賀蘭德？天，你怎麼在這裡？」

艾佛德說：「這是克麗絲登，我們來拜訪邁爾斯，好奇你過得如何。」

傑克拿回浮具，跟克麗絲登握手。他說：「進來。我家就是你家。別在意啊，我的前妻快要來接小孩。」

他們跟著進入鋪了地毯的昏暗起居室。一男孩跟一女孩穿泳衣坐在沙發上搞電視遙控器。

傑克說：「我說過不准看電視。」

女孩哀求：「可是我們游泳了。」

「妳游得很棒。但是不准看電視。」

克麗絲登問：「雙胞胎？」

他對克麗絲登眨眼，說：「是的，女士。沙麗跟瑞奇。小鬼，跟我的老朋友──嗯，老朋友與新朋友打招呼。」

小朋友齊聲說：「幸會。」表情謹慎。

「他們不開心是因爲快走了。小鬼們，對吧？」

男孩回說：「我們不開心是因爲不能看電視。」

傑克笑著說：「這就是我的日常。」

他給艾佛德、克麗絲登各一罐「老風格」啤酒，然後他們坐上後門跟車庫間水泥地的摺疊椅。艾佛德直率交代老爸跟珀西雅再婚，一個年紀不比邁爾斯大的藝術史同行，又生了一個小娃，還在學走路。傑克已經知道邁爾斯在芝加哥法律界平步青雲。講到艾佛德老媽，他只僵硬點頭說：「好女人。」

傑克問：「艾米斯呢？」艾佛德忘了提他。「還在軍隊？」艾佛德細數他從特種部隊「退休」以及祕密海外任務，傑克哈哈笑說：「有你的，艾米斯。」

至於他自己呢？傑克說他沒啥好抱怨的。景氣蕭條一年後他被辭退，現在打半工付帳單。討債公司成日追在他屁股後面，但是他喜歡輕鬆過日，藉機練保齡球技，每週有三晚參加聯盟賽，最重要的，他愛孩子，雖說他得奮力爭取相處時間——他的前妻貪婪又自我中心，還紅杏出牆，不過那是另一個故事了，瞧瞧這兩個漂亮孩子，擁有部分前妻的遺傳，不仔細看，看不出來。他希望能跟孩子搬回紐約上州；天啊，他想念湖泊。密西根湖簡直大得像海，湖底還有沉船，但是他無法離開芝加哥，不可能——就算得在前妻家的大廳紮營，他也要接近孩子……這時三聲式門鈴響了，小孩大叫：「媽咪！」屋內傳來跑步咚咚聲。傑克把「老風格」啤酒塞到扶手的杯洞，沉重起身，進屋。

艾佛德跟克麗絲登靜坐，低低的話語從前門飄到後面。艾佛德感覺克麗絲登在看他。她終於說：「艾佛德，這傢伙過得爆爛。」

外面聲音轉高。艾佛德聽到丹跟我下個月要去度假，感覺胸口一緊，近乎痛。

克麗絲登問：「難道你看不出來嗎？」

「當然看得出來。」

「那你幹嘛不尖叫？要他少在那兒吹大牛，承認自己是魯蛇。」

這建議震驚了艾佛德，他說：「我幹嘛這麼做，事實擺在那兒。」

「難道不是一向如此？」

門口爭吵聲漸強。軋然結束。大門狠狠甩上，孩子的聲音移到戶外，屋內顯得空蕩。車門打開關上。艾佛德想像傑克透過大門上的長方形小窗戶看著他們離去。

一會兒，傑克又拎了三罐「老風格」啤酒出現。綻放笑容，落座，大大喝一口。太陽下山，天空一抹疲憊的粉紅。月亮已經升起，溫柔半透明如海龜蛋。

傑克漫不經心地說：「這裡的夕陽跟湖邊的比起來很怪。」

艾佛德加入話題，注入生氣：「不管哪樣，都比不上湖邊的。」

克麗絲登轉動宛如飢餓小鳥嘴的眼睛注視傑克，問：「那是什麼樣子？紐約上州的那些湖。」

傑克又喝了大大一口，好像得鼓起精力才能回答，終於說：「嗯，天空很亮，湖邊的樹形成一圈黑。因此即便在晚上，你依然是在一個比較黑的圈中凝視一個比較亮的天空。」

艾佛德說：「還有雁。」

傑克說：「對，雁！老天，那些雁。」

艾佛德說：「我拍了一支雁的影片。」

傑克轉頭看他，以為艾佛德唬他，很戒備，說：「你沒吧？」

「片名叫《北美雁的遷徙模式》。」

傑克笑了：「少來。」

艾佛德說：「我花了五年時間。不成功。我現在明白了」

這話似乎激活了傑克的生氣，他在摺疊椅上傾身說：「OK。第一幕第一場，開始。帶我聆賞這部片子。」

艾佛德憑記憶複誦：「對人類來說這很奇怪，因爲表演已經成爲日常生活的重要部分，動物卻全神貫注於生存。」

克麗絲登說：「你的語調不對，太多表情了。」

艾佛德說：「她講得沒錯。」接著採取機器人的單調腔調說：「對人類來說，雁兒期望回到加拿大的家可能是感傷之舉，但是對雁來說，『期望』與『家』都不具人類所賦予的意涵。」

傑克笑到痙攣，說：「全片都是這樣？」

克麗絲登說：「三小時又七分鐘。」

艾佛德繼續平板無曲折的口白，直到傑克抹淚拜託他停止，說：「我得去——你們知道的。」進入屋內。

出於難以抑止的衝動，艾佛德想給傑克打氣。但是當傑克捧了一整個冰桶的「老風格」啤酒回來，艾佛德恢復自我嘲弄劇，感覺卻不一樣了。意圖似乎變得悲愴，像是拆解《北美雁遷徙模式》只爲生火給傑克取暖。

後來艾佛德告訴我，就是在嘲諷自己的生平心血時，他決定跟我聯絡。或許他早知道他會，因爲我的名片一直放在他的皮夾裡，一年了。他既然把這個失敗作品當成垃圾來嘲笑，改變它的原始意圖，幹嘛不把他的尖叫計畫獻給「某個虛假的學術狗屎」？因此，他需要我。

我也需要他。如果不追求原眞又何必研究它——在它的意義尚未被吸食乾淨前，從中擠出最後的眞實，因爲它終將變成語言的腸衣：有彈殼卻無火藥；一個只能出現在引句的詞彙。我需要艾佛德幫我避過虛假學術狗屎。這個合作的章節從學術脈絡來看，是混血又不正統，卻正能展現這個企圖。

回首，那個中西部秋夜，是我、艾佛德、克麗絲登三人跟傑克在屋後共處。暮色降下，月亮高升，變硬變白。高速公路的颯颯聲聽來像風也像海。艾佛德想在那兒坐上一輩子。他盡力拉長他的荒謬趣味，拖延最後一刻的來臨：傑克說他得上床，派對該結束了。

---

8 第四面牆（fourth wall）是戲劇理論裡用來隔離觀眾與敘事的牆。

旅程
城裡來了陌生人

邁爾斯

我的表親莎夏住在沙漠二十年，我現在才發現她成爲藝術家了。我是在爬她小孩的臉書時發現的。我常爬親友的臉書，看看他們老了多少，衡量他們的幸福程度。我發現她兒子的一則貼文「以我媽爲傲」。文後有文章連結，是《藝術新聞》報導莎夏。照片顯示數十個熱氣球懸空加州沙漠，下面是展延的破爛彩色雕塑，根據那篇文章，莎夏是利用彩色塑膠廢棄物創作。之後會把雕塑融化造出壓縮磚，放在藝廊，搭配原型雕塑的空拍圖一起販售。

莎夏！幹！

人生變化無法預期，如果有人需要明證，這個就是。一直到三十多歲，莎夏都是人生輸家：她有偷竊癖，她在數不清多少年裡從數不清多少的人家那兒偷竊了數不清多少的東西。我怎麼知道？因爲就在二〇〇八年她嫁給朱爾前，開始歸還贓物。家族每個人都收到一、二件，有的物品超級廉價，令人訝異莎夏居然記得屬於誰。我老爸收到一支Bic原子筆，就是史泰博（Staples）辦公文具連鎖店有售、一包二十支的那種。我也收到一支筆，可是萬寶龍鋼筆，價值數百美元。那是有次我造訪紐約，家人在韓國餐館聚餐時不見的，我幾乎腦溢血。我打電話給餐館、給計程車公司、給大都會運輸署；返回韓國城重踏每一步，甚至彎腰檢查排水溝。數年後，這支筆現身我的郵箱，親筆字條寫著：「自青少年起，我便與偷竊的衝動苦苦掙扎，是我的極大痛苦，也造成許多人的損失與挫折。」我打電話給老爸。

他說：「我知道。我收到Bic原子筆，不確定是我的，搞不好是餐廳的。」

我問：「我們能跟她一刀兩斷嗎？徹底了斷。她根本不可教化。」

「恰恰是不可教化的相反。她正在彌補。」

「我不要她的彌補。我要她消失。」

「你幹嘛這樣說，邁爾斯？」

我清楚記得這段對話發生時，我站在溫內特卡家中的面湖陽臺上。楚蒂懷老大波莉時，我們背負龐大貸款買下這房子，精心布置：刻意設計給孩子、節日、家族聚會時享受的田園居家風格，這是我們相識於芝加哥大學法學院後就興高采烈籌劃的一切。握著話筒，眺望湖光閃爍，我突然清晰了解堅持做正直的人，做對的事，世界不會回報你。罪人才是眾人所愛：鐐銬上身的、爭先恐後的、失敗的。從不犯錯的人一點也不性感。

當時我想著：幹他媽的莎夏。

我充分意識根據上述，莎夏值得同情，而我是個「道貌岸然的醒世者」。我的確是，不僅對莎夏如此。對老爸也是，他視莎夏如女兒，在我眼中就是鼓勵犯罪。老媽呢，離婚後的連串戀愛冒險簡直是恐怖。我的弟弟艾米斯與艾佛德呢，早在二十五歲前就「迷失」了。沒有人能逃過我來回掃射、殺傷性超強的輻射刀評價。數十年過去，輻射刀依舊在：我對他人的缺點是滿缽滿盆的憤怒不耐。人類憑什麼活到千禧年？我們到底是怎麼創建文明還發明抗生素的？因爲舉目望去，只有我跟楚蒂肯咬牙忍受一切，埋頭做事。

那是二〇〇八年，莎夏開始彌補，波莉誕生，我邁入三十，如果說那樣的我有啥可以辯護的，就是我對自己最不容情。我踏出的每一步都是在督促自己取得更多成就。可是某些事情，譬如睡眠，不是嚴厲律己即可得。我高中起就失眠，不眠讓我學業優異，還加入三支校隊，在修剪樹籬的公司打工，同時取悅挑剔的女友。彌補之道是狂嗑成罐成罐的花生醬，輔以年輕精力。但是波莉超級難帶，我又是事務所史上最年輕的合夥人，壓力山大。我開始晚上吃安眠藥，早上吞阿德拉[9]撐一天。之後變成整個白天都需要它才能保持清醒銳利。如果阿德拉讓我過於亢奮，我就下午吃顆贊安諾或者普顆西[10]，晚上再以安眠藥讓自己昏睡。我認爲這種新陳代謝的砸鍋補鍋就跟照顧生意沒兩樣。我隨意以化學藥品彌補不足，加上藥物經常導致輕微噁心，讓我對所有人加倍不耐煩。我變成大家說的「易怒」，難以共事，更難同住一個屋簷下。我的高標強化了我的壓力，代表我陪伴孩子的時間不夠（我們照計畫五年生了三個），更別提對楚蒂履行伴侶義務，床笫之間與其他。她可是推延了自己的法律生涯來養孩子。這一切讓我更易怒，因爲我自覺邁向失敗，而我這輩子想要的不過是成功而已。

就外人看來，事情還算順利。我給事務所帶來生意，監督完成，儘管失去人緣。家裡成員似乎都很快樂，我每天瀏覽楚蒂的臉書（後來是ＩＧ）提醒自己這點。她很有天分，總能隨手捕捉畫面讓它形成一種風格。瀏覽海灘、公園、動物園之旅（通常還有我們的鄰居詹娜跟她的四個小孩）——看到冰淇淋滴到下巴的照片，蠟筆紙風車在微風中轉動的影片——我真的感覺自己心跳變緩，血液平靜。只要我能從工作擠出時間與他們相處，絕對被擺在臉書照片的C位，我貪婪注視楚蒂拍攝的照片：我抱著波莉；長子麥可把球扔給我；我給寶貝老么提摩西餵香蕉泥。在玻璃摩天大樓辦公室裡，我在櫻桃木辦公室後面深呼吸，想著一切都很好。他們都還在，還很幸福。大學時代，楚蒂跟我會在課堂間抽空做愛，幻想著美麗的湖畔家園，現在我們五個就住在那裡。我們很幸福，只等著我回家。

二〇一三年，鴉片製藥危機爆發[11]，原本我的家醫只是個可靠的處方箋開立者，我需要什麼，他就開什麼，現在開始緊縮。處方藥物斷貨，我頓時赤裸恐懼驚醒；少了這些藥丸，我無法運作，跟沒有氧氣一樣。我的睡眠、專注、工作與休息能力——全完了；我完了。這好像吞了火藥，引線將快速燒完，我蹣跚採取連串行動，那些行動，連我都覺得陌生：我先是對醫師卑躬屈膝懇求處方箋更新；接著對他揮拳威脅，之後被他踢出病人名單；在可能的新醫師人選面前列出我的需求，引來狐疑的眼神（其中兩位給了我一堆戒毒簡介送我出門）；在鄰近城鎮開車尋找非法藥物診所[12]，醫師看起來似乎比我還緊繃力竭，顫抖著手開處方箋；最後，當我得知伊利諾州將立法要求處方藥物登記建檔，杜絕我這類人跟多個醫師收集處方箋，我便湊出數百美元給某個非法藥物診所的醫師，讓他介紹個貨眞價實的藥頭給我。

戴蒙會跟我約在某個街角，然後我們一直開，直到兩車在某個紅燈前並排，進行交易。通常那是高架鐵路下的某個點，陰影遮蔽了下方的活動。我們搖下車窗，我把塞滿鈔票的信封扔進他的車裡，戴蒙扔了一個塞滿藥的夾鏈袋到我車裡。他閃現笑容，簡直可以冒充事務所的資淺律師，然後開車走了。效率就是王道！之前我幹嘛浪費時間從醫師身上擠出藥？戴蒙擁有藥廠正規藥，那是我一開始就用的。我有足夠鈔票，不用在那裡切割吸食藥物，省省地用，更不用求諸便宜的快克與海洛因。

這種生活可以持續到永遠，但是生命產生了無法預見的變動：我被迫過著地下生活，它卻打通了我身體的某個祕密新通道，讓我盼著跟戴蒙在芝加哥的腐爛地下社會見面，生鏽鐵道與褪色黃磚似乎比我辦公的玻璃鋼筋大樓更能代表底層。跟戴蒙在一起，我無需假裝或者批判。我要藥，他賣藥。我們多常看見赤裸的事物本質？戴蒙皮膚乾淨、雙眸湛藍，牙齒漂亮，開嶄新的銀色日產Rouge。他給我熟悉的感覺，似乎在哪裡見過，完全不同的環境脈絡裡。我想像戴蒙的生活是什麼樣，甚至想像在我們搖下車窗時攀談個幾秒。自從與傑克決裂後，我沒有男性密友，因而渴望某種同伴友誼。

我試著跟戴蒙建立非交易關係，一個星期五下午，我給他發簡訊：「週末啥計畫？」

他馬上回復：「老兄隨便你。」

「我是說你。」

「妞？趴踢？你吩咐，我照辦。」

我寫：「謝啦，很高興知道。」

顯然想繞過交易跟藥頭建立關係，頗不容易。

一晚鄰居舉行雞尾酒派對。我得上廁所，不小心打開某間小孩房，女主人——楚蒂的朋友——詹娜正跟三個孩子擠在一起，朗誦《神奇的噴火恐龍》，看到我時尷尬笑了，輕聲說：「這樣他們睡得香一點。」我關上門站在走道，額頭頂著牆壁，聆聽她沙啞的聲音。

……一起，他們將鼓起風帆旅行……

陳述此事同時，我理解我們的出軌純屬無救俗套，其構成要件如此貼近人生與眞人實境秀，幾乎可以用數學公式寫就，魅力又是來自何處？長久以來，我所做的一切都是爲了家庭與工作，但是它們逐漸變成薄土，難以掩蓋眞實生命下堅實又苦澀的根基體系，一旦我進入這個根基體系，它就變成我唯一在乎的東西。我與戴蒙的交易頻率飛速增加，我們的關係就像我跟詹娜，毫無假飾與束縛。實實在在。七個小孩與兩個配偶夾在中間，完全不妨礙我們對彼此的渴慾，我們到處做愛：浴室、入夜後的湖邊冰冷沙地，或者夜深人靜，詹娜與我都不成眠，就在她家地下室的遊戲間。我奮不顧身愛戀她，可憐的楚蒂從未見過我這一面；我也沒見過。我跟詹娜說願意爲她死，也眞的會如此；以我們的激情動力，一開始就注定死亡。

出軌四個月後某天，孩子上床後，楚蒂在陽臺跟我對質。她沒掉淚，說她已經忍耐我的分心與缺席多年，只因爲她相信我們有共同的家庭目標。原來她錯判了我的性格。她已經訴請離婚，沒有妥協餘地，要我在那個週末前滾出我們的家。聽她說話，我的恐懼母火竄成熊熊大火，末日感吞噬我，手抖到杯子都握不住，我把頭伸到浴室龍頭下，吞下數顆贊安諾鎮定自己。我傳簡訊給詹娜，坐在車裡等在她家門外。那是二〇一四年十月十六日。詹娜坐在我身旁，我一邊急速駛往芝加哥，一面解釋我們該私奔了。我的言語破碎，慌亂又超速，詹娜先是懇求，繼而尖叫，要求下車，我拒絕，這一切導致我們以時速九十哩在湖灘路翻車，飛入戴弗西港南邊的淺潟湖。托天之幸，水深只及胸口，還很可能澆滅了我們幾乎空了的油箱，因而車子沒起火。但是詹娜左腿粉碎，無法修補，從膝蓋下截肢。

我的部分腦殼則以金屬片取代。暴雨來臨前痛到不行，嘴裡的金屬味讓我不寒而慄。

我從未嘗試回到舊生活。一年年過去（到提摩西上大學時已經十五年了），我更加詫異曾有過那樣的生活。我會抬頭看環區的玻璃大樓，狐疑自己曾每天去其中一棟上班？我的車子曾停在地下層？我曾在聖誕節前開支票施捨安全警衛？在街頭碰到昔日合夥人或者往來的舊識，我總是低頭恐懼被認出。慢慢卻發現我留了較長的頭髮、換了樸素日常衣裳，加上棒球帽掩飾腦部金屬片，前同事根本對我視而不見。沒人多看我一眼，好像我從陷阱門跌入了平行世界。根本爬不回去。現在換成楚蒂每天開車到環區上班，成爲芝加哥最大稅務公司的合夥人。楚蒂很快就再婚，孩子留給我。這些年我是靠她過活並緩慢還清欠債；詹娜雖未對我提起刑事告訴，但是她返回丈夫身邊，聯合提起民事告訴。和解談判時，我掏空全部還欠上一大筆。

現在我在某家美沙酮診所[13]擔任諮商師，地點離我當年跟戴蒙買貨的地方不遠。我的小套房公寓也在附近，我每天走過當年搖下車窗交易的高架鐵道陰影處，令我猜想戴蒙現在如何了？當然，我不必用猜的，拜「擁有你的潛意識」公司之賜，我們現在可以追蹤昔日只有一面之緣的人。二〇一六年，當它剛上市，我老爸是大力支持者，因為他認識發明者畢克斯・布登。我毫無興趣把自己的意識上傳到「曼荼羅立方體」，以便重訪回憶，或者更慘，記起已經忘掉的事。但是我對戴蒙的好奇逐漸洗去我的顧慮。我不是一向如此？如果人生教會我什麼，那就是好奇加上權宜有種陰險無情的力量。你能抵抗一時、百時甚至一年。一輩子，不行。

在「擁有你的潛意識」上市十三年後，它的子公司「集體意識」逐漸成為重心。只要把你的全部或者部分意識上傳到「集體意識」，便可擁有等比例的權利，可以接觸世上任何一人的思想與回憶，死去的也可以，只要他們跟你一樣上傳了意識。最後我不再抵抗，買了曼荼羅公司的「XXX究竟如何了」程式。過程果然如宣傳的那麼平順：我把線路貼到腦袋上三十分鐘，閉上眼睛，回想自己與戴蒙的互動，因此把特定的回憶上傳到「集體意識」裡。接著再花二十分鐘時間等待我的「內容」與集體內容交互作用，尋找符合的介面。我在套房公寓看著電腦桌面輪狀圖案轉啊轉，察覺自己牙關緊咬；我希望戴蒙能有大成就！什麼意思，我不太確定：股票經紀人？我的舊事務所的管理合夥人？州長？（這是我們伊利諾州式笑話。）

很快的，「集體意識」的零散灰色擷取塊為我拼出了故事。灰色擷取塊來自其他不知名人士對戴蒙的回憶，包括戴蒙自己的。我看到青少年戴蒙穿著寄宿學校寬褲，褲腳輕觸書桌腳。年紀稍大的戴蒙在林子深處接受「少年團體治療」，大聲喘氣，火光在痛苦臉蛋跳躍。剛邁入成年的戴蒙眺望大學教室窗外的白色尖塔頂，約莫也在那時候（相同的髮型與運動衫），戴蒙開著豐田掀背車兜售偷來的音響。然後是我認識的戴蒙，販賣毒品償清債務的年輕人。最後一個灰色擷取塊是去年，戴蒙穿橘色衣裳，在監獄操場伏地挺身。他對著不特定觀者拋出笑容，那笑容正是我當年從敞開的車窗看到的。我體悟戴蒙讓我想起自己：又一個搞飛許多優勢與機會的白人男性，災難級失敗。看到他混得比我慘真是喪氣，真的，我感到沮喪。之前我不知道自己多渴望他成功。

在復元的世界，我們經常談論結果：誰治療成功，誰又復發，誰消失，誰死亡。我能勒戒成功，ACE分數說明一切。ACE是「有害的童年經驗」（Adverse Childhood Experiences），我的分數是從未聽聞的零。關愛的家庭、沒人坐牢、沒人染毒、沒有家庭暴力，一切都讓人狐疑我為什麼會沾上毒品。我壓抑了某種創傷？大有可能；「擁有你的潛意識」搜羅了各式受虐的壓抑經驗，根據受害者上傳的記憶，在法庭上播放影片，數以千計施虐者因此打入大牢。

我不斷回顧的是表親莎夏。她的ACE分數應該突破天際：父親挪用公款，在她六歲時消失。青少年時期，她便遠離家園到亞洲、歐洲流浪數年，直到我爸在尼泊爾找到她，說服她回國。我現在明白莎夏的偷竊癖就像我的用藥，是種癮。但是她跟朱爾婚姻美滿，孩子傑出，就連印象中那個很難搞的男孩霖肯現在也好好的。莎夏怎麼辦到的？好奇：我非知道不可。因此拜託老爸讓我跟莎夏聯絡，出其不意寫信給她，說我想拜訪聖貝納迪諾，參觀她的雕塑。她回信邀我前往，彬彬有禮，我簡直配不上。

朱爾

前往機場接邁爾斯的車上，莎夏跟我想著多久沒見過她這位最年長的表親。我們都記得最後一次是在莎夏老媽的洛杉磯住處，大約是邁爾斯出事前一年。我一向不喜歡他。他跟他的老爸——莎夏的舅舅泰德·賀蘭德恰恰相反，我們很愛泰德。如果我能選出一個字眼形容邁爾斯跟世界的關係，那就是眨眼。莎夏的痛苦過去令他眨眼。我的兒子霖肯有問題，讓他眨眼。就是霖肯讓我對他下最後通牒：我們跟邁爾斯·賀蘭德一刀兩斷。回想起來，我的病態也顯而可見：我痛恨有個「不正常」的兒子，一個會讓人眨眼的孩子，那揭露了我的錯處。其惡，與導致一個人死亡不相上下。我是救生員，泳技高超，紐約大學二年級時，跟朋友吵架，他隨著我跳入東河。我沒理他。等到我發現暗流拖著他往外漂，他已經被拉到太遠，來不及救。

一般人可能震驚於這些事實如何纏繞我不去。你以爲三十六年過去，罪惡感會稍減，一度，我也以爲如此。但是我沒預估到生命的循環：伴隨著年紀，它如何讓你回到起點。我夢見羅勃溺水，爲此哭泣，願意做任何事來袪除此事。但是怎麼做？「曼荼羅」的「回憶商店」只對較新的創傷有效：你把包含那事件的回憶上傳，然後再下載已經抹去事件的回憶，覆蓋舊有回憶。但是事件發生至今，它分秒滲透我的人生，如何抹去？這等於抹掉我建立的人生。不行。我太愛它了。

羅勃的雙親死於新冠肺炎，相距幾星期。之前，我跟莎夏每隔幾年就會到坦帕灣拜訪他們。羅勃是獨子（有一個姊姊住在密西根），他的父母看到羅勃的大學同窗順利迎向人生，似乎頗感安慰。他們以爲羅勃與莎夏曾是一對，我們從未指正——我們的目標是給他們帶來安慰，現身於他們的起居室似乎能達到這效果。那房間數十年不變：乾淨的白色粗地毯、水晶切割的菸灰缸、瓷器貓玩弄一團瓷器毛線。鑲框照片裡是十八歲的羅勃，背後是高中畢業照剪貼板；跟穿粉紅色薄紗洋裝女孩的畢業舞會照；戴著足球隊徽章，眼下一抹黑色油彩。這些年來只有他的父母有改變，頭髮漸白。他的父親老羅勃是高中足球隊教練，最後因肺氣腫無法離開氧氣筒。坐在沙發靠墊上，他們逐漸萎縮，讓水晶與瓷器擺飾顯得越來越大。每次拜訪完，我都需要好幾天時間復元，不再問莎夏，也不再自問——如果羅勃沒死，費曼夫婦的人生會有多大不同。

莎夏有次說：「你認爲會比較好，但是羅勃的老爸是個恐同狂。」

我說：「活著總是比較好。」

東河游之前，最後瞧見我跟羅勃的是畢克斯．布登。二〇一六年，當「擁有你的潛意識」風生水起，他突然跟我聯絡。他在信上寫促使他量產回憶上傳裝置是他對羅勃、那個早晨的回憶，這些年來他又是如何難以回想當時的狀況。我們大學畢業後就沒見面，中間這些年，他成爲科技界神人，大眾提到他都親切直呼名字，想到他依然受到羅勃之死的影響，我備感安慰。

恢復聯絡沒多久，莎夏跟我便去紐約造訪他跟麗姿。我們四人套上頭戴，觀看畢克斯的一九九三年四月六日回憶。朝陽剛升，我們抵達東河，畢克斯朝我們跑來，他的聲音說：「早安，兩位先生。」透過畢克斯的眼睛，我們看到羅勃與我：頭髮蓬亂，十九歲。我的第一個感想是：我們只是孩子。羅勃臉上有紅色短鬍髭，現在我身爲人父，能清晰痛苦看出他多麼疲憊與憂慮，自我嘲諷也難掩他取悅別人的渴望。他一度抬起手臂，我看到他仍擁有足球員的肌肉，也看到他手腕內側的粉紅色疤痕。然後是我當時沒看出來（或許拒絕看）的部分，羅勃溫柔注視我，那種信任與仰慕明顯是愛。有那麼一下子，我希望畢克斯上傳回憶時沒有掩飾自己的想法與感覺，我想知道他也看到了嗎？畢克斯看得出二十分鐘後羅勃會對我拙劣示愛，勢不可免嗎？

不過最痛苦的還是看到十九歲時的我：傲慢，充滿希望，渾然不知一個小時內，我將展開所謂的「之後」的人生，我會徒勞無功地一再企圖修補。早安，兩位先生。我們反覆看那段回憶。我抓著莎夏的手，感覺她在啜泣。但是反覆讓人麻痺，後來，她跟麗姿取下頭戴，拿了一瓶葡萄酒上屋頂露臺。我繼續看，想明確抓住一個點，那是我跟羅勃最後一次停頓，揮手道別，在銳利如金屬的晨光下，朝南沿河走。然後我們消失於畢克斯的視界；他轉身朝第六街天橋走去，前往東七街的公寓。

我忍不住哀求他：「等等，停下來。轉頭！叫回我們——阻止它！阻止啊！阻止啊！」

當畢克斯關掉我的頭戴，溫柔拿走，我才發現自己在尖叫。

我們在鎖鏈圍籬後面等邁爾斯下飛機。他的模樣勢必不同於十五年前，但是看到褪色的「小熊隊」棒球帽下的他身體佝僂，還是大吃一驚。他走向我們，面露緊張微笑，我注意到他有點胸椎側彎，眼內有黃疸跡象。我正努力戒掉診斷的習慣。我跟莎夏都五十好幾，親友開始遭到不幸，經過痛苦教訓，我知道提早測知疾病只會讓我左右不是人。有人以半開玩笑口吻問：「醫師，你是說我看起像屎？」還有我的摯友兼網球搭檔查斯特，我最早發現他可能有病，他的淋巴癌後來治療成功。但是基於我無法理解的原因，我們的友誼因此受損。他總躲著我，也換了網球搭檔。

車上我們輕鬆聊天，邁爾斯問起親戚。我很訝異他跟多數親戚都已失聯。他瞪視後座窗外，我懷疑他見過美國沙漠。我以前沒有。

回到家裡，我們談論搬到此處二十年做了哪些裝修。邁爾斯向我提問，我推給莎夏回答——畢竟，他是她的表親。她對著我而非邁爾斯回答，我覺得自己像外交翻譯官。這個小心翼翼察言觀色的邁爾斯迥異於我記憶中的眨眼混蛋，好像是陌生人前來投宿。這導致一個問題：他到底來做什麼？

我迫不及待要回去診所，那兒總有較多事要做，也比較重要。但是我學會抗拒這種衝動。好多年前，當霖肯給莎夏和我帶來許多壓力，我「逃去」診所的習慣差點讓婚姻不保。從那之後，我建立了一個三步驟程序檢驗我跑去上班的衝動：①我必須在這個時間去嗎？②家裡是否有我要逃避的事情？③我現在離開會不會讓人失望？

火速用我的程序算一下，我知道我得明天才去診所。

我把邁爾斯的小行李箱拿到客房，檢查床底與屋角有無蠍子，盼著行李少代表停留時間短。我看到邁爾斯獨自待在後陽臺眺望遠處。他說：「好安靜。」我明白他指的是數哩外朝西邊飛去的熱氣球。他問：「它們全升空參觀莎夏的藝術嗎？」

我說：「不一定。空中俯瞰藝術品很漂亮，但是沙漠也很漂亮。」

「不搭熱氣球也能看她的作品嗎？」

我說：「當然！」任何殺時間的方法，我都會一撲而上，我說：「如果你不怕走路，我們可以趁晚餐前去看看。」

邁爾斯

我們留莎夏在廚房切菜。她看起來沒變——柔軟的身材，紅髮摻白變淡，陽光照得她瞇眼。我待在她身旁不自在，感覺她也有同感。過去數星期，拜訪莎夏，了解莎夏是我的期待焦點，但是一下了飛機，這個邏輯就蒸發無蹤。幹嘛跑這麼遠來看一個我既不熟悉也不喜歡的表親。

莎夏顯然真心要給我一個驚喜，說她邀請了我的繼妹碧翠絲來晚餐。碧翠絲一年前畢業於洛杉磯加大，在加州這段時間，她跟莎夏家混得很熟。想到要跟同父異母妹妹吃飯，我覺得很丟臉，我一點也不認識她，而除了我的災難級失敗，她又知道我什麼？

朱爾跟我離開房子後，我的心情慢慢沉澱。太陽低垂，玫瑰色彩，矮叢花朵零星，閃現銀色虹光。沙漠的空曠有股聖經況味，彷彿世事完全與它無關，歷史尚未開始。朱爾似乎也喜歡靜默走路，我鬆了一口氣。或許我們一個是心臟外科醫師、一個是戒毒診所諮商員，都沒那個耐性閒聊。眞相只有一個核心：肉體與它的需要。在朱爾的大學悲劇事件後，我對他所知甚少，不知道反而舒適。現在我發現自己想了解他。

我們看到一堆隨意堆放的彩色草地躺椅，我的第一個想法是有人在沙漠亂扔垃圾，隨即我明白了：「這是……雕塑？」

朱爾笑了：「其中的一部分，它們彼此連結，佔據較大地方。」

「這些……全是塑膠？」

「是哩。來自全國的垃圾。」

「莎夏把它們黏起來？」

朱爾顯然十分驕傲，說：「多數是她設計的，也有其他人參與，這是『共構』；當美術館或收藏家購買了磚塊和照片，每個人都分到錢。」

我們隨著亮藍色管線鋪成的「支流」前進，它看起來像地景上的一滴慘青墨漬。我忙著掩飾自己的反應，問：「她怎麼開始的？」

朱爾說：「喔，她一直喜歡收集東西，」彷彿聽到我內在的嘲諷回應——呃，是哦。她收集了幾樣我的東西——他說：「我猜你知道我說什麼。」我點頭，挫敗了。

他說：「孩子還小時，她拿他們的舊玩具做雕塑。同時以紙材做拼貼：收據啊，票根啊，備忘字條等。一切都從這裡開始。」

當我們跟著垃圾路徑前進，尖酸評論在我胸口翻湧：

資源回收：多有創意啊！

唯一比這些「雕塑」更漂亮的是：沒有雕塑的沙漠。

我們抵達一區全是塑膠袋，袋套袋套袋套袋，數以千計皺巴巴的塑膠膜擠在破裂的有機玻璃盒，看起來像巨大冰塊。

我問：「最後都會溶掉？」

「全部。我們用監視器觀察塑膠的溶解，再用拭子取樣確定它們沒有浸出。」

嗨，我有個想法。不把這些塑膠垃圾扔置沙漠，直接回收不好嗎？

我走哪個方向才不用看到這些東西？

熱氣球在上空飄浮像哨兵。我突感罪惡，怕它們讀出我的思想。

你確定熱氣球在天空不是爲了逃離這些藝術品？

但是我閉緊嘴。

朱爾

折返時，我突然不放心邁爾斯。必須放慢步伐，免得他落後太多，儘管如此，他還是猛喘氣：他以前是傑出運動員，這表示有問題。我不知道他是討厭那些藝術品，還是不知該說什麼。我討厭必須猜測。這一切激起我想奔去診所的制約反應，接著明白不可以，因為我的病人就在身旁，走了兩哩路後猛喘氣。我不知道他的問題是什麼，該怎麼救治他。

晚餐時他顯得有點退縮，看眾人在室外火爐前說笑。我超想炫耀霖肯跟愛莉森。霖肯提前從史丹佛大學畢業，在科技公司上班。愛莉森是洛杉磯加大二年級生，眾人疼。但是邁爾斯的奇特孤立態度讓我覺得誇耀此類勝利不夠大氣。他跟繼妹碧翠絲幾乎沒互動。是害羞嗎？我跟莎夏是不是該聊聊他的近況？但是他的過去讓這些問題顯得沉重，而且顯得我們故示同情，何況，我們都是五十好幾的人，誰還會問你好不好？不是早就決定了？

年輕人進入屋內，話題轉到明日來訪的一群維吉尼亞州收藏家。他們是我所謂的硬底子有錢人，就像那種會去爬吉力馬札羅山甚或阿爾卑斯山的。毫無疑問，他們全想搭明日破曉前那班熱氣球。之後，他們會跟莎夏漫步觀賞雕塑，決定要買多少個。

邁爾斯說：「我想搭熱氣球。還有空位嗎？」

我說：「很難，都是好幾個月前預定的。」

我察覺莎夏的困窘，她說：「偶爾會有一、二個預定了沒來。」

我說：「不知道耶，我沒坐過破曉前的班次。」

莎夏建議：「要不，你們兩個都去？」就像從前莎夏敦促我接近難搞的兒子，而我瘋狂想逃。邁爾斯讓我回到過去，挫折感暴烈迎來。

他遲疑地說：「朱爾，不必特地爲了我這樣。」我懷疑自己的抗拒明白暴露。我雀躍地說：「一點也不！咱們一起去。」其中的勉強只有莎夏能知。

稍晚躺在床上，她用冰涼的手撫摸我的額頭說：「朱爾，他正處於困境，要求你對他耐心點不算過分吧？」

「他不是我們的兒子，我跟他不熟，妳也是。」

她說：「他是親人，這樣還不夠嗎？」

破曉前兩小時，邁爾斯跟我在烏黑的起居室碰頭，開一小時車前往熱氣球起飛地點。這次我沒胡謅診所需要我；昨晚傳來的簡訊顯示我今早不能搭熱氣球。我安排好邁爾斯後就去診所。

邁爾斯的興奮溢滿車內，說：「我從未搭過熱氣球，恐怖嗎？」

「沒高空跳傘那麼恐怖。」

他突然轉頭看我說：「我已經很久沒嘗試新東西，你相信我從沒去過法國嗎？」

「一步一步來啦。」

我們停在一條又大又長的礫石路，微弱螢光照出地面趴著二十幾個洩氣的包裹物。俱樂部簡約又奢華，硬底子有錢人就要這種巧妙平衡。我深知自己對富人名流的不信任是偏見。但是我的病人如此卑微，如果世間眞有公理，他們早主宰地球了。托天之幸，莎夏喜歡跟收藏家打交道。盛裝打扮畫眼線，好像仍在音樂圈工作，我大學時代愛上的那個莎夏復活了。沒人能抗拒她。

邁爾斯被告知一有空缺，他是優先遞補。他跟我握手道別說：「朱爾，謝謝你載我一程，希望沒讓你睡不飽。」

我說：「沒事。」當我離開俱樂部去開車，突然想到如果邁爾斯沒搞到位置怎麼辦？家裡的人都在睡覺；誰會來接他？

所以我跟邁爾斯一起等，啜飲超棒的哥倫比亞咖啡，看著那些穿著昂貴禦寒衣物、頂著昂貴髮型的硬底子有錢人聚集。他們分別前往分配到的熱氣球，邁爾斯發現大家都來了，沒有他的空位。他可以試試一點那班。他明顯喪氣，握握我的手，督促我去忙，堅持一個人等。我面臨抉擇，載他回家擺脫他，還是留他在這兒無所事事數小時。

氣球開始充氣，黯淡的螢光把原本鮮亮的花樣照成灰影。我走向櫃檯跟穿著鮮豔的年輕人說：「我是朱爾．布萊克，莎夏．布萊克的先生，陪她芝加哥來的表哥，有什麼門路可以讓我們搭熱氣球？」

她原先封閉的臉蛋瞬間綻出歡迎的微笑，答應試試看。我狐疑何者比較爛：有人脈還是毫無人脈。

幾分鐘後，我的新朋友說：「好消息，布萊克先生。我們要再弄個熱氣球上去。你們兩個都有位置！」

我跟她簡短說：「我不能去，得去診所。」

她臉上一閃而過的失望讓我後悔自己的簡短怠慢。她說：「五號氣球，他可以獨佔。」

邁爾斯的快樂明顯無比，連我都能感覺他的身體從失望轉爲冒險而整個放鬆下來。我跟他說：「五號氣球。你好好玩啊。」

他第三次跟我握手道別，急忙走出去。山頂閃現第一道藍光脈動。我跟著邁爾斯確保他找得到氣球。多數籃子載了數人，五號氣球裡只有飛行員，他協助邁爾斯爬進去。

飛行員轉頭看我，我說：「我不去。」那人頓顯驚訝加上邁爾斯孤單的垂垮肩膀，像矛直刺我心。儘管一再提醒自己做得夠多了，我的身體卻模仿擋抗不住誘惑的人：抓住兩條纜繩拉起身體，跳入籃子裡，幾乎踢到飛行員的腦袋。我大吼：「管他的，人只能活一次！」

邁爾斯忽地轉身，一臉迷惑與吃驚。戴了手套的飛行員不爲所動，撣撣外套。兩人都不在乎我搞啥；是我幻想了整齣戲。出發了。

邁爾斯

從下面看，熱氣球筆直。因此當朱爾跳進籃子，氣球起飛，第一個驚奇是它左右搖擺抖動地厲害。風將我們亂拋，我噁心想吐，想起早上只喝了咖啡。我打開俱樂部的早餐盒，塞一塊蘇格蘭燕麥卷進嘴裡。搖擺上升中，光線與我們的關係開始轉變，我明白了不管電影或劇場裡的漸亮都是企圖捕捉這一道「初亮」：白日破曉於地球。亮之始。沙漠小塊小塊潛入視線，尚無顏色。我吃墨西哥雞蛋玉米煎餅，朝下看，模糊感覺朱爾跟飛行員在我背後聊天。我終於覺得朱爾跟來是好事：他們可以聊天，我可以看風景。

太陽微露山頭時，我們已經在沙漠高空。在空曠處於這種高度很奇怪；熱氣球燃料的間歇嗡響不像機器噪音，我甚至聽到下面的鳥鳴。我抓起水壺喝水，太陽的上半部已經冒出山頭，照亮下方的世界。就在那刻，一束鮮豔的顏色躍入眼前：莎夏的雕塑。在地面看，它是大雜燴，在這個新高度，它有了結構與邏輯，像隨手的塗鴉被校準成散文。跳躍的彩色線條奔過沙漠，蹦跳、扭轉、回溯、增厚，竄散、消逝：這是雲雀從地面跳起，口吐超凡喜悅環抱我。沒有雕塑的沙漠顯得空曠。

眼淚奪眶，我拉下帽沿，對朱爾說：「瞧，你瞧瞧她做了什麼。」

朱爾也是目眩神移，說：「不敢相信我從未在日出時看這些雕塑。」

低頭研究莎夏這些「仿真物」的曲線，我整顆心就像熱氣球離地升空，迸了開來。從這個新高度，我看到我人生的殘酷簡單事實：我的過度自負與過度輕蔑、我的失敗，這麼多，觸目可見。我努力過，上帝爲證，我眞的努力過。不僅不夠還無足輕重。我的子女長大，人生完整，不需要我，我常覺得自己是他們的負擔。我孑然一人，多年來，我的人生不斷後退，從這個高度看，是陷困於遠比死亡還淒慘的煉獄。這種人生不需要回去。

眼淚模糊我的視線，模糊了莎夏的雕塑。每次我眨眼，它的顏色也像密碼回應我：此地。此刻。夠了。走吧！

我抓住一條結狀鋼纜，攀到籃子邊緣，冷熱風交織拍打我晃蕩的腿。我平衡身體，有那麼一剎那，我的腦袋空空，只剩催眠式的念頭。然後我鬆手。一開始是短暫恐怖的下墜，接著身體加速往下，然後，似乎一個臂膀鉤住我的下巴，把我的腦袋緊靠籃邊。我嗆得大叫，脖子以下亂動。重力吞噬我的腿，想把我的身體扯離腦袋，我感覺撈住我的人開始往籃外傾。然後一個鐵鉤或者支架類的東西抓住我的左腋下，用力一拉，把我倒回籃子裡，我的頭先著地，腦袋的金屬片震動，金屬味道衝入鼻、嘴、眼裡。眼冒金星中，我眨眼，朱爾俯身看我，喘得像瘋子。他甩了我一巴掌，整個人坐到我胸口。

他大喘氣說：「王八蛋，你不准，不准。不，你不准。」又甩了我一巴掌。

飛行員大叫，拉朱爾起身：「起來啦，他昏了。」

「隨便他。」

「你剛救了他的命，現在要殺他？」

我被救護車送到精神病房。病房窗外，長了矮叢的沙漠山脈像大幅彩繪背景。我瞪著那些山，迴避顫抖的子女與雙親（兩人都七十幾歲了），也不看弟弟艾米斯、艾佛德。楚蒂握著我的手，問我還需要錢嗎？他們都想幫忙，他們的溫柔讓我更加沮喪，因爲我再度增添他們的失望與痛苦。失敗再失敗。我哭泣，難以自抑，醫生忙著用更好的方法鎭定我。我在那裡待了三星期。

我的悔恨只有一個例外：那就是救了我的人。我痛恨朱爾瓦解我的大膽衝動，現在那念頭已經遠颺。朱爾也恨我，根據他的說法，我才抵達不到一天就差點要了他的命。現在，我們得共享他英勇舉動虜獲的笨蛋獎盃——一個沒人要的人，連我自己都不要。

還在住院時，朱爾跟我就直白交換恨意，卻是直到我重返朱爾家的客房（莎夏在窗臺擺了一排開花仙人掌給我打氣），我們對彼此的唾棄才整個爆發。在靜默的沙漠裡，我衝他大吼大叫，他也回以大吼大叫。莎夏拜託我們停止，命令我們停止，我們不理她，她衝出屋外。我們就是無法停止。一晚，當我們在陽臺怒氣沖沖，莎夏拿水管澆我們。以前在溫內特卡的家，楚蒂也是用這招分開打架的貓。我們完全沒料到，無助抱住頭，全身溼淋淋，之後忍不住笑了。這是我們的轉捩點。每當莎夏感覺我們又要陷入爭吵，就說：「要我去拿水管嗎？」在醫院時，朱爾就逼我吃維他命，現在住他家，不但規定我吃高蛋白新鮮飲食，還強迫我參加一個要命的復健課程。當我漸漸恢復血色，一拐一拐走路，會瞥見朱爾偶爾在看我，那眼神，我無法明述。最後我明白：那是好奇。我已經五十一歲。我如何度過餘生原本是我的事，現在也變成他的事。我的一舉一動都有立即且直接的重要性。這個發現激起我的舊野心；好像麻痺已久的腳漸漸恢復知覺。我久已忘懷。

離開芝加哥九個星期後，我終於回家。從奧爾黑機場回公寓的路上，我看著鬧區的閃亮建築，感覺失敗與放逐又回到身邊。什麼都沒變。進入小套房就像屍檢、走訪犯罪現場。沉滯的空氣如淡淡的甜膩毒氣。我擔心躺下就永遠醒不過來。我因而沒睡，徹夜收拾東西，裝箱寄到朱爾與莎夏家。我把錢、鑰匙、交代事項裝入信封給管理員，祝他一切安好。

天色尚未破曉，我就跳回藍線地鐵到機場。芝加哥天際泛白，我幻想著沙漠。我想以迥異於現有人生的一則故事填充它的空曠。就像莎夏那樣。

我在城裡租了一間房，開始讀書準備加州律師考試，感覺以前那種喜歡辯證與法條的癖性轟隆地回來了。幾個月後，我開始幫朱爾的幾個貧窮病人提供法律服務。到了年底，我當選聖貝納迪諾鎮長。如果你覺得這些勝利匪夷所思，我請你回想贖罪故事的偉大敘事力量。算我運氣好，美國人超愛罪人。

朱爾跟我不談舊恩怨，但是我認爲我的「成功」與「善行」讓他快樂。我越來越需要莎夏長長的擁抱，一次擁抱裡，她說我有助朱爾放鬆。現在我們每週打兩次網球，打完後，朱爾不再直接奔回診所，而是跟我喝杯啤酒。當熱氣球升空（經常），我們便向天空舉杯。

9 阿德拉（Adderall）又稱聰明藥，含安非他命，大學生愛用來熬夜。

10 贊安諾（Xanax）是抗焦慮藥。普顆西（Percocet）是一種鴉片類止痛劑。

11 一九九〇年代，美國藥廠向大眾推銷普顆西、疼始康定這類含鴉片成分的止痛劑無成癮危險，導致處方浮濫，引發鉅額求償。

12 非法藥物診所（pill mills），在不知道病人病史、不做檢查的狀況逕自給病人開立處方箋的診所，是麻醉藥物氾濫的原因之一。

13 美沙酮（methadone），戒斷毒癮的過渡藥物。

韻法

M的鼻子有四顆主要雀斑，大約二十四顆次要雀斑。我說「大約」不是因爲她的次要雀斑不可數——世上只有極少數東西不可數——而是我沒法長時間注視M的鼻子，數著她的次要雀斑而不讓她不自在。M的頭髮比周遭百分之四十的女同事要厚，比百分之五十七的女同事要長。百分之二十四時間，她使用髮箍，百分之二十八時間用髮圈，百分之四十八時間放下來。她剛剛好比我大七天，亦即，她二十五點五六歲，我二十五點五四歲。這個事實是我們的組長歐布朗在家舉行墨西哥炸玉米餅派對時，我在破冰遊戲裡得知的。那時我們剛組隊，全員參加。大家交出自己的出生時間、日期、地點，歐布朗把它們放入一個3D地球動態模型，緩慢旋轉，清晰可見四十三名成員落入不同的年齡組距集合。在那個模型裡，M跟我看似同時誕生。

透過眾包形式[14]，我把M的美貌評比看似隨意交給本組所屬的大單位，表面是一位異性戀單身男性想知道她的美醜，實則是評估我的可能對手多寡與實力。百分之八十一的人覺得M漂亮，其中百分之六十四不具競爭性，是已有感情關係或者已經有中意對象的男性、非二元性別論者[15]

或女性。這些女性當中又有百分之十五自認是同性戀或雙性戀，也不構成威脅，M是異性戀。我當然覺知異性戀與同性戀之間有塊很大的光譜，要指出M在光譜上的精確位置，需有她的性史翔實報告，我無權取得；或者從「集體意識」裡取出M的性回憶與性幻想灰色擷取塊得之，這可是醜惡至極的侵犯個人隱私，事後，她可義正嚴詞臭罵我，因而與初旨不符。

問卷回答者中，剩下的百分之三十六男性或非二元性別論者，可以視爲我求愛M的可能競爭者，其中半數有至少一項可能或者非常可能導致取消資格的特徵：百分之十三有明顯體味或其他個人衛生惡習（挖鼻孔掏耳朵等等）；百分之十一是鍵盤俠；百分之八年紀大（超過三十五歲）；百分之六超級自戀；百分之五執迷畢克斯．布登；百分之五有各式犯行，包括參加伊拉克戰爭重演遊戲，講性別歧視笑話，抽菸，戴頭巾。好啦，最後一項是我自己的小毛病，M或許不在意，但是我超討厭頭巾。

至於剩下的百分之十八問卷回答者可能是我追求M的勁敵。至此，數據不再管用，因爲我怎麼測量誰的機會最好？解開M心鎖的關鍵可能是某種很怪的東西，無法預測，除非你深諳她的背景、回憶與心理狀態——如此，再度，得用侵入手段。搞不好給M送上藍色河馬塡充玩具的人會讓她陷入愛河，我們之中誰會如此做？我會。我在沃爾瑪超市看到一隻藍色塡充河馬，心想或許這就是X因子——擄獲M芳心的不明值。然後我看到一個小小的芭蕾舞者音樂盒，興起同樣想法。一些絲製的修長鬱金香也讓我如此。還有一整盒色彩繽紛的橡皮筋。就連從地上甚至垃圾堆撿起的小物，也引起我的相同思索。任何東西都可能是X因子——讓人愛上另一個人、不可名狀、無法預測的小細節。

現在，基於我是個計數者（counter）——專業詞彙叫「實證與度量指標資深專家」，合理的問題是：要賦予X因子一個値，如果我隨機破解次數夠多，統計上，會增加M愛上我的機會嗎？答案是「是」也是「否」。是，因爲過濾足夠多的捐贈者數據，我們可能在兩個陌生人間找到完美的脊髓配對。否，因爲我得奉獻餘生（以美國男性平均壽命爲準）再加上八十五年時間，全部用來測試所有隨機物品，才能增加我找到「正確之物」的機率，屆時，M跟我都死了。而前提是我們假設X因子是物，很可能不是。

而且取得一大箱隨機物品（如我目前所爲）也可能是種危險。萬一M是極簡主義者，認爲囤積大堆物品是足以淘汰的人格特徵呢，一如我覺得頭巾絕對不合格。她的反應也可能跟我老妹愛莉森一樣，後者看到我放置河馬等東西的箱子時說：「見鬼啦，霖肯，你變得跟老媽一樣。」儘管我崇拜老媽，愛莉森這話的本意可不是讚美。她的意思是我隨機囤積無意義之物，她講的沒錯，同時也是錯，因爲每一個物品都有歷史，物品間彼此有關係，因此無意義只存在於你賦予它意義之前。

要賦予這堆東西意義，必須我親手把它們交給M，並問這會讓她愛上我嗎？但是缺乏匿名保護，誠實報告難以取得，況且當這位瘦削（但體態佳）、留有鬍鬚的「實證暨度量指標資深專家」從起居室箱子撈出藍色河馬（假設啦）遞出去，而她瞬間愛上他時，她大有可能找不到語彙描繪胸口湧起的波濤究竟是什麼，也不願意當他的面承認。

爲了抵消M的自覺，我必須把計畫掩飾爲研究。我必須說：「M，我希望妳參加一個實驗，記錄妳看到一系列隨機物品時的生理反應，得用到數個感應器，妳可以在一個超級乾淨的浴室裡私下貼上，那浴室絕對顯示我是眾包調查裡的異數，並非二十幾歲的標準單身懶漢：喏，三個貼在心臟部位、一個在頸動脈、一個在軀幹正中、一個放入陰道內。OK嗎？」

不。這太扯了。半途就得放棄。

在我的火熱幻想裡，M說：「好啊，霖肯，沒問題。」我們開始了。X因子會是什麼？橡皮筋？河馬？我在車庫拍賣時買的小瓷器貓？因爲眾包調查顯示女孩喜歡貓。或許都不是，或許我只會看到線條移動都在正常範圍內，然後我說：「OK，做完了；妳想來點牛奶跟餅乾嗎？」餅乾是自製的，我喜歡烘焙，又是一個二十幾歲單身漢眾包調查無法描述的特質。然後我給M倒了一杯牛奶，放了兩片餅乾到碟子裡。燕麥巧克力脆餅去掉葡萄乾後跟牛奶是絕配。我把牛奶跟餅乾端給M，她咬了一口又喝了一口後說：「謝謝你，霖肯，眞好吃。」地震儀警鈴大作，我幾乎聽不見她的話語（雖說，不會有地震儀，沒有警鈴也比較貼合幻想），圖表上線條瘋狂扭動，M就是在此時愛上我的，餅乾與牛奶的緣故！現在我們知道X因子的值，算式完成，M屬於我，去他媽的百分之十八，幹他媽的百分之十八裡那個威脅性不容否認的人：亦即，M的男友馬克。

爲什麼他們的名字都以M開頭顯得很重要呢？

M跟馬克約會了五個月六天又二點五個小時，往回推，他們的男女關係始於馬克走進M的小隔間辦公室，邀她一起吃中飯而她說好的那一刻。到整整六個月時，他們有百分之三十二的機會邁向穩定關係，譬如結婚。因此我小心記錄日期，部分原因是他們踏出穩定關係的那一步會導致我瞬間死亡。我沒有統計數字可支持這說法，但是我很確定。

人說，知識就是力量，但是隨便一個計數者都可以告訴你，光是擁有數據本身毫無用處，也無法拿來預估。譬如，他們大概交往了五點二二四個月，M跟馬克約莫每三晚就有一晚睡在一起，也就是五十三點〇七個晚上，知道這個，對我有什麼用？假設這些晚上，他們都做愛。半數做愛夜裡，一夜兩次，他們大約已經做愛七十九點六次。知道這個，對我又有什麼好處？請注意，我已經從觀察進入到計數階段，雖說我跟M的辦公室共用隔間板。我換到這個位置，主要是不想目睹M跟馬克一起踏入辦公室。在愛莉森的協助下，我打消此項數據收集的習慣，主因為①它妨礙我真正的數據收集工作，讓我的表現打折，以致我的領導暨好友歐布朗已經警告我兩次。②因為此類數據收集快讓我成為變態偷窺者。

上次萬聖節，M打扮成茶杯進辦公室。穿成這樣來上班，大約說明了她是什麼樣的人。我狐疑馬克會配合M的打扮嗎？譬如穿成茶壺。一整個上午我瘋狂焦慮，想知道馬克穿什麼，又害怕看到。我告訴自己如果他打扮成茶壺，我就放棄追求M的這場聖戰。結果馬克什麼打扮都沒有。看到這個，我樂歪了。心想，結束了，他們的關係沒希望了。馬克無法理解這個打扮成茶杯的女人。

如果M是我的女朋友，我一定會打扮成茶壺。

我不想成為恐怖偷窺者，我想成為自己這齣戲的主角。我自信可以，但是列出理由卻嫌不夠謙遜，雖說我喜歡數學勝過英文，但是我認識「狂妄自大」四個字，也知道它可能帶來的下場。所以我只膽寫老妹愛莉森某天為了給我打氣寫下的「資產」清單，括弧內為我自己的評注：

- 英俊（對看重外表的人來說，我六呎一吋高，暗金色頭髮與鬍鬚，身形瘦長肌肉結實）
- 運動佳（棒球，足球，籃球）
- 受歡迎（頗受爭議的論點，因為此詞的曖昧本質。在本例，意指我有兩個男性朋友，一個是我的上司兼組長歐布朗，加上數千個我沒見過面也不眞正認識的所謂「朋友」。）
- 善良（愛父母與老妹，他們也愛我。）
- 性感（你可能會問老妹哪有資格說這個！是這樣的，她的評估基礎來自我的報告：我在「豐收」公司任職兩年裡，共有九次同事對我表達興趣與感情。包括一次受邀喝杜松子酒，一把生日禮物小雛菊，午餐時收到的一袋紅蘿蔔（我超喜歡紅蘿蔔），最意味深長的一次是有人在我桌上留下匿名紙條，寫著：「你有好看的屁股跟很棒的個性。」）
- 工作表現優異（這個愛莉森沒有資格評論。她是個印象主義者：就是有浪漫傾向的「典型者」。她跟實證者恰恰相反，爸媽甚至打趣說，愛莉森跟我是一個人格分裂而出的雙胞胎。愛莉森是完整的個人，我卻感覺自己加上愛莉森，可能會比較完整。她對我的「工作表現優異」評價基於兩個數據：升遷與獎勵，我總超前同僚。我的小組領導人歐布朗與單位領導者艾維莉還打算給我一間獨立辦公室。我抗拒，因為這會讓我遠離M，並造成位階不平等。愛莉森堅持這是好事，至少不是壞事，但是愛莉森畢竟是愛莉森，她缺乏支持立論的數據，除了模糊的「人總是迷戀上司啦」。此論只有單一數據可支持，就是她自己。儘管愛莉森的印象派作風，全然不可解的是她的預測經常比較準。）

餘者略，進入愛莉森最具爭論性的立論：

● 你很好笑。

幽默是我們這行最頭疼的東西，因此特別執著。幽默無法計量。正因如此，它是我們用來偵測「代理人」的主要工具。所謂代理人是指有些網路帳號是由第三方在運作，掩飾帳號原始主人已經逃脫。獲利甚豐的「品牌」帳號經常賣掉（第一個記載有案的例子是超模夏樂特．史溫森），偶爾也會有眞人竊據廢棄的帳號，但多數代理人是「寄居蟹程式」在運作，維持帳號舊主人既有的個人網路活動模式——通訊，商務與社群媒體，目的在掩飾原始帳號主人已經沒在使用。多數代理行爲由「蒙德里安」公司策動，這是位於舊金山的一家非營利機構。他們最厲害的代理人是職業寫手，據說是小說家，可以一人代理多個帳號。幽默成爲我們偵測眞實帳號還是代理人帳號的利器，因爲即便眞人都很難模仿原帳號主人的幽默感，更別說「寄居蟹程式」。不幸的，對我們這些計數者來說，要設計出偵測「幽默模仿失敗」的程式也很難，因此指認代理人帳號變成費時又耗力。它辦得到，卻是「典型者」的工作。事實上，把代理人帳號挑出來，不納入計算，是「典型者」在我們這行的唯一優勢。

但是幽默爲何無法量化？簡單：因爲我們缺乏「好笑」的一系列定義基準。有些人好笑，有些人不。而好笑的人或許無意「搞笑」。我顯然屬於此類，計數者多半如此。我們量化一切。從小，就是掃興王。到了今日，我依然可以告訴你一首流行歌曲的停頓長度，從貓王以降，任何一首都可以，隨你挑。只有我的家人覺得這種執迷有趣，因爲他們本來就愛我。我的執迷是社交毒藥，就像有的計數者告訴我，他們的嗜好是度量鄰居的圍籬，給亞瑟王朝盔甲歸類編目，記錄報導太陽風暴，或者像M這樣照顧童年臥房裡的兩百六十八盆植物，不包括草。她把草籽撒在滿鋪毯（wall to wall）上，結果，草根穿透地毯下的腐朽地板，在一次大量澆水後，下面房間的天花板掉了一大塊（結果是廚房），直接砸到餐桌中央。

這當然好笑，至少當M在歐布朗家墨西哥玉米煎餅派對上述說此事時，我們覺得很好笑。那次我們每人要交代一件童年軼事。但是埋在這齣喜劇內裡的是哀傷與勝利。哀傷是M本來就很孤立，沒有朋友，與家人格格不入，天花板垮掉導致她的「植物系統」被拆毀，之後，她拒絕吃喝，住院強制灌食。勝利是指她後來成爲了M！漂亮性感又高收入，世界膜拜她。我跟其他計數者同事講述的故事也多半如此，哀傷與勝利兼具，因爲世界終於站在我們這一邊。說來難以置信。到現在我都無法相信。「典型者」鞏固了我們的位階，他們在青春期可能頗受歡迎，他們的統計能力可能局限於少數神聖領域如棒球數據，事實是在計數這個領域，我們就是比較厲害，數字才是我們的母語，我們許多人還不會講話就懂數字。

今早上頭臨時召集我們整個單位（共六個小組）在砂園開會。根據過去經驗，此類單位會議，百分之八十六代表有問題要解決，百分之九是無預警頒發獎勵，百分之五是單位裡有人發生不幸。我們兩百七十三人魚貫進入砂園，杵在那裡，等候艾維莉抵達。平日，水瀑會滴滴落在堆高的黑色尖石上，今天卻關掉了，團隊交換焦慮眼神。有大事了啦。歐布朗看起來跟所有人一樣迷惑。

單位領導人艾維莉是個非二元論者，從未公開表露情緒。此刻，她的二合一肢體處處可見壓力[16]：頭髮軟垂，沒洗沒吹整，眼袋烏黑，運動衫袖口沾了蛋；平日唯一的化妝：護唇膏與睫毛膏，今天都沒。

艾維莉說：「針對近日的代理人干擾，我們剛完成一項深入分析，發現有新一代的寄居蟹程式，專門針對我們的代理人過濾系統。此一事實顯示我們部門有一人或多人涉入，協助逃脫者閃避我們計數。」

干擾特指代理人逃避我們偵測的方法。逃避偵測與代理帳號並不犯法，但是如果有內奸協助，以代理人帳號污染我們的數據，數量達到統計的顯著水準，破壞我們工作的精確性與品質，這就屬於企業犯罪。這解釋了爲何兩位監察員菲爾與派翠絲站在艾維莉兩旁，看起來比平日更像警察。

艾維莉說：「我們會展開調查。約談各位，各位如有任何機密訊息要分享，也歡迎隨時通報。我不想撒下猜忌的種子，但必須提醒各位提高警覺。如果你有理由懷疑某位同仁的效力程度與忠誠度，請跟我們分享此一資訊。」

艾維莉使用的密碼唯有我以及其他「天生計數者」才可能瞭解：叛節的是個典型者，最有可能是印象主義者，惑於自由與遁逃的幻想。那種心理狀態，我們這類人只能從理論去理解。人類的行爲並無任何新創之處。人口統計分類上與我相同的人，他的創發也可能就是我的構想，我們以相同方式生活，相同方式思想。據我猜想，逃脫者想要恢復的其實是一種「獨特感」，以前他們自覺與他人不同，直到計數者揭露他們其實大同小異。但是逃脫者錯了，量化並不會讓人類生活變得較不精采（我知道，這說法違反直覺），就像你看出了一首詩的韻法，會減低那首詩的價值嗎？恰恰相反！

會被數字摧毀的神祕，從來不是眞正的神祕，只是我們的無知讓它看來如此。一旦明白，就覺得不過是偵探推理小說。誰會重讀一本謀殺推理小說？然而在我們開始了解宇宙或天文學之前，它就是個謎，略知一二後，更是如此。

解碼後，艾維莉的核心訊息是：有個印象主義者出於某種浪漫的想法，惡搞我們的數據，自以爲推波助瀾某種革命，其實只是搞爛我們的計數，危害我們的工作。所以睜開你的眼皮，給我盯牢可能亂搞的典型者。現在讓我們揪出那個王八蛋。

六點二八個月以前，大約M跟馬克開始約會前三週，我在我的小隔間工作，M突然緩緩起身，探頭我們共享的隔間板，先是露出眼睛，繼而整張臉。我只專注於她閃亮如金色小貓眼睛的雙眸。正當我目不轉睛、神魂不守，她整顆腦袋冒出來說：「躲貓貓。」然後笑了，我也跟著笑。我的笑讓她笑了，然後她的笑又讓我笑了。我試著算出「互笑」的指數效應，因爲我覺得自己快溺斃了，一點「舉例說明式數學」（illustrative math）可能穩定我。但是笑聲太難舉例。這是一切之始。

M的男朋友馬克是典型者。這個詞彙其實有點誤導，因爲在計數者團體中，典型者是「非典」而且永遠是少數。有時我想到M跟馬克的共同點少於她跟我，我覺得雀躍。再一想，我的父母與妹妹也是典型者，我不僅愛他們，還就愛他們是典型者。上個月，我跟愛莉森散步到瀑布，並肩坐在岩石上，我知道愛莉森腦海只單純想著「好漂亮啊」，而不是忙著計算瀑布的密度、速度、與下面石頭的距離、落水量，但是我喜歡。我對妹妹的欣賞隨即轉爲沮喪，因爲當M看著馬克，也會煥發相同的激賞之情！她一定想，跟馬克在一起多簡單多鬆弛。她一定想，跟馬克在一起提醒我，有其他觀看世界的方式。她一定想，當馬克看著我，我知道他只是覺得我漂亮，而不是忙著計算我鼻頭的次要雀斑。

後續想法讓我至爲沮喪，只能躺在瀑布旁，身體蜷曲。

就是在那時，愛莉森幫我建立「資產表」。

艾維莉召開臨時會議那天稍晚，我看到M獨自在石園吃中飯。通常她跟馬克共餐——其實跟馬克吃中飯就是他們關係的開始——因此，M孤身出現石園是我的罕見機會。

我站在窗前瞪著M，焦慮該怎麼接近她。如果我接近她，百分百我得先開啓話題，而很大機會，這個起頭不會自然也不會有趣——尤其靠近M身旁，我必然緊張，談吐自然的機率至少減損一半以上。老爸總是說：「做眞正有趣的事情需要跳躍一大步。」代表膽氣的定義是蔑視擺在眼前的數字。老爸是個偏向數學的典型人，也是政治狂，一頭埋入表親邁爾斯．賀蘭德角逐州參議員的度量指標研究。我很看重他的分析。

邁向M的小石頭大約有百分之三十五是灰色摻白色粗紋、有銳角的頁岩，另外百分之二十五是圓形黏土性質的石頭。剩下的百分之四十是我最喜歡的一種：密實平滑的黑色石頭，吸收了陽光熱度。另外還有類似家具的大顆岩石，顯然不久前剛從液體狀態固化，有人說那是隕石。M靠著最大的一顆，抬頭看天空，快速移動的雲朵佔了三分之一的天空，三分之二是沙漠藍。

我說：「嗨。」

M說：「嗨。」

依據過去與人的大量互動數據，我利用追溯數學得到一個「推算公式」，目前爲止都證明無誤：如果兩人對話了八句（一人四句，不含問候語），氣氛還是很尷尬，百分之八十的機會，接下來還是很尷尬。如果前八句感覺很自然，很可能繼續保持自然，儘管（令人吃驚）後來可能插了多達十句的尷尬對話！這則推算公式的麻煩在於壓力與緊張狀態下，對話很難擠出，在心儀女性面前擔心對話變成覆水難收的尷尬，那壓力更是爆棚，尤其撤銷對話需要你轉身跨過五十呎石堆，因而延長了她評估你的機會，她目送你離開時，她有時間思索你是多笨啊，跨越整個石園來找她卻無話可說，你顯然對她神魂顛倒，眞是遺憾，她雖然樂於跟你共享辦公室隔板，卻眞的對你沒那種感覺；六點二八個月前，她從隔間板起身對你喊「躲貓貓」時，她可能有那種感覺，因爲你們都不可思議地大笑，之後你卻表現詭異冷淡，接著馬克出現了，現在她愛上他，而且即便她目睹你轉身回去時，有百分之十三的思緒想著你的體態眞棒啊，但是在浪漫關係爲一對一的體制下，贏者全拿的規則也讓那百分之十三完全不具統計學的相關意義。

所以。壓力。

如果說八句尷尬對話的威脅是不可逆轉的尷尬，現在M跟我之間的沉默與時間點滴消逝更恐怖。我可是知道如何度量靜默的男人。音樂裡，加長的停頓會讓跟隨在後的反覆句更添強度與活力，對話的沉默恰恰相反，貶損隨後可能發生的事，停頓過長，就算之後的回答靈活如劍術的回刺，也只等於「說話的縮頭術」。

回到問題：我跟M在「嗨」之後沉默了多久。

三點三六秒。

什麼！人腦怎能在這麼短的時間裡閃過這麼多思想與觀察？印象主義者可能會說「人類天生有時間認知的偏曲」，但是對我們計數者來說，時間眞是乏味之物，不僅因爲時間的研究與論文汗牛充棟，而是時間對數學不重要。注意哦。我不是說數學對時間不重要；我們抛出數學企圖了解時間，實則純屬徒勞無功。事實是，三點三六秒內能有這麼多念頭閃過腦海，正足以證明意識的無限。沒有止盡，無法度量。意識就等於宇宙乘以地球人口數（這是假設人死意識即滅，可能並非如此），因爲我們每個人的腦袋就是一個宇宙：無法探知，自己也不知。這就是「曼荼羅」的「擁有你的潛意識」一推出就大受歡迎的原因。誰能抗拒重訪記憶的機會？因爲大半記憶已經徹底遺失，看起來像是在造訪旁人的回憶。做了這個之後，誰又能抗拒進入「集體意識」的機會？只要極小的代價，我們的回憶就成爲眾人可搜索的匿名回憶。誰不是一滿二十一歲（「曼荼羅」的門檻），就去買「擁有你的潛意識」？就像上一個科技時代，人們對音樂共享與DNA分析趨之若鶩。我們在對這種啓發性管道大感興奮同時，也將整體的意識全盤交給網際網路，也就是我們這類計數者。雖說數據收集者有嚴格的灰色擷取塊規範，但是偶爾我被迫在權限範圍內進入陌生人的心靈。那是種詭異刺激，好像穿越陌生人的家，被物品包圍，每個物品都散發我無法解讀的意義。我抓取我要的，火速離開房間。

好消息是我們面對面僅三點三六秒（現在三點七六秒），根據追溯數學：對話停頓可以長達四秒才爆裂，亦即，釋放有毒內容。四秒之前，它只是個持續撐大、變緊、充滿災難可能性的泡泡。

我說：「所以，妳對艾維莉的話有何想法？」

「你幹嘛問？」

M的語氣充滿攻擊性，令我吃驚，我同時知道還要再六句對話，才會到達安全的八句，所以我朝前進攻：「哦，因爲妳跟我一起工作，這算是很大的宣布。我想找人聊聊。」

「你認爲是馬克。」

「我還眞沒這個想法，」我說：「直到妳提到。」

「不是馬克。」

我說：「ＯＫ，不是馬克。我們單位共有兩百七十三人——所以，爲什麼認定我以爲是他？」

雖說我們的對話並不友善，慶幸的，已經抵達第七句而不覺尷尬。尷尬的定義是你想著「下一句該怎麼說」，卻怎麼都想不出來。

我問：「妳認爲是誰在協助逃脫者？」

她說：「印象主義者。」

我說：「我妹是個印象主義者。」

「我的也是。手足沒法改變。」

我說：「我愛我妹妹。」

「如果她不是你妹妹，你可能不會愛。」

「如果她不是我妹妹，我根本不會認識她。」

她說：「正是。」

我坐到M身旁的岩石說：「妳介意我跟妳一起坐嗎？」

「你已經坐了。」

「我可以再站起來。」

「別麻煩了。」

「不麻煩，我雙腿強健。」

我說：「從坐姿站起來一點也不驚奇，」爲了證明，我站起身說：「告訴我，這怎麼算炫耀？」

「你只想炫耀。」

「我可以看見你的肌肉。」

我低頭看藍色牛仔褲與T恤，沒看見肌肉。

「看見肌肉算問題嗎？」

她說：「不算。坐下來啦。」

我坐下，心臟吶喊狂奔。這是調情，明顯又明顯。跟M調情感受的狂喜，恰恰是我歷年跟「典型者」約會缺乏的：我每次都搞不清狀況，因爲我缺乏典型者用來塗抹掩飾行動與語言、模糊目的的甜言蜜語，每次都變成掃興的大挫敗。

我跟M說：「我喜歡妳，一直都是。」

「謝謝，我並不知道。」

「馬克呢？」

她說：「我愛馬克。」

「他會在意妳跟我坐在一起嗎？」

「不會。他信任我。」

「妳信任他嗎？」

她遲疑了：「信任，也不信任。」

「那代表不。信任不是全部就是零。」

她說：「不，這種贏者全拿的計算系統裡有許多等級。」

「譬如？」

她說：「我相信他對我的感情，但是他可能協助逃脫者。」

「爲什麼？」

「有時他的心似乎飄到他處。」

「心在別處不代表他叛逃到志在摧毀我們事業的祕密網絡。」

她說：「但是可能。」

「『可能』跟『是的』相距甚遠，等於相反。」

「不，『是』與『不是』才是相反。」

我說：「我有個想法，既然我吸引妳，妳也吸引我，我們爲什麼不到我家，做愛，看看下一步如何，完全沒有羈絆。」

「這是背叛馬克。」

「妳可以這麼說，也可以說是爲信任增添一個等級。」

「跟你做愛會讓我從可信變成不可信。」

我說：「不一定。如果我們睡過一次，感覺不怎麼樣，妳會變得對馬克更忠誠，更值得信任，因爲妳再度看到我T恤下的肌肉，受到吸引時，會想：我已經跟霖肯睡過了，不怎麼樣，誰在乎這些肌肉啊？」

「你這是以邏輯包裝色慾。」

「我的色慾符合邏輯。」

她說：「色慾從不是邏輯，它是生理。」

我說：「我對妳的色慾完全符合邏輯。妳的各項吸引人特質合起來，讓我無法抗拒。事實上，我得經常性耗費精力才能勉強自己不伸手摸妳的頭髮，譬如此時。」

她尖銳地說：「不要。」

「我不會摸。只會持續消耗精力跟這個衝動對抗。但是不容易。」

「你可以走開，這樣輕鬆點。」

「沒錯。但是我們辦公室接近，所以我會持續察覺自己超想摸妳的頭髮。」

她說：「你即將搬到另一個辦公室，這會輕鬆許多。」

我驚覺對話從「棒」快速轉爲「爛」，儘管M受我吸引而且對馬克有疑慮，她還是會持續跟馬克一起，對他忠心。我明白我跟M永遠不會有什麼結果，恰恰因爲快發生了卻沒發生。這有數學理論可明白解釋，但是需要3D模型，我太累了懶得弄，就算是爲了我自己。

我說：「我沒法走開，因爲我的精力都用來抵抗摸妳頭髮的衝動，沒有足夠精力走路，甚至沒精力從坐姿變站姿。或許妳該走開。」

她說：「是，我會。」

她站起身走向建築。我看著她離去。然後躺回去，背靠尖銳小石頭與溫暖的平滑黑石頭。我看雲朵慢動作螺旋轉動，猜想M永遠不會愛我是因爲剛剛的對話，還是我們的對話揭露了預先存在的因素，她注定不會愛我。以數學來看，我們的對話是因果邏輯式數學（casual math）還是純舉例說明式數學？臆測屬於印象主義者的範疇，當我看著雲朵，感覺老媽老妹在我體內。我能愛一個人像我愛愛莉森那樣，再加上其他嗎？少了那種愛，我能存活嗎？童年與青春期的痛苦會不會回來，把我撞回沮喪，沒有數學梯子能幫我爬出？我看著螺旋狀雲朵逐漸變成珍珠，後面是藍天，突然明白我看到的正是數學梯子。我卻似乎沒法爬上去。

第二個星期，M跟馬克在小組的晨會裡宣布訂婚。M看起來快樂害羞，手指上還有一個小鑽戒閃亮如針孔裡的火焰。

下班後，我直接前往愛莉森的公寓，宣布這個消息，附上輔助數據顯示M跟馬克會結婚，機率高達百分之八十五！

愛莉森說：「你是說……訂婚會增加結婚的機率？」

我說：「大幅增加。絕殺性。」然後我躺到地板開始哭。

接下來幾天我請病假，待在爸媽家，那是我長大的地方。我閉眼躺在床上，老爸也跟診所請了兩天假，坐在我身旁閱讀。我家是平房，能聽到老媽在窗外敲打噴黏做雕塑。我的分心法是猜猜兩百七十三名員工中誰最可能是叛徒（事實是兩百七十二，我不可能是，所以擺在最後。）然後我清空清單，再排一次，像撲克洗牌一樣。腦海的另一個區塊裡，我想著無法偵測的大批寄居蟹程式帶來的損害衝擊。身為計數者，首要之務是數據正確。想到有這麼多代理人帳號假裝是活人，逃避偵查，以假數據汙染我的分析，我就為之暈眩噁心。但是以整個大局來說，逃脫者不會嚇壞我，因為他們的數量如果多到自成一個網絡，挑戰了現有的支配性網絡（也就是我現在汲取數據的地方）——就代表他們成功逃脫我們的社會另組一個社會，只是我們沒注意到。在這個新社會裡，他們會發展出自己的經濟、貨幣甚至語言，同時間，在舊網絡裡仍以活人姿態存在。這種情形下，他們很快就會有自己的計數者產生，來計算數據，一開始，這只是網絡連結、通訊、管道互通後的殘餘效益，即便被查出，這些計數者看起來也只是人畜無害的中立存在，但是慢慢的，計數者會發現這些被動取得的數據對他們並無用處，開始出借、租賃、販售數據給其他能從中獲得暴利的人。這麼一來，逃脫舊社會成立新社會的人發現自己又成為計數者的單位，換言之，就是回到起點。老一輩的將無力再革命一波，也變得過於犬儒，不相信它會成功。但是年輕的（你沒猜錯）會試圖逃脫計數者。他們會做空帳號，形成一個新的社會網絡，逃向另一個平行的隱形國度，在那裡，他們深信自己終將自由。如此，週而復始。週而復始。週而復始。

數天後，我重返職場，協助叛逃者現形，是我的上司暨小組負責人歐布朗，我僅有的兩位男性朋友之一。消息震撼「豐收」公司如電影裡的恐怖配樂。之前，誰是背叛者的謎團讓大家興奮冒泡，現在謎題揭曉，結果太驚人，又轉成另一個謎團。

為什麼？

歐布朗是天生計數者，卻幫助數目不詳的逃脫者閃避我們的計數。

歐布朗自小精通風帶——速度、方向、季節浮動——因而成長過程頗痛苦，現在卻幫助逃脫者逃避我們。

歐布朗加入風能企業，爬上主管位置，拋棄成果，加入我們的行業成為計數者，迅速爬升，頗受愛戴，還是個好到不行的傢伙——他卻協助新世代寄居蟹程式干擾我們的偵查。

顯然，歐布朗加入這行就是為了破壞我們。打從一開始，他就是「蒙德里安」的人。

由於他對我們的系統瞭若指掌，他與叛逃者的結盟造成巨大災難，我們被迫捨棄許多數據，流失四分之三的顧客。

但這不是最困擾的部分。真正的困擾是歐布朗不是典型者，更別說是印象主義者，卻信仰堅定到幫助逃脫者滲透「豐收」公司，搞垮我們。

這代表「逃脫」的概念不僅吸引典型者中的印象主義派——他們把冒充他人當成一種浪漫。如果歐布朗支持這個理念，後面必定有數學邏輯。

他被揭穿那天，一大堆迷惑又嚇呆的同事簇擁他到工業園區大門的鳥居牌坊，艾維莉流下眼淚，難以想像。穿過鳥居之前，歐布朗止步，對我們說：「很抱歉，搞爛你們。你們是我的朋友也是我的家人。我沒有其他朋友與家人。我協助眾多代理人帳號躲避偵測順利逃脫，其中並無獲益，再衡量我失去的是全部，就會明白這麼驚人的損益計算背後只有一個理由，那就是信念。我相信逃脫者所爲。我相信他們有權如此，信念的力量彌補了我付出的一切與我失去的所愛。即便現在，我都毫無遺憾。」歐布朗結語：「儘管我會想念你們。」

然後他穿過鳥居。

事情揭發後，出現各式混亂。有人開始探討：鳥居前發表演說的眞的是歐布朗？還是他已經被逃脫者綁架，我們看到的是全息投影的歐布朗，他的語調、姿勢與說話方式來自他在「集體意識」裡的職場灰色擷取塊。另一個假設是逃脫者以「象鼻蟲」鑽入歐布朗的腦袋，很早就控制了他的所言所行。象鼻蟲是一種可以干擾思想的電子儀器。上述兩種立論都很難推翻。反而是我信得過的典型者提供了兩個反駁點：①此舉需要非常侵入性的科技，這正是逃脫者最討厭且企圖逃脫的事情。②這種介入所需科技非逃脫者所能；根本就辦不到。

因爲歐布朗的叛節，公司必須裁員重組。百分之七十八的「豐收」員工被資遣，包括M跟馬克。我驚險逃過。我想是艾維莉喜歡我。

八個月後，我被任命爲小組長：規模比歐布朗時代小，但仍是一個組。歐布朗顯然不是我該仿效的領袖，但是他在小組剛成立時，在家舉辦墨西哥玉米煎餅派對讓我充滿美好回憶。所以我強迫自己爲團隊舉行家庭烤肉趴。本來是簡單任務，我卻受困下列問題：大家會玩得開心嗎？如果他們不開心，是我的錯嗎？不開心，他們會對我一輩子記恨嗎？他們會對沒來的人說派對不好玩，進而永遠損及我在他們心目中的評價嗎？諸此等等。老爸聖誕節時送我一臺戶外燒烤爐，旨在安撫我對辦活動的恐懼，老媽週末陪我去超市買菜肉。派對當晚，愛莉森也蒞臨打氣，介紹她時，我沒提她是我妹妹，只說是愛莉森。身爲小組負責人，我可不想讓人知道沒有家人幫忙，我沒法搞派對。

有愛莉森在場，我覺得輕鬆，好像有人施了「保護咒」，派對不會變糟。這個魔咒隨即面臨嚴酷挑戰，因爲湯姆的女伴是M。幾個月前，我聽說M跟馬克沒結婚，但是消息傳抵我耳中時，我跟M的所有一切已經有了舒適距離，以致第一個念頭是M與馬克這一對的行爲從符合統計轉爲統計變異。就我們計數者來說，變異永遠都是驚奇。

幸好，即便M現身，我跟她的距離牢不可破，還是老妹的保護咒有效？愛莉森抓著我的臂膀，我感覺她的力量與溫暖流遍全身。她從車裡搬出一桶啤酒，我們都喝了不少。我給戶外火爐生火，大家圍坐，湯姆握著M的手，親她的臉頰，我沒感覺；M帶給我的痛苦好像另一個人的生活灰色擷取塊。老妹一直摟著我，幫忙倒飲料，維持歡樂氣氛——這是印象主義者的優勢，一眼就能看出對方快不快樂，我則可能忙著數他們的眉毛有幾根。我注意到圍坐火爐時，M經常沒有笑容，這代表她不快樂嗎？快樂的人不見得需要笑，有時笑容是用來掩飾不快樂。但是我不知道快樂笑容與掩飾不快樂的快樂笑容兩者的比例如何，而且他們的陳述注定有瑕疵，因爲如果你問一個人快樂與否，以假笑掩飾不快樂的人會傾向不承認。

天色黑了，時間晚了，我喝了好幾杯啤酒，處於微醺歡樂狀態，因爲顯而易見，我的派對很成功，大家都頗享受，派對雖還未結束，已經可以宣布爲成功，無需擔憂，我可以開始放鬆，享受一下。就在此時我碰上從浴室出來的M。當然不是字面上的「碰」，但是站在走道面面相覷，的確是有趣時刻。

她說：「我喜歡你的女友。」

我說；「她是我妹妹。」

她說：「哦，湯姆也不是我的男友。」

「他可能還不知道。」

儘管我跟M之間的距離已經更新，看到她置身我的屋內，還是覺得很奇怪——這是我想望許久的情景。我的衣櫥裡還有一整箱可能的X因子，都是我去年買來、盼著M因此會愛上我的東西。

我說：「嗨，我能請妳看個東西嗎？就算是滿足我好了？」

「當然。」

她站在臥房中央，我撈出箱子，說：「妳瞧，這是一箱看似隨機的物品，妳能瞧瞧，看看有什麼特殊反應嗎？」

我想要M一一拿起那些物品，插入算式的插座——亦即她本身。理論上，可以決定哪個是X因子。不是這事很重要，而是我無法忍受算式沒解決。由於我沒指示M一一拿起物品，她只是彎腰看箱子內的東西：玫瑰刺繡的抹布、小瓷器貓、冰棒棍做成的十字架上面有毛線纏繞的彩虹、有一抹青綠的超大彈珠。

她笑著問：「這些是啥？」

「就是隨便一些東西。」

「我看著它們應該會發生什麼事？」

我也笑著說：「如果發生，妳會知道的。」

「這些東西怎麼來的？」

「多數是買的。沃爾瑪超市。」

她說：「所以不是隨機的。它代表某個特定的人在某個特定的場合做出了特定的選擇。可以數學製表的。」

我說：「如此做了以後，它們可能呈現隨機樣態。」

「那是追溯式數學。」

我說：「歷史就是追溯式數學。」

不知為何，我們一起瞧窗外，就在我床畔，更精確地說，我的床就靠著窗。我當初租這房子就是爲了把床擺在窗旁看沙漠閃閃星空。以我跟這間房子的愛戀關係算式而言，臥房的窗就是X因子。

派對的聲音好遙遠。我跟M單獨待在臥房，老妹在外面娛樂眾人。我抓起M的手帶她到床邊，說：「讓我們看星星。」並肩躺下。閃閃亮亮的數學在天空俯視我們。

M說：「我嫉妒歐布朗，我也想感受他所謂的信仰。」

我說：「我也是。」

「那是我們熟知的歐布朗，還是別人？」

我說：「我猜兩者皆有。」

從M手腕的脈動可查知，我們躺下的第一分鐘，她的心跳是每分鐘七十五下，第二分鐘，八十五。第三分鐘（也就是現在），保證一百甚至超過。M的身體在加速，我也一樣。心跳咻響耳內，好像拖把用力刷過我的耳膜。我計算我們的心跳，直到它們一致。有那麼一刹那確實如此，但我的總是超前——統計上成立，因爲我是男的。寂靜中，我發現M也在計數。

或許，陰道感應器可行。或許它就是X因子。

或許星星才是X因子，如果這樣，我可以第二次主張窗戶才是X因子。瑪德琳（M）說，看到我跟愛莉森在一起才是X因子。對我來說，那聲「躲貓貓」永遠是X因子。

這些都不重要，全是追溯式數學。酒醉者的蹣跚或許有幾何學趣味，但是無法用來預測他的下一步。

州參議員邁爾斯．賀蘭德主持了我們的婚禮，一共釋放五百個可生物分解的氣球，與本來盤旋天空的熱氣球一起飄浮。爸媽跟老妹喜極而泣，由於哭泣多少算連續性行爲，又是在好幾個小時裡斷續發生，因此，眼淚無法計數。

14 眾包（crowdsource），公司把以前由某員工或外包公司完成的工作，交由不特定之自願人士完成，叫作眾包。

15 非二元性別（nonbinary），不認同傳統的男女性別二分法。

16 此處用複數，因為艾維莉是「非二元性別論者」，認為人兼具男女社會性別。

第二部

破

我們母親的謎

1

她說許久以前，我們只是她心中的一個希望，甚至稱不上，因爲她根本不要小孩（或者以爲自己不想），神碰了我們老媽的額頭說：停下妳在做的事！兩個小女孩等著誕生，妳必須馬上生，因爲世間亟需她們的光亮。因此她中止攻讀人類學。她眞的很喜歡人類學，或許有一天會繼續，等妳們都長大不需要我了。

我們永遠需要妳！

我也永遠需要妳們，眞的。我會盡量不成爲需索無度、逼瘋妳們的老媽。

講故事的結果啦。

嗯，我沒再去人類學院，跟妳們的爹地結婚，把妳們帶到世界上。瞧瞧妳們！任務完滿達成。

爹地在那兒？

妳們下星期會見到他。他會來接妳們上芭蕾舞課。

上次他根本沒來。

那我會在。以防萬一。

他不會盤髮髻。

不重要啊，親愛的。

但是跳芭蕾前……？

別抱怨啦，甜心。

他把坦坦鼓（Tam Tam）扔到車窗外，說鼓都被蟲蛀了。

太可惜了。

妳怎麼可能嫁給他？

愛情是謎團。

爹地愛你嗎？

他愛妳們。這個最重要。

他說我們是小敗家精。

眞的？現在。

他說——

能不談他說什麼嗎？

我們只是告訴妳……。

不用告訴我。我太了解妳們的老爸。

她怎麼忍受這些對話的？老爸當然不愛她，她也不愛他。他比老媽大十五歲，認識她時已經離兩次婚，有四個孩子，一個前妻兩個。這種丈夫有何爛前景可言？但是他很迷人，是著名音樂製作人，最重要的，他不接受「不」（我們猜啦）。至於他為什麼非要老媽點頭也是謎；他們沒有一絲共同點，除了喜歡彼此的美貌，這點品味相同。但是老媽從不仰賴美色——她是那種很少化妝的母親，頭髮蓬亂，週日不用去旅行社就懶得洗澡。老爸跟她分手，沒留一毛錢養我們，她就到旅行社上班。

一九七〇年末期，我們還在蹣跚學步就跟母親搬進這個陽光狠曬的連棟公寓，這是我們記得的第一個家。公寓裡似乎全是女人：年華老去的B級電影女星，外送到她們家的嘉露紅酒是加崙裝的；還有星海浮沉的小咖，年長男伴手指上有婚戒白痕。公寓的中央「庭院」只有一棵碩大無朋的棕櫚樹，並非這塊土地的前農業社會歷史遺跡，也不是裝飾樹詭異膨脹到與它要點綴的簡樸公寓不成比例。我們跟母親共用的臥室面對綠樹華蓋，樹葉像數十雙手的指頭，就算晴天，也發出沙沙雨聲。

星期天早晨，我們爬上老媽的床玩「怪物」，我們的胸口貼著她的胸口，直到我們三人都能感覺到三個心跳。我們的頭髮跟她的頭髮糾纏，我們的呼吸融入她的呼吸，直到我們合爲一個生物，躺在另一個生物——棕櫚樹的移動呢喃手指下。我們跟老媽說，那樹有名字，叫修伯特。

如果它是女孩樹呢？

女孩也可以叫修伯特。

老媽撐起身體研究我們。這裡沒多少男人是吧？妳們想多見見爹地嗎？

不！

他好愛妳們。

我們愛妳。

妳們可以兩個都愛，妳們知道的。

不。我們不行。

一個舊金山高中女生飄浪到我們馬里布的家門口，毀了老爸老媽的婚姻。她是老爸某次出差勾搭上的，之後她逃家，搭便車一路往南。那時我們分別是三歲、四歲。老爸不知怎麼弄的，帳面上窮無分文。除了我們，啥也沒留給老媽。或許在他的計算裡，我們小於零。但是對啥都沒有的老媽來說，我們是無窮。她也回報我們以無窮的愛，給了我們罕見的東西：快樂的童年。她從未提及爲何離開老爸。是老爸後來告訴我們的。

偶爾老爸會現身來接我們上芭蕾舞課。我們臭著臉從二樓公寓踏著裂損的臺階下來，坐進他的豪車之一。

哈囉，女孩們。誰想坐前面？

我們搖頭。前座不安全，大家都知道，除了他。

吃點東西？上課前還有時間。

我們跳芭蕾前不吃東西。

我怎麼做都錯，是吧？

我們搖頭。他笑了，開車。進入舞蹈教室所在的條型小商場，他轉身瞧後座的我們。

我是妳們的父親。妳們明白吧？

我們木然同時點頭。

這可不是不算啥。它有意義的。他探索我們冷淡的眼睛。妳們不喜歡我。爲什麼？

這不是隨便問問。他真的好奇，等著答案。

這大概是我們首度仔細瞧他：衝浪者曝晒過度的銅色肌膚、金色長髮、微暴的門牙。他看到我們注視，笑了。

妳們怎可能明白？妳們不過是孩子。

有些女孩可能會崇拜開著帥車偶爾亮相的老爸——渴望他，為他打扮，轉移他對女友的注意，這些女友年紀與她們相仿。到頭來，這些女孩也會成為玩物，落到與他品味相同的男人手中。我們三個同父異母姊姊查琳、蘿曦、琪琪大約就是如此。我們小時最崇拜蘿曦：敏捷活躍，出現在數十支音樂錄影帶裡，但是她到了十七歲就臭名遠播，之前種種不過是序曲，讓你好奇會導向什麼未來，結果近乎零：染上C肝，仰賴美沙酮。她最好的表演就是「潛力」。年輕時，她閃亮如鳥，現在只剩昔日的微弱幽靈，像破落豪宅裡的古老鬼魂。海洛因習氣、遲鈍雙眼，昏昏欲睡的動作就是她的風格。除了我們，沒人瞧見年輕時的蘿曦。

有天芭蕾舞課結束，老爸說我們不直接回家。

我們怒目。老媽知道嗎？

她當然知道。妳們以為我是誰？綁架犯嗎？

他愀然不樂開車，我們的興趣缺缺顯然刺激了他。我們在後座玩剪刀石頭布，假裝他不存在。

嗨，妳們也偶爾抬抬頭啊。

我們沿著山崖開，底下大海寬闊閃亮。迥異我們與老媽的那個破爛公寓，只有滾燙瀝青停車場停滿閃亮車輛。

最後，我們轉到山崖下，開進車道，來到一棟磁磚屋頂、洋紅花朵攀垂牆壁的房子。附近沒有其他人家。屋內搖滾樂重擊，老爸略過房子直接來到海灘，白色細沙截然不同老媽週日下午帶我們去的威尼斯海灘。

人呢？

這是私人海灘。只准我們在這裡。

它是你的？

是的。我的。去吧，跑跑，玩玩。

我們站著瞧他。

去啊，去玩。

看到我們不動，他說，我從未見過小孩不玩的。

這是你的海灘。

我是妳們的爸爸，我的海灘就是妳們的。

我們喜歡有人的海灘。

妳們兩個眞的很難搞。妳們老媽說過嗎？

我們搖搖頭。

呃。所以我看到妳們的眞貌。複數。妳跟妳。

不，她才知道。

她或許以爲如此。但是我更清楚。

顯然這個念頭激勵了他，他解開夏威夷衫的鈕扣。老爸終年穿短褲，日夜如此，但是我們沒看過他打赤膊。原來那天他穿的是泳褲——或許，每天如此？

他抓起我們的手，說，來吧小鬼。踏著細柔如粉的沙子，走向海。

我們沒有泳裝！

妳們穿了緊身衣。跟泳衣差不多。

這是實話。我們穿了無袖的Danskin牌緊身衣，腰間套著有鬆緊帶的芭蕾舞裙，腳上是聖誕節拿到的軟皮芭蕾舞鞋。

等等！我們得脫掉裙子。

他等著我們脫下裙子整齊摺起放在芭蕾舞鞋上：閃亮白沙上的兩個小堆。

我喜歡，妳們細心照顧自己的東西。

我們跟老爸踏進冒泡的海水。少了擁擠的人群、手提音響的音樂、溜輪鞋的人、狗與埋在沙裡的菸蒂、冰棒棍，這像夢幻海灘。

我們跟老爸一起游泳，一個七歲，一個八歲，印象裡，這是我們第一次眞正享受跟他在一起。

他帶我們進屋時，音樂已經停了。房子寬敞又通風，溫暖的磁磚地板，頂扇緩緩搖頭，瓶內花朵鮮豔，正中央一個游泳池。或許因爲我們曾住過這房子，儘管太過堂皇，置身其中還是很舒服。一位女傭教導我們如何使用時髦的淋浴設備，給我們鬆軟浴巾擦身。Danskin緊身衣在烘乾，我們就這樣裹著浴巾。

老爸在浴室門外喊：穿好就告訴我。直到我們齊聲說：「我——們好了。」他才打開門。回家路上，山崖夕陽鏽紅。我們感覺乾淨清新陶醉，好像剛走出童話世界。

山崖下，我們的公寓所在處暮色已降，老媽在外面等我們。她說，嘖，比我想的還晚回來啊！

我們奔向她抱住她的腰。我們想妳！我們去海邊游泳哦！

老爸等在陰影處，直到我們想起來跟他道別。

他說，我希望能跟她們多相處一點。

他學會綁髮辮、馬尾，甚至芭蕾舞的髮髻。盤髮髻時細心雕琢，只要一絲頭髮跑出來、糾纏、草率，就重新盤過。其他父母看到他嘴裡含著髮夾就笑了。大家都知道他是誰；他打造太多搖滾明星，自己也稱得上是顆星了。人們跟他說笑，假裝熟稔。老爸冰冷以對。跟我們一起，他一本正經，好像名氣是他超想擺脫的乏味累贅。

老爸家的泳池跟我們鄰近公寓那些俗亮、漂滿棕櫚落葉的青綠色「澡缸」大不相同。他的泳池是石頭色，注滿添加了薄鹽的水，從每個房間都能走到。泳池之於他的屋子，就像棕櫚樹之於我們的公寓。

第二次造訪後，他評估我們的泳姿，發現幾近沒有姿勢可言，就安排了游泳教練一週來兩次。偶爾我們會留下來吃晚飯，老爸的廚師厄迪瓦多會做肉絲蔬菜玉米餅捲配酪梨醬，調製大壺瑪格麗特給大家喝。所謂的大家通常是我們四個幾近陌生的同父異母手足加上老爸合作的樂手。天花板掛著鑄鐵吊燈插著肥胖蠟燭，燭淚在餐桌中央蓄成堆。老爸變得放鬆聒噪，我們不認識也不喜歡的「表演者」。

一晚他說，瞧瞧菈娜跟蜜蘿拉。她們不贊同。

大家轉頭看，我們的臉紅燙。

她們是挑剔的客人，這兩個。還讓我學綁辮子跟梳髮髻。

不可置信的笑聲。我們的大姊查莉說，我不相信你。她把椅子拉到老爸身旁，腦袋湊近，金髮長及腰。她挑戰老爸：梳髮髻。

老爸撈起查莉的頭髮，楞了一會兒，似乎不知道怎麼辦。他叫我們：女兒，拿梳子跟髮夾來。

同桌人吼：搞眞的！執著細節喲！

老爸梳查莉的頭髮，直到它在燭光下閃亮，攏成發光的一束，熟練地盤到頭頂，髮夾含在嘴邊。大家注視，鴉雀無聲。老爸把髮夾穿進查莉的頭髮固定成漂亮閃耀的髮髻。查莉看起來像小女孩，雖說那時她鐵定二十好幾了。笑聲爆開，大家鼓掌。

查莉眼眶泛淚，她邊說邊把淚珠彈開：不知道我爲什麼哭。但是眼淚不肯停。我們知道爲什麼。因爲老爸對我們屈服。

2

二〇二四年（去年），不知何時，老媽失蹤了。這件事尚未廣傳，侷限（理論上）在每年都期待她現身的同僚與研究生中。她七十四歲，健康良好，可能躲在地球另一邊，或者隱於我們面前。

目前，她的帳號代理人在運作一切。職業代理人還是新概念，但是優秀的代理人會在顧客的話語裡穿插一些隨意的話，或者主動接觸（依然保有它代理角色的性格），就連熟悉的人也覺得貨眞價實。如果你以爲老媽的代理人是我們，請再想想，熟人知道她失蹤數個月後，我們才發現。她跟我們就有這麼大的距離。

代理人總是反應俐落，精於閃避，即便是在親密的群組聊天裡，你也很難發現對話的是代理人。

嗨媽。
女孩們！
我們想念妳。
我也是。抱歉我太忙。希望儘快搞定。
何時呢？
得去參加幾個研討會還有幾篇論文。
哪裡？
新加坡，雷克雅維克、海牙⋯⋯。
研討會名字？網路上沒有。
不公開的。稍晚寄給妳們，含連結。或許妳們可以在其中一個地點跟我會合！
這裡如何？洛杉磯。就我們住的城市！
妳們說日期。妳們也很忙啊！
我們需要妳，媽咪。
我也需要妳們。豆豆軟糖。
我們需要「看到」妳。
我保證，很快。妳們永遠在我心裡，知道吧？
眞的嗎，媽咪？感覺妳好遙遠。

永遠如此。也永遠都會。

因為沒期望很快見到本人，往往得花一點時間，你才發現自己是跟清空的帳號對話。代理人可以取得帳號主人以往的對話，加上從「集體意識」裡拿到的灰色擷取塊。理論上，關於老媽的灰色擷取塊不會很多，我們沒上傳到「集體意識」，她當然更不會。就是「集體意識」的全知嚇得逃脫者不惜拋棄身分。有人將他們比喻為陷阱夾住的野獸，啃掉身體一部分以換取自由。

到頭來，代理人的工作不在欺騙而在拖延，像逃獄前把枕頭在床上堆成人形。目的在爭取足夠時間，在面部辨識或其他足跡系統逮到前，能夠宣稱：我不再是那個人。她不存在。

代理人能夠成功是因為人們願意相信。雖說老媽的代理人以欺騙手段引導我們進入叉路，但是內心深處我們也期盼她的失蹤只是我們的想像；如果我們給她幾個日期，她會挑一個，然後我們開車到我們喜歡的餐廳，她會等在那兒：我們美麗神奇的老媽。

3

老媽決定重拾人類學研究，老爸一定扮演了某種角色，因為老媽回去念書，他必須負責我們的生活費，還要一週三個下午接我們放學。我們各十歲、十一歲，看到他拉風的車子覺得丟臉，要他到下一條街接我們。

妳們以老爸爲恥？

是車子。

第二次現身，他開了一輛褪色的普利茅斯「怒火」（Fury），那是他的第一輛車。他從不丟掉車子。酒紅色的「怒火」是敞篷車，每次我們都要他拉下頂篷。

有一天他載我們去辦公室，轟隆疾駛高速公路，抵達時，我們的頭髮被風吹成一團打結了。進了大廳，老爸兩手分別攬著我們，沿路跟人說：我女兒菈娜、蜜蘿拉。這是我女兒。他似乎喜歡這幾句話。我最年輕的女兒菈娜跟蜜蘿拉，漂亮吧？悍得很。

我們搭電梯到頂層：浸沐於陽光的辦公室俯瞰低矮破舊的城市，灰色海水一閃一閃如靜電。這只是十樓，但是我們從未置身大樓。從未搭過飛機。辦公室是落地玻璃。

玻璃會破嗎？

還沒。

牆上掛了鑲框的金色、銀色唱片。

能放嗎？

它們不是眞的唱片，是獎座。

你有很多獎座。

到處都是老爸跟藝人的合照：演唱會、錄音間、派對。照片裡，他年齡不一，從衝浪手的多層次長髮變成細薄，但是永遠穿短褲，永遠跑來跑去。這是他穿短褲的原因——方便行動。站在那間辦公室，我們感覺老爸的靜不下來跟滿牆的獎座有關。其一導致其二。

我們的同父異母手足，老媽只問起過羅夫。她稱羅夫為「甜蜜男孩」，聲音裡有種令我們困惑的悸動。同情？內疚？我們可是覺得羅夫一點也不值得同情；怕死他了。他跟查莉同個老媽，卻完全不像。查莉好脾氣，全心奉獻老爸；羅夫的高聳眉毛則時刻傳送憤怒。他跟老爸一樣熱愛車子，返家時，輪胎尖叫煞停，激起輪下石礫噴向窗戶。蘿曦說羅夫到沙漠賽車，老爸不准的。

羅夫甚少直視我們。眼神總是飄向附近，好像看到什麼痛苦的東西，隨即轉開。

有一次游泳結束，我們坐在屋外等著回家，聽到老爸的車隊傳來痛苦哭聲。我們想可能是受傷的動物，便穿梭車子間查看。發現羅夫蜷曲在一輛車子的後座，車窗搖起，盡情無助大哭，哭到窗子都起霧了。我們大驚呆望，羅夫看到我們，全身僵直。他的臉蒼白溫柔，像小男孩。許多年後他自殺了，我們經常回想那一幕，車窗裡他的臉、他的痛苦與驚訝。我們瞪著他，他回看我們：三個敏感的生物彼此觀察，中間夾著水族館般的玻璃。

然後老爸呼喚我們，我們就跑了。

†

羅夫的絕望痛苦是個謎團，是老爸對我們隱瞞的眾多謎團之一。老爸不希望我們知道屋裡有毒品；知道他用古柯鹼；知道蘿曦高中就輟學；知道琪琪十六歲時跟少年團的指導老師私奔；知道查莉加入墨西哥一個邪教，老爸得雇用槍手把她找回來；知道他最愛的獨子即便跟他同房間也不跟他說話。最重要的，他不希望我們知道嘉絲琳，那個跟我們同桌吃飯的漂亮亞洲女人結束了老爸與老媽的婚姻，那年她還只是個高中生。還有一些事情，老爸可能故意欺騙自己，譬如跟嘉絲琳同年同月同日生的羅夫也愛上嘉絲琳。

每次吃完晚飯，老爸便直接帶我們回家，不讓我們過夜。他控制我們能瞧見的生活片段。蒙上眼睛的我們似乎讓他放心。

快上高中時，我們聽到老爸跟老媽說，他想送我們去寄宿學校。讓她們遠離瘋狂的一切。

盧，她們的生活裡沒有瘋狂，除非是你提供的。你有嗎？

當然沒有。

如果你的意思是把她們送得遠遠的，只爲了離開你，我沒這個打算。

我只是希望提供她們最好的。如此而已。

如果你希望她們有個成熟的父親。那你就長大吧。

跟老媽對話，他一點也不像夜裡在家中啜飲過幾杯瑪格麗特後、輕鬆自在的名人老爸。他放低音量，她則全程以淡褐色眼睛平視他，感覺眨眼次數少於一般人。他總是先轉開視線的那個。

有一次當著老媽的面，他對我們說：妳們老媽這輩子唯一的錯誤就是嫁給我。

盧，少蠢了。如果我們沒結婚，怎麼會有這兩個完美的小傢伙。

他說，妳講的對。感謝上帝。

所以我們待在洛杉磯讀高中。在棕櫚樹公寓住了十年後，我們跟老媽搬到洛杉磯加大附近的一個兩房公寓，她在那兒完成博士學位。我們三個都是學生。我們趴踢完回家，她總是在那兒，穿著露半截的牛仔短褲，教科書圍繞；城市廣袤且瑣碎，她像顆發熱小球體，專注。直到她剪掉頭髮，我們才發現老媽曾是美女。現在她不是了。她是嚴肅的學生。

認識老爸前，老媽就讀的柏克萊大學人類學系有個教授聶爾．佛圖拿塔，出版了一本經典民族誌學，關於一九六〇年代他在巴西雨林某部落的生活故事，那是該部落首度接觸外面世界。後來佛圖拿塔有幾個學生前往巴西，試圖找到那個部落，全部失望而歸，只有一人例外——二十六歲的李絲莉．韋斯——根本沒回來。數個月過去，她依然無消無息。佛圖拿塔教授前往巴西尋找她，也失蹤了。韋斯的父母焦急萬分，出錢派出私人搜尋隊，國務院也介入了。發現有一人符合佛圖拿塔的外表，從叢林蹣跚踏入阿貝爾斯小村，高燒，不治。沒有身分證明，當地人表示要代爲聯絡他的家屬，他似乎聽不懂，最後埋在村外。頭顱起出後，牙齒吻合佛圖拿塔的牙醫紀錄。

這原本可能只是單純悲劇，只是阿爾貝斯是海邊城鎮，離佛圖拿塔書裡描述的雨林部落數千哩遠。大家疑雲四起。教授是否捏造了原始的研究對象所在地點，好讓別人找不到，導致數個學生（包括一直失蹤最後被宣告死亡的李絲莉・韋斯）的搜索注定徒勞無功？還是根本沒有這個符合他筆下的特徵，極端孤立，讓他聲名大噪的部落？

這事發生在我們還住棕櫚公寓時，回想起來，老媽遠離學術圈，壓根不可能注意到這個爭議。但是回到學院，她排拒眾人對她的前任教授的質疑，態度之激烈，令我們不解。照片裡的佛圖拿塔穿黑白夾克，手拿那本出名的著作，顯然頗吸引人：厚厚的頭髮、略微參差的牙齒，以及顯然斷過的鼻子，好像並非刻意，只是不小心那麼帥，跌落凡間。我們嗤笑揣測老媽愛上他，老媽卻說她只是學生時代認識他，雖然他頗具公眾魅力，私底下卻害羞到不行，不善聊天，相處起來頗痛苦。吸引她的是佛圖拿塔的謎團。她讀了他的所有東西，包括手寫的原始田野筆記。晚上，教授筆跡如蜘蛛爬行的手寫稿圍繞她，旁邊是老爸替她挖掘到的古老八軌錄音機，她聆聽教授錄下的部落歌曲：深沉豐富的唱腔揚起，背景的環境噪音是樹、雨和動物聲。我們全神貫注聆聽，看著教授那張似乎挨過老拳的臉蛋。

†

一九九一年，我們一個高二、一個高三，老媽涉入這個謎團更深。她堅稱不是想找到佛圖拿塔原始研究對象的後代，而是測試並強化她正在發展的「親緣理論」，也就是人爲何信任與喜歡另一個人。她需要一個群體，每個人都熟知彼此與整體的歷史，而且完全不受大眾媒體影響。

老媽飛往巴西前兩天，我們搬到老爸的住處。老媽預估田野調查需時八或九個月。我們既感興奮又緊張，我們從未跟老爸住過一晚，老媽也很猶豫要扔下我們。她每晚從聖保羅打電話來，我們忍著不哭。我們哪有過少了她的時候？她就像我們舊公寓的那棵大棕櫚，她的離去也像大樹刨根後的大洞。

頭幾天，她在電話裡說，妳們是堅強的女孩，要為彼此堅強，為妳們的老爸堅強。

然後電話停了，她消失了——連續一星期、兩星期沒聽到她的聲音，這就是我們的感覺。我們失去她了。預期我們的失落，她事先寫了五十封信指名給「豆豆軟糖」，希望我們一星期拆閱一封。可是我們已經太大，這種小計謀無法安慰我們，讀了三封就不讀了。那些信提醒我們打從出生以來跟老媽相處的溫暖小圈圈，讀信只讓渴望越發難忍。

老媽前往巴西數個月前，羅夫自殺了。一晚，我們看見老媽在公寓痛哭，難以自抑，才得知這個消息。數個星期後，我們才又見到老爸。羅夫死時二十八歲。如果有舉辦葬禮或者追悼會，我們沒被通知。

羅夫死後數個月，我們比較少看到老爸，看到時，他似乎仍是往常的自己。搬進老爸家後才發現他跟以前不一樣，一切都不一樣了。不再有派對，不再有訪客，嘉絲琳離開了。羅夫是在家舉槍自殺的。我們不確定是怎麼知道的，也不想知道，但是他的暴力死亡像詛咒俯視整棟房子。我們看著晃盪的灰色泳池水（老爸已經不游了），就會問對方：發生在這裡嗎？發生在廚房？電視間？健身房？走道？某個房間？我們共住的臥房？就在這樣恐怖的沉默思索中，老爸瞞著我們的一切從暗處爬到眼前。

一晚，查莉喝醉，對著老爸尖叫羅夫會自殺都是他的錯。她拿著銳利花剪將自己鎖在浴室裡，老爸以爲她要割腕，拿身體去撞門，撞到肩膀脫臼。我們恐懼尖叫，打９１１。警察還沒來，查莉就打開浴室門，頂著囚犯的頭髮現身，白色頭皮上，剪刀刮痕滲血。老爸幾年前曾盤成閃亮髮髻的那頭金髮，現在絲絲躺在浴室地板。

她語氣平淡說：「我的名字叫查琳。以後不要再叫我查莉。」

一天下午，蘿曦在池畔打盹，嘴唇與指尖發紫。沒人能叫醒她。老爸打給９１１，跟著救護車一起走。我們獨自待在死寂的房子，頹倒床上，渴望老媽。只有她能保護我們遠離可憎的一切。現在我們才明白她就是這樣保護了我們一輩子。

接下來一年，我們長大了——或許該說我們早就長大了，卻直到沒有老媽的照顧才體悟這點。她在巴西這一年，我們分別邁入十六、十七歲，發現只要通力合作，可以完成許多事情，勝過哀傷的老爸與分崩離析的姊姊。我們有彼此作伴，有了彼此就有了老媽。當我們把查琳豐盛漂亮的金髮掃進袋子，送去專門幫癌症病人做假髮的人，我們感覺老媽的冷靜邏輯在帶領我們。下課後，我們開車載蘿曦去戒毒諮商。不顧老爸的反對，我們請了一個自負的家庭協商師來家裡。結果，我們發現奎禮醫師居然是個喜愛咯笑的粗俗人物，留著兩邊頭髮張開如翅膀的波佐小丑髮型，帶來一堆襪子布偶，要我們用布偶來彼此對話。我們與奎禮醫師的會談雖是大挫敗，卻是羅夫去世後，第一次聽到老爸眞正笑，笑到都流淚了。伴隨著笑聲，我們掙扎建立的新生活慢慢穩定下來。

老媽離開七個月後，我們才收到她第一封眞正的信，也是唯一一封，薄薄的航空信封。她使用黑色原子筆，居然防了水漬及各種生物汙染，字體很小，可能寫了數星期或許數月。沒透露任何直接訊息；而是短句式的隨筆或感想：

森林像敏感造物在我身旁呼吸。

月光亮到似乎會出聲，在天空鳴響。

我發燒了，很難過，卻讓我的腦袋前所未有的清晰。

有另一種方式觀看世界，像透過杯底觀看。

我們在老爸的游泳池畔閱讀這封信。老媽字跡擁擠，靠池畔陽光解鎖，她應該也是在陽光下書寫的。我們輪流大聲朗誦句子，讀完後，靜默聆聽水瀑流過葡萄牙磁磚，彼此對看：老媽找到他們了。

老媽回鄉分階段。先是里約長途電話裡的聲音，然後是我們追蹤飛機航線的地心引力改變。雖說我們渴望她，卻意外發現我們也抗拒她回來。理由有些很瑣碎：誰在聽過夜裡海濤聲後還要返回那個只聽到高速公路噪音的公寓？誰要放棄午夜的游泳？老爸逐漸恢復昔日光彩，開始晨泳。他也開始聽音樂、賣音樂。下課後，我們開車到他的辦公室，我們的角色從激活一個被哀傷掏空的軀殼，變成貨眞價實的合作。聽聽這個，妳們覺得如何？他們今晚要表演，該不該去聽？妳們覺得如何？該賭？不該賭？值得冒險嗎？

老媽跟搖滾巨星不同，他們都是率先下飛機跟老爸碰面，老媽最後一個下飛機。我們拿著粉紅色的氫氣球與「歡迎回家」標語，逐漸有點抓狂。

她看起來很小，比記憶中老。整個人淡褐色調：衣服、皮膚、頭髮、眼睛——全落在窄窄的色譜裡。她聞起來有淡淡焦木味。這個單一色調的小女人怎麼可能是老媽？

然後她抱住我們，我們也擁抱她，感受她皮膚下的心跳，我們又是那個三頭怪物，擁有三顆炙熱渴望的心。我們抱著她許久不肯放，然後更久，直到她笑了。

她說，我漂亮的女兒長大了。

我們鬆了一口氣，因爲不必搬回舊公寓了，現在連老媽都討厭它。她說沒法成日聽車輛噪音，還覺得肺裡都是灰塵。

她搬到一個較小的住處：只有一房，高速公路車聲遙遠。她買了大沙發床，說我們兩個如果待在那兒可以睡。

我們從沒想過要睡在那兒，老媽似乎也知道。渾身散發哀愁。

怎麼啦，媽咪？幹嘛哀傷？

誰說我哀傷？

看得出來。

我不哀傷。我只是還在適應。剛回來。

要多久呢？

我不知道。以前沒這樣過。

水槽的碗架上只有一個咖啡杯、一個盤子、一支叉子，散發孤獨氣味。一個杯口一圈紅色酒漬的酒杯。一棵葉子尖尖的植物。一個擱在窗臺的小鳥餵食器，樹木離窗太遠，沒法掛。

跟我們說那個部落的故事。那棵植物葉子雖尖，摸起來卻很軟。妳跟他們怎麼說話？

一開始是比手畫腳，慢慢的，用他們的語言。

他們是好人嗎？

什麼意思？

他們對妳好嗎？

是的。

妳為什麼不喜歡談他們？

感覺好像我在井底吶喊，盼著有人聽見。

誰有精力對付一個待在井底的瘦小哀傷女人？我們的不耐難以掩飾，一方面是老媽太了解我們，另一方面，她總是觀察我們的一舉一動與眼神（甚至，包括思想），奇怪的新習慣。她一向很有觀察力，現在卻是虎視眈眈到近乎偏差，好像膨脹的四肢。她跟老爸正相反，老爸喜愛裝佯、臭屁，甚至當面說謊，但是清晰易辨，容易控制。

老媽返家三、四個月後，哀傷硬成殼，現在充滿新精力，開始寫書。公寓到處是筆記。她把沙發床打開放更多材料，起居室掛了繩子，用晒衣夾夾紙張，裡面有長長的算式，顯然這是一本沒人要讀的書。老媽瘋了。

一年後她開始旅行，帶著發展中的部分東西參加學術研討會。出發前都會打電話到老爸家。我們搬離南加大宿舍後，就選擇住在那裡。

嗨，媽咪！我們會採用誇張的愉快語調，企圖趕走她的獨居哀傷，卻似只會加深。現在她也用同樣語調跟我們對談。

要上飛機囉，女孩們。

去那兒？

安娜堡。

幫我們跟雪說哈囉！

會的！愛妳們喲。

我們也愛妳，媽咪。

明暢之下有迴聲，來自原本支撐我們的緊密連結現在變成一個空洞。結果，我們不像老媽，比較像老爸的種。我們愛上他的音樂王國，以及音樂界人物，我們的辦公室就在他的辦公室旁，大學研究轉向音樂專業。我們喜歡充斥他生命裡的亂七八糟悲劇、紊亂、沒出息的孩子、敵人、賽車、暴怒與午夜靈感；喜歡他即便在晨泳都要表現的強韌，吸鼻子，浮現水面後，像狗一樣甩掉腦袋的水。少了我們，他無法運作；沒有我們的協助，他無法做重大決定。那比愛更深，那是需要。長久以來，我們需要老媽；現在老爸需要我們。

一天正好是我們偶爾跟老媽吃飯的日子，進入她的公寓，發現紙張不見了。她的書已經寫完一年，等待出版期間，她就像沙鼠或者其他築穴動物，讓構成此書的點滴心血像絨毛碎屑圍繞。

我們問，妳要搬家了嗎？

我在大學有間新辦公室。他們給我終身教職試用缺[17]，因爲這個……。

窗臺上的小鳥餵食器依舊沒用過，她從窗臺拿下兩本小小的精裝書，給我們一人一本。《親緣模式》，瑪琳達．克林著。封面沒圖片，只有一個安靜的幾何圖形。我們著迷看。

瑪琳達。

這是我的名字。

可是大家都叫妳明蒂。

寫書不會用小名。

克林？

我保留夫姓。妳們知道的。

但是用在書上？

我不希望跟妳們不同姓，即便只是放在書上。

我們的老媽變成作者瑪琳達．克林。我們小心翼翼把兩本書帶回家——也就是老爸讓給我們住的西廂——把書秀給老爸看，他馬上加入我們的尊崇行列。

她辦到了。他打開一瓶香檳，每人倒一杯，我們就坐在那張滴濺燭蠟的餐桌喝起來。現在這桌子屬於我們，常招待朋友與男友，就像老爸當年一樣。老爸說，敬妳們的老媽。了不起的女人。她說她要做，天啊，眞的辦到了。

我們向瑪琳達．克林致敬，飲下。她辦到了。但是我們對她究竟辦到了什麼，一點概念也沒。

我們驕傲地把書放到書架上，翻都沒翻。

4

《親緣模式》出版四年後，一九九九年夏天，老爸的朋友兼愛徒班尼．薩拉查帶著他的「導電」樂團從紐約來訪。那時我們已經大學畢業，全天候替老爸工作。在辦公室時，班尼想要放一首歌，但是我們沒有CD。就叫暑期實習生姬夏開車去淘兒唱片買。

姬夏說，不必啊。她接上Napster音樂共享服務[18]，播放那首歌。

老爸說，再弄一遍。

姬夏用Napster又播了幾首歌，其中幾首的版權屬於我們公司。老爸說，謝謝妳，娃娃，非常有教育性。顯然厭倦這堂課了。

稍晚，「導電樂團」跟班尼在我們家吃晚飯，飯後，老爸要我們跟他到海灘走一走。通常，這代表他有新創意。

夜裡，我們的海灘有多種面貌；有時海水白沙子黑，有時正相反。那晚，沙子散發淡淡月亮螢光，爲我們的腳鑲上黑邊。

毫無前兆，老爸直接說，**五年內**，不再有人花錢買音樂。他望向暗夜裡無法辨識的地平線，說，我看到狂濤，看到我們這行徹底滅亡。

爹地，你反應過度啦。

如果妳們這麼想，那就是學得比我想像的還少。

有點懲罰老爸，我們閉口不言。那一刻我們學到一件事：人們把自己的內在狀態投射到事物上。老爸已經六十五歲，經歷了許多。他雖還有頗多精力，但不足以重新打造這個行業。他只看到窮途末路。

我們呢？一個二十三歲，一個二十四歲，離開大學不久，仍是校園時代那種自認可以大展鴻圖的人。我們跟老爸看到同樣的東西，想法卻不同。後來才發現那就是老媽說的──從杯底觀看。人們讓網際網路進入電腦，播放他們儲存在電腦裡的音樂，因此也可以播放不屬於他們的音樂，根本不用花錢買。這念頭讓我們不寒而慄，這就像讓陌生人在你家（你的腦袋）翻箱倒櫃！一旦網際網路可以進入你的電腦翻找你的音樂，誰知道下一步，它想看什麼？

不，老爸錯了。新奇感消失後，人們不會笨到這個程度。

《親緣模式》出版後，老媽在學術圈的知名度越來越高，不過那是隱形的大學校園世界（對我們來說啦，雖然我們也剛離開校園不久）。她很快就拿到終生教授缺，愛上同事馬可，住在小木屋裡，經常煮小扁豆燉牛肉招待學生，頗受愛戴。

沒多久音樂產業果然如老爸預期，呈自由落體下滑，老爸也中風，右腿跛了。看到老爸這個樣子，老媽也感傷。她說，妳們的可憐老爸，我能幫什麼嗎？週末，她跟馬可會帶堅果、柳丁、切塊螃蟹來——送我們也是送給老爸的禮物。

她不斷說，妳們還太年輕，不該扛這樣的重任。但是我們怎能不試？我們憤怒結盟，企圖阻止瓦解老爸與老爸事業的「共享」。我們想過在全國廣設告示牌，提醒人們永恆之律——世間沒有白吃的午餐！只有小孩才會這麼想，神話跟童話故事不都這樣警告我們：侏儒妖（Rumpelstiltskin）、麥達斯國王（King Midas）、漢賽爾與葛麗特（Hansel and Gretel）都在說千萬別相信糖果屋！遲早，他們以爲免費的午餐，會有人來跟他們收錢。看不出來嗎？

老爸協助打造的行業遭到大舉掠奪剽竊，他的反應是六次中風。先是跛腿，繼而一邊癱瘓，然後臥床不起，無法言語。我們的家先是變成醫院後來成爲療養院，二十四小時看護與麻醉劑點滴。我們拜託班尼．薩拉查召集愛過老爸的人來道別。嘉絲琳也來了。她跟一位高中朋友推著老爸的病床到池畔，陪著老爸注視灰色池水。

無助看著老爸反轉受困，我們備感哀傷與挫折，在這個過程裡，我們原本只想警告世人別簽下浮士德合約，變成渴望看到他們受到懲罰。

我們不記得是誰先閱讀《親緣模式》的。可能是同時。那段時間拖得太長，事情又太多，誰也不記得什麼原因促使我們打開那本薄薄的書。一九九五年起它便一直擱在書架上，碰也沒碰。《親緣模式》以簡潔美麗的形式介紹如何預測人類的傾向，其演算法需要對研究對象有充分理解：老媽唯有在一個遙遠封閉的社群裡，才能得知如此廣泛的資訊，因爲社群每一個成員熟知彼此的歷史。書末，她說理論上這個公式可以推衍到較複雜、流動性較高的環境裡……但是如此做，需要取得非常詳盡的個人資訊，現代環境裡，唯有透過一連串侵犯隱私的問題才可獲知，應當只有極少數人願意回答，甚至一個也沒。

我們想，錯！給他們免費聽歌就可得到。

在此聲明，我們所做的一切都經過老媽允許。

她說，我的成果屬於妳們。隨便妳們用，只要能幫上妳們的爸爸。

公道點來說，她其實不知道我們要怎麼用。

但是她從未打退堂鼓，至少不是當著我們的面，儘管我們把她的演算法註冊專利，賣給那些眾人皆知的社群媒體鉅子。之後，她唾棄畢克斯等人把功勞歸諸於她。隨之而來的偶像盛名非她所欲，也被她用來攻擊資訊的收集與操弄，因爲人類經驗有其極高隱私性，諸此等等。但是她始終庇護我們，從未公開提及我們的名字，甚至不願意對我們承認：她的理論被濫用，讓隱私成爲歷史名詞，是她學術生涯的悲劇。

但是我們終究漸行漸遠。

到頭來，三頭怪物的三顆心要不同的東西。我，蜜蘿拉，最年幼的女兒，傳承了父親的豐功偉業。你聽到的多數音樂都經過我的手，我購併了無數公司，包括班尼．薩拉查的，雖然出於尊敬，我稱他爲合夥人。

老媽消失一年後，菈娜也在二〇二五年失聯，加入數位抗爭者的隱形大軍——逃脫者行列。想到她們可能在一起，我就心痛。

勝利有代價，事事皆然。

我經常回想（甚至執著）菈娜跟我共享那麼多歷史，她究竟是在何時脫離我的。如果我們把回憶上傳「集體意識」，應該可以指出確切的時間點。但是她跟我都知道最好不要。

老爸的辦公室現在屬於我。他的獎座跟我的排滿牆，窗外，一束束陽光照亮海面。有時看著此景，我幻想自己也加入逃脫者行列：把蜜蘿拉．克林的帳號賣掉，或者委託給代理人（現在已成爲蓬勃的專業），以嶄新的身分重新過活。我不會走遠。事實上，我最喜歡的幻想是週日下午回到數年沒去過的威尼斯海灘。想像自己穿過溜滑輪的人、舞者、小偷、嗑藥嗨茫的青少年，走過佔據數畝面積的日光浴者，看他們手遮太陽瞪著眼前的螢幕，螢幕另一頭，隱形人物也在研究他們。我來到一個平凡的長椅，兩個女人坐在那裡，熟悉的陌生人，我終於坐到她們身邊。

我想像自己擁抱她們，問：妳們去那兒了？

她們說，就在這兒。等著妳。

17 原文為tenure track，並無統一翻譯，有的翻譯為「終身教授軌道」，大約是終身教授缺的備用人選，等級大約為國內的副教授，可申請研究計畫、有自己的辦公室與助理，可指導論文。幾年後合格晉升終身教授。

18 安裝了Napster的電腦可以把自己電腦上的MP3歌曲公開出來，大家共用，也可以通過Napster從別人電腦把歌曲拉到自己的電腦上。後來被唱片公司聯合提起告訴，八百萬個Napster客戶無法再用這種方式分享音樂。

森林記得的事

很久以前，在一個遙遠的地方有個森林。現在沒了（燒光了），走在森林裡的四個男人也不在了，因此，它才那麼遙遠。兩者皆不存。

但是一九六五年六月，紅木森林有毛茸茸的原始風貌，讓人聯想小精靈、巨靈、仙子。四個男人中有三人從未來過這樣的古老森林，看起來像空靈世界，遠離妻兒、事業的日常景觀。年紀最長的盧·克林才三十一歲。他們都出生於一九三〇年代，成長的時候沒有抗生素，未上大學前就服完兵役。那個時代的男人直接進入成人世界。

所以：四個男人行走於林木間，大樹的肌肉紋理好像巨人的膝蓋。當他們仰頭搜尋樹梢間的陽光，感到暈眩。部分原因可能是他們抽了大麻；一九六五年還不流行這個，正經人物更是不碰。毫無疑問，他們是眾人眼中的正派人。至少其中三人是。當男人離開習慣的環境，便會出現領導者。今天他們的領頭是昆恩·戴維斯。他寬臉，膚色古銅，配戴原住民飾品，他希望祖先是原住民。平日，昆恩會跟其他人一樣穿運動上衣，今日的打扮像演戲：紫色天鵝絨外套與笨重鹿皮靴。事實證明，鹿皮靴比其他人足下不斷打滑的牛津鞋更適合這種鬆軟的林下土地。只有盧勉強跟上昆恩的步伐，儘管這需要他展現小鹿的跳躍本事。盧寧可看起來像抽筋，也不想落到隊伍後面。

這四人都是最近搬到加州，老城市的淡淡歐洲味、馬車與歷史再也無法滿足他們對空間的渴望。加州的山、沙漠與狂放海岸有種不受拘束的況味。昆恩．戴維斯是唯一的單身漢，男同志，早就想逃離家族住了數個世代的康乃狄克州橋港，優雅說掰掰。海軍退役後，他追隨「垮掉的一代」[19]來到舊金山，到了後才發現他們瘋狂、難以捉摸。當然有些「水手」型[20]的朋友同意昆恩的論點：人可以有很多面貌，端視環境而定。他對今日一名同伴懷抱微弱希望：班．哈伯特，來自明尼蘇達州，跟高中戀人結婚，三個孩子。不過，尚難判斷。

四人都在舊金山銀行界工作，爲擴張盡一己之力，吸引更多像他們這樣躍躍欲試的人前來這個城市。幾個星期前，他們在蒙哥馬利街喝酒，談到大麻，有人稱之爲「麻」，就連沒見過的人也這麼說。他們知道市面有麻，但是它究竟是什麼？有什麼作用？他們都愛喝酒。班．哈伯特喝酒，因爲它會壓抑一股他在妻兒身上都找不到出口的貪婪精力。提姆．畢思黎喝酒是因爲沮喪，但是他不會這麼說，他會說喝酒讓他快樂。他喝酒，因爲幾杯波本下肚後，他就被急速上升的輕飄快感征服，似乎放下他並不自覺的一對沉重包袱。提姆．畢思黎的老婆愛嘮叨抱怨，四個女兒也愛嘮叨抱怨。在他位於湖畔街的小房子裡，他漂浮於刺耳的女性抱怨狂潮中，來自苦惱疲憊的老婆，來自尖叫的嬰兒。提姆堅信有個兒子便會大不同，但是喝酒也有幫助——噢，大有幫助，值得賠上他的凱迪拉克兩度保險桿彎曲、尾燈破裂，還有無數凹陷。

不管盧．克林喝多少（他喝很多），他總有一部分是遙遠的，以淡淡的疏離注視周遭爛醉的男人。盧在等待。他以爲自己等的是愛情，直到他跟愛慕萬分的克莉絲汀結婚才知不是；然後他認爲等的可能是生兒育女；然後以爲是搬到西部，兩年前終於實現。等待的感覺持續不去：那是即將到來的某種變化，與克莉絲汀、孩子無關，也和他們在蒂伯龍人工湖畔的房子無關。他每天在湖裡晨泳一哩，駕駛單帆小帆船。他成爲社區環形胡同的社交人物，會籌辦野餐郊遊、雞尾酒會，去年夏天還辦了一場夜間舞會，數十對鄰居夫婦在湖邊赤腳跟隨法蘭克辛納區、披頭四的歌聲搖擺。在克莉絲汀的催促下，他撈出薩克斯風吹奏。他在愛荷華大學時加入一個爵士小樂隊，這是他畢業後第一次表演。眾人鼓掌，電流微竄他的身體。生活眞的很好——堪稱完美，眞的——糾纏盧的是：生活的後面一定有什麼，某種他欠缺的東西。

今早，他的六歲女兒查琳（大家叫她查莉）聳聳太陽曬傷的鼻頭檢視他，問：「你要去哪裡？」

他說：「到北邊旅行個幾天，釣魚，獵鴨，或許……」

查莉說：「你沒槍。」她直視盧，陽光耙過她的糾纏金色長髮。

盧發現自己逃避她的眼光，說：「其他人有。」

小兒子羅夫在門口抱住他。蒼白，黑髮；那是克莉絲汀的髮色，眼睛同樣有虹彩。非常奇怪，盧抱住羅夫就覺得兩人開始黏合，放開兒子就好像扯掉自己的皮膚。他知道他愛羅夫勝過查莉，因此內疚。這有錯嗎？男人對兒子不都是這種感情——如果他們運氣好，有兒子的話？可憐的提姆．畢思黎！

此行不會釣魚也不會狩獵。那天下午他們在蒙哥馬利街喝酒、抽百樂門、大聲說笑，開豪車回到妻兒懷抱前，昆恩透露他認識幾個「波西米亞人」，在靠近尤里卡的森林中央種麻。歡迎訪客。昆恩說：「我們可以挑個週末到那兒過夜，如果你們有興趣的話。」

他們有。

我怎麼可能知道這些？當時我才六歲，超想跟著去，卻被綁在家裡——老爸去的地方，我都想去。回想起來，我似乎早就發現要引起老爸的注意，只有待在他眼前。我既不在現場，那森林也早就焚毀如黑炭，散發焦肉的氣味，我怎麼描繪這些事？我怎敢跨越性別、年紀與文化壕溝，捏造這些事情？相信我，我不敢。我記錄的一切思想與刺痛全來自紮實的觀察，雖說搞到這些資訊的手段比捏造它們還過分。選擇你的毒藥——如果不准天馬行空，那就只能求諸灰色擷取塊。

我運氣好；這四個男人的記憶都在「集體意識」裡，至少是部分。以他們的年紀來說，這實在是奇蹟，尤其是我老爸。他死於二〇〇六年，「曼荼羅」的「擁有你的潛意識」十年後才推出。老爸怎麼可能用到呢？是這樣的，請記住：畢克斯的長才在改善、壓縮、大量生產原本已經存在的粗糙科技，變成難以抗拒的甜美產品。二〇〇〇年代初期，心理學界便在耳語「記憶外顯化」技術，討論它是否有潛能成爲革命性技術，用來治療心理創傷。究竟發生何事？知道自己壓抑了什麼，是否有幫助？就拿我來說吧，為何我心頭總是縈繞幼時爸媽帶我去舊金山參加家庭派對的事？這件事約莫發生在老爸去森林的那一年，我跟一大堆孩子在老樹下玩耍；然後獨自在閣樓上，站在柳條椅旁。這畫面一再出現：跟小朋友玩耍，然後獨自在陌生的閣樓。或許我不是一個人，誰帶我去的？為什麼？我看著那張椅子時有發生什麼事嗎？許多次，我想過搞清楚答案會讓我的生活比較不痛苦，比較快樂嗎？當老爸的看護說波莫納學院有個心理系教授把實驗對象的記憶上傳，我卻太過患得患失，不敢參加。老爸的事業整個內爆教會我一件事——科技，有得必有失。但是老爸沒啥好失去的；他已經中風五次，生命在我們眼前消失。他想參加。

菈娜跟蜜蘿拉那時忙著挽救老爸的唱片王國，蘿曦搬去舊金山，琪琪住在康乃狄克。羅夫過世好幾年。因此二〇〇六年某日早晨，是我迎接波莫納大學的年輕教授（穿了紅色高筒球鞋）與他的兩名研究生，還有U-Haul搬家卡車載來的機器。老爸留著衝浪選手那種多層次髮型，我撥開他剩下不多的頭髮，把十二個電極片貼到他頭上。然後他必須躺直，連續十一小時，睡或醒都可以，那個時候對他已經沒差別。我把他的病床推到池邊，讓他聆聽人工瀑布的聲音。多數時候，我坐在旁邊；那種私密過程讓陌生人陪他似乎不妥。我握住他軟綿綿的手，大如衣櫥的機器在旁邊嗡嗡響。十一個小時後，「衣櫥」儲存了老爸意識的完整副本；他從出生那刻起經歷過的所有認知與感覺。

一個研究生拿手推車推走「衣櫥」，我說：「它可比一個腦袋大多了。」老爸腦袋上仍貼著電極片。

教授說：「腦袋有神奇壓縮功能。」

順道一提，我完全不記得那次對話，是觀看老爸那天回憶的所見所聞。透過他的眼睛，我注意到——或者該說他注意到——我是個短髮無趣，開始堆積中年肚皮的女人，我聽到他在想（「聽」不是精確字眼；我們無法大聲聽到自己的思想），那個漂亮小女孩怎麼變成這麼平凡？

二〇一六年，當「擁有你的潛意識」推出，我終於能把「衣櫥」裡的東西存入一呎高、黃色透明的「曼荼羅意識立方體」。我選擇黃色，因爲它讓我想到太陽，想到老爸的游泳。存入立方體後，我終於能觀看。一開始，我沒想過要把它分享出去；我不知道可以。「集體意識」不是「曼荼羅」的早期市場重點，當時的宣傳是「找回你的記憶」、「知道自己的一切」。擁有老爸的意識似乎就夠了，應該說是排山倒海。或許因爲如此，伴隨時間過去，我想知道其他人的觀點。代價是分享出去。我是父親的意識的法定監護人，授權將它全部匿名上傳到「集體意識」。回報是我可以設定日期、時間、經度、緯度，搜索一九六五年那天森林裡其他人的回憶，無需捏造。

讓我們回到那些跌跌撞撞跟在嚮導昆恩·戴維斯身後或身旁（我爸爸）的男人。他們首度接觸大麻是在小徑的起點，昆恩遞出小菸斗大家抽，塡充了好幾次。多數人第一次抽麻不會嗨（提醒您，這是傳統大麻，有草莖有種子，不是現今那種水栽無籽大麻），昆恩此刻分享大麻是希望讓他的好朋友先嘗過第一次經驗，做好準備，晚些才能嗨到茫，尤其是班·哈伯特。

下方河流沖刷，時隱時現，好像蛇兒滑行樹葉間。攀爬時，男人們蹣跚、哄笑，喘氣，掙扎。四人平日都抽菸，也不像現今人健身。就連吃什麼都不胖、身材好到不行的哈伯特爬到山頂眺望時，也喘得說不出話來。他們看見紅木林中有塊伐出的空地，上面矗立了一棟A型框架屋，是七〇年代才開始在加州風行的玻璃加木頭古怪建築。但是對這些男人來說，它看起來像童話世界裡的幻影：它是真的嗎？什麼樣的人住在裡面？奇上加奇的是紅木陽臺有一對高傳真喇叭，正在朝外放送「賽門與葛芬柯」的〈沉默之聲〉（Sound of Silence）。A型框架屋的主人圖爾不知怎麼辦到的，居然能把電線拉到唯有步行可達的森林深處房子。

哈囉，黑暗，我的老友……[21]

四人籠罩於神奇感中往前走。盧落在隊伍最後面，讓昆恩帶隊進入這棟宛如大教堂高聳、三角窗直衝尖型屋頂的建築。紅木味道衝鼻。昆恩介紹圖爾給大家認識。圖爾四十許，面容高貴嚴肅，早生華髮。圖爾的女人芭莉身材豐滿，比較熱情。客廳與陽臺有些年輕人穿梭，對來客毫不在意。

奇怪的安排讓三個新來客不知如何自處。盧難忍被當成食客的侮辱，突然對昆恩非常不滿。後者正跟圖爾私下安靜說話。這算什麼待客之道？換做今日，不知如何自處的人會掏出手機，詢問無線網路密碼，加入虛擬世界，在那裡馬上重新確認自己的身分。且讓我們深思一下以前的時代，人們是習於孤立的！盧跟朋友的唯一逃脫之道是踏著原有足跡穿越森林，還沒有麵包屑可引導。因此，盧忍不住踱步這棟A形框架屋（他知道這樣做很干擾），偶爾對圖爾大聲發問：「好地方，圖爾，你幹哪行的？把管線拉到這麼遠的地方鐵定麻煩死了……。」圖爾傲然坐在高木椅上，那椅子還像討人厭的王座。

這古怪的房子有許多角落被拿來當房間，盧一一打開房門，探頭紅木味刺鼻的房間，突然僵住，某個房間內有個裸體黑髮女孩，閉眼盤腿坐在小窗前的地板上。陽光穿過樹影在她的肌膚與黑色陰毛上灑下斑點。她緩緩睜開眼睛面對闖入客，盧一時語塞，說：「對不起，非常抱歉。」然後溜走。

終於，散落各處的人開始集結圖爾身旁，準備要「嗨」了。音響裡播放紛鳥樂團（Yardbirds）的歌曲，這音樂對盧來說太遙遠，難以享受。但是他喜歡這種和諧狀態開始萌芽的感覺，這賦予意義一種嶄新的結構。圖爾擅長製造這種氣氛。他跟凱魯亞克很熟，跟卡薩迪偶有情愛關係，後來還提供迷幻藥（LSD）給凱西、瓦維、滾石合唱團等[22]。圖爾是那種觸媒型重要人物，改變他人生活，之後遁入無形，不留歷史痕跡。

我算了一下，現場有十七個歡宴者：圖爾與芭莉、四個新來者，以及盧意外碰見的裸體女孩，現在穿了花布洋裝，眼睛直視盧，毫不尷尬。餘者是各式各樣的年輕人，十八、九歲與二十出頭，住在圖爾A型框架屋旁的附屬建築裡，幫圖爾種麻。

盧喜歡圖爾的圖騰柱水煙壺，遠超過昆恩的小菸斗。大家輪流抽了一小時，音樂變化，群體飄浮進入一種有如蒙眼的共感專注，這對盧、提姆、班來說是全新體驗，之前，他們只用酒精改變意識狀態。現在，基本的互動被延伸拉長，好像慢動作拍攝成熟水果落入伸出的手中。

「這……麻……是……這兒……種的？」（班．哈伯特問圖爾）

「是……走路……就……可以……看到……種植地。」（昆恩回答班・哈伯特）
「你……都……住在……這兒……？」（盧問圖爾）
「我們……一年……前……才蓋好……這房子。」（芭莉回答盧）
你可能注意到圖爾幾乎沒說話。他當然有自己的故事，但是我沒法說，因爲他跟芭莉沒孩子，無法從「集體意識」擷取關於他的親密回憶。「擁有你的潛意識」時代來臨時，圖爾早已過世多年，我們只能從相識之人的眼睛瞥見他。
所以世間還是有謎團。
當大家都嗨到某種程度，便集合長桌前。或者應該說男人集合，芭莉跟其他女人則在廚房忙進忙出，端出一盆盆一碟碟豐盛的蔬菜大餐。中西部男士通常一天始於香腸，結束於酸奶牛肉、醃牛肉、牛肉雜燴（或者更棒的，牛排或烤肉），對他們來說，「素食大餐」是矛盾修辭。怎麼可能？對盧來說，這是他這輩子吃過最棒的一餐，雖說，吸食大麻嗨茫會胃口好，即便給他粗食、溫水，他也會相同狂喜。芭莉用自家菜圃種的瓜、蕪菁、番茄搭配中東芝麻醬，新來的幾位客人從未嚐過這東西，深信這滋味必定採收自至福樂土。然後是一碗碗堆得高高的高粱、蕎麥，濕、暖、Q彈，客人們用大湯匙吃，搭配苜宿芽、切片酪梨，以及芭莉烘焙的新鮮全麥麵包。
我透過老爸的眼睛看這一切，興起一個疑問，老爸可能太嗨或者暈頭轉向到沒問：爲什麼？圖爾、芭莉，甚至昆恩，爲何給這三個保守的新客紅毯級待遇？他們不過是消費者而已。嗯，還能有什麼理由？不是錢就是性。你選一個！昆恩要的是性，他曾在這棟A形框架屋跟男性做愛

（有一次對象還是圖爾），他希望今晚能跟班．哈伯特上床，這是他的直覺。對圖爾來說，建造這棟房子與經營十畝大麻園幾乎耗盡他的遺產；盼能有一、二個投資者。還有一個更深的理由：圖爾致力建造一個旁人沒見過的另類世界。最令他抖擻的莫過開悟他人，看到自己的遠景在新客眼中燃燒。

用餐尾聲，太陽落到山後，紅木剪影有如鐵片剪花映窗。彷彿收到訊號，住屋裡的年輕人離開飯桌，從圖爾與芭莉的儲藏間拿出邦加鼓、響片、嘎嘎器、直笛、烏克麗麗，唱歌不行的人多的是樂器可選擇。先前的裸體女孩拿著單簧管現身，應該是她自己的。有幾人拿吉他，圖爾拿笛子。大家離開屋子，三三兩兩沿著步道爬坡進入紅木林。盧跟朋友被眾人簇擁著進入涼爽芳香的林子。昆恩大膽一手摟著哈伯特的肩膀，後者感到一股電流直竄脊椎。他看看昆恩，極吃驚，但是沒閃開。

提姆．畢思黎拖拉走在隊伍尾巴，想喝酒，大麻抽光他的精力，有人遞了一把曼陀林讓他拿，加重了他的隱形包袱，最後一個抵達山頂。林木中央是塊空地，太陽的最後餘暉露臉，懶洋洋灑落高及腰部的大麻鋸齒葉子。空曠的地形加上陽光，讓提姆精神一振。乾爽的空氣有股辛辣味。空地中央可供寒冷夜晚升篝火，眾人似乎出於習慣圍成圈，握住旁邊人的手坐下來。受到先前成功的鼓勵，昆恩握住哈伯特的手，哈伯特感到一股唯有跟老婆性愛高潮可比的感官衝擊。純是巧合，盧就坐在裸體單簧管手旁，但是他沒法盤腿，過了小男孩階段後就不行了。

一旦坐定，他們閉上眼睛，像在冥想。他們在這段沉默時間的意識，我統統搜索過，看過他們齊坐夕陽餘暉裡的各自片段思想：下雨早晨的第一次群聚交流；從池塘裡撈起黑色金魚；耳鳴；後空翻落地時的快感……跟其他收集訊息者一樣，我自問：這訊息能幹嘛？如何分類並使用？如何不被訊息淹沒？

並不是所有故事都需要訴說。

圖爾打破沉默，來客終於聽到他今日的首度與僅有的一次發言，而且是話語連續。他的聲音很薄，詢問他們是否在今日的食物、腳下的土地、頭上的天空裡感受到神；是否感受到二十世紀此時此刻的獨特——短暫遺忘了戰爭苦難與毀天滅地的軍武，美麗與祥和取而代之？圖爾說：「我的朋友們，感受它，感謝它，我們此刻在此相聚是受福的。」

腳下的溫暖土地似乎在震動翻轉，太陽落到山後，冷空氣嗖地襲來，西邊數哩外，太平洋怒聲拍打山崖，宣告存在。提姆．畢思黎紅了眼眶，偷偷拭淚。其他人開始演奏樂器，他也嘗試撥彈曼陀林。一個剛剛冒出鬍鬚的男孩以吉他搭配吹單簧管的女孩，帶領大家合唱〈麥可，把船划到岸邊〉。這是他們小時在教會學唱的歌曲。兩人是姊弟，就像我跟羅夫。

多樣樂器搭配和聲有種鼓舞效果，芭莉飄然起身跳舞。其他人隨之，邊彈邊跳。昆恩跟班一起舞動，四手緊握；畢思黎抱著曼陀林跳。在逐漸暗去的光線裡，大家擺動身體，時分時合。只有盧跟圖爾依舊坐著。對我老爸來說，音樂與舞蹈激起狂潮般的意識警覺，好像回想起未滅的燭火、沒關的門、懸崖邊沒熄火的車子。他一向有先見之明，至死依然，此刻他知道自己期待的改變已經來臨，他接觸到了根源，連腳底都能感覺。實際參與，他太老了，他已經三十一歲，算是老人了！幾個月前，他替克莉絲汀辦三十歲生日驚喜派對，一個朋友居然送她一把圓點花樣的拐杖！盧不容許自己被拋到時代後頭，他必須跟圖爾一樣，火速投入製作人角色，圖爾可是比他老得多！不是種植生產大麻；農業的芳香氣太類似被他拋諸在後的愛荷華州。音樂，他可以。他想起自己在社區環形胡同舉辦舞會的那晚，大家在湖邊跳舞。不一樣的舞，不一樣的音樂；「鴷鳥樂團」之類的音樂無關乎他先前為自己盤算的生活，也無關他現在的生活，是他的下一個生活。他看著那對姊弟樂手，想像他們登臺表演。他想：我可以把他們弄上舞臺。他辦到了。今日，這對姊弟的音樂大家耳熟能詳。

稍晚，圖爾與芭莉已經入睡，昆恩與哈伯特消失無蹤，有些人回到林中空地點起篝火（那個年代大家就已經擔心山火），盧、畢思黎、那對姊弟樂手，以及一些年輕朋友下山到河裡夜游。盧帶頭，水一向吸引他。他赤腳行走，比原先穿的那雙牛津鞋進步不少，踩在柔軟如絲絨、腐葉鋪成的地毯上好舒服，好像尖銳物並不存在。

河水平緩，兩旁紅木屏障，手伸進水裡，冷到指頭搏動。沉入水中會有危險嗎？盧聽說太冰的水會讓人心臟痲痺，帶領大家夜游，他有責任。正當眾人猶豫安全與否，畢思黎突然脫掉衣物，光屁股從一根木頭躍入水中。冰水的衝擊讓他停住呼吸，短暫暈眩如死亡，但是當他浮出水面，嚎叫，死去的是他的遺憾——全留在河底。自由！快樂！畢思黎很快就離婚——他們全離婚了——那是個離婚時代。一整個世代的人拋開信誓的刻板枷鎖，投向創新與希望，而他們的小孩

（也就是我們）則自問：我們究竟是何時失去他們的？離婚是我們的錯？畢思黎後來致力慢跑，領先時代，遙遙超前。他會寫運動與心理健康書籍，家喻戶曉，收到成千上萬的來信，因爲他改變甚至挽救了來信者的人生。

盧暗罵自己不是第一個跳下水，也脫掉衣服，縱身躍入冰冷到睪丸都堵到喉嚨的水裡。眾人追隨他，尖叫撲通入水。划幾下後，痛苦過去，冷意反轉成熾熱。離開河水時，他們抖顫、狂喜，因冒險而活力十足，手腳並用爬回A型框架屋，光溜溜，毫不羞恥。

我跟羅夫在窗旁等老爸回家。最後我們跑到環形胡同等候。雖說我們已經洗過澡，老媽還是允許我們打赤腳。那是溫暖夏暮。我穿了一件棕橘色螺旋紋浴袍。我不認爲我記得這件事，有些記憶應該來自老媽喜歡搞的相簿，一幅幅四方小照訴說著我們的家族故事，初時黑白，偶爾綻現彩色，好像眾人大夢初醒於奧茲王國[23]。我是在老爸返家時在他的眼裡看到我的螺旋紋浴袍，記憶才回到我的心頭。我感覺他注意到向晚時刻的漂亮藍色，看到羅夫時洶湧心頭的愛。羅夫穿著尿片衣，踩著三歲的小短腿從我身旁跑向老爸。

我們抓住老爸的腿，他撫摸我們的頭，捧著羅夫的腦袋貼近他。然後抬頭注視站在前門旁對他微笑的老媽克莉絲汀。她穿藍色毛衣，黑髮從髮夾垂落，身旁圍繞紡錘型幼苗，那是他們從苗圃買來，一起種植於加州新屋旁，以爲會永遠住在這兒。

19 垮掉的一代(Beats)又稱垮世代（Beat Movement [generation]），是美國二次大戰後的文化運動，由作家凱魯亞克（Jack Kerouac）率先提出此一辭彙。「垮世代」被視為後現代主義文學的一個重要分支，作品通常不遵守傳統創作的常規，結構和形式上也往往雜亂無章，語言頗多黑人色彩。崇尚邊緣，對物質主義強烈批判。

20 水手型（sailor）是俚語，意指外表看起來像男同志其實是直男的人（metrosexual）。

21 〈沉默之聲〉的歌詞。

22 凱魯亞克、卡薩迪（Neal Cassady）、凱西（Ken Kesey）都是垮世代的重要作家，瓦維・格拉維（Wavy Gravy）則是藝人與反文化代表。

23 《綠野仙蹤》裡的童話王國。

燦日

蘿曦·克林在二〇二五年濫藥死，得年五十七，在她生命的最後幾個月，她變得哲學傾向，出乎眾人意料。根據家庭微積分，角色分配是依照你的幼時傾向，蘿曦很年輕就被判為「狂野」，最主要是拿來跟妹妹琪琪比較，後者收集唸珠，到母親男友家過夜，也會畫十字。蘿曦的一生徹底實踐屬於她的「類型」，事實，她在復原諮商時講過無數次「狂野」，以致這兩個字對她都失去意義了。

蘿曦的勒戒中心「燦日」每星期四上午是「龍與地下城」日，她很著迷這遊戲的角色誕生過程：玩家擲骰子，給不同的屬性不同分數：魅力、敏捷、聰智，也給隱形、馴獸等不同技能不同分數。擲幾次骰子，出現一系列分數，然後砰，角色誕生了，惡棍、術士或者鬥士，擁有不同力量、技能、弱點，就跟眞人一樣。帶領「龍與地下城」遊戲的是克里斯·薩拉查跟他的朋友莫莉·庫克。蘿曦有次問克里斯他是否也如此評估眞人：慷慨、合作、免疫能力、性感……。

克里斯說：「不會。但是計數者會。跟計數者買數據的公司會。還有那些以點閱數衡量自己的人也會。」

蘿曦焦慮地說：「聽起來不妙。」

克里斯輕捏她的手。他比蘿曦年輕三十歲，二十許，對蘿曦卻是寵溺萬分。他親吻蘿曦的臉頰說：「別煩惱，每個迷宮都有出路。」

這段對話發生於克里斯與女友珊曼莎同居的擁擠公寓裡，蘿曦受邀來過逾越節。對蘿曦來說，克里斯變得比真正家人還像家人，過年過節都有她。克里斯是班尼·薩拉查的兒子，後者還在讀高中時，蘿曦的老爸就一直栽培呵護。克里斯像班尼，漂亮、黑眼、橄欖色皮膚，只是班尼現在頭髮都白了。大約十年前克里斯到西岸讀大學，班尼介紹蘿曦認識，直到三年前克里斯成立「龍與地下城」團體，他們才開始很親近。

「燦日」的「龍與地下城」遊戲通常很早就開始，裡面的員工在分發完藥丸後，可以玩一小時。克里斯說這遊戲通常是下班後玩，但是勒戒中心不是可以夜間玩樂的地方，下午就關門了。

固定玩家都是男人，蘿曦除外。其實她只是觀戰，沒真正玩。每個星期，克里斯都會邀請她創造一個角色加入遊戲。來玩，永遠不嫌晚。事實上，勒戒這件事，只要還活著都不晚。但是蘿曦怕玩得不對，或者對遊戲不瞭解。這是她無數「要不是XX」之一，亦即：當初要不是發生XX爛事，我的人生也不會脫軌（要不是我上了那輛車，要不是我沒走進那個房間，要是我不是那麼在乎裝酷）。蘿曦是「要不是我有閱讀障礙症」，這等於說她要不是出生於一九六八年而是一九九八年就好了。根據她看過的影片，今日有閱讀障礙的小孩表現可好了，有的會寫書，有的還經營學校！對蘿曦來說，學校等於「我不明白」的延長篇章：不懂句子，不懂段落，一整章都不懂。數學算式在她眼前解體。要是她學會眞正的閱讀，而不是直到現在都還小雞啄米地辨認一個字一個字，或許她就會讀過卡森．麥卡勒斯（Carson McCullers）的《婚禮的成員》（*Member of the Wedding*），那是莫莉．庫克分三次在「燦日」讀給她聽的故事。她如早讀過，就會明白十六歲那年老爸帶她去巴黎旅行，她整個碎了心，那種感覺別人也有過，完全一樣。她不特別，也不孤獨。閱讀可能會拯救了她。

「燦日」的小會客室裡，蘿曦還來不及溜進遊戲桌旁的座位，克里斯便先給她一個擁抱說：「妳看起來很開心，蘿曦。」她已經在窗旁呑下晨間的藥，把空杯還回去，現在拿水漱口去除會腐蝕牙齒琺瑯質的美沙酮殘留。克里斯問：「妳藏了什麼祕密？」

蘿曦舉手假裝無辜地說：「誰？我？」眾人皆知她是無可救藥的鑽縫子專家，再次搞砸了尿液測試，正想方設法回到可以在家服藥的日子。

克里斯盯著她瞧。憐憫之情簡直傳送到她身上。今早，蘿曦的確有個祕密：今天她應該會收到「曼荼羅意識立方體」，下週，她五十八歲，這是妹妹們送她的禮物。她想要「擁有你的潛意識」，用途卻和許多人不同，不是使用「集體意識」解謎：那個痛毆我的小鬼是誰？那個碰我的老師是誰？誰殺了我的朋友？或者懷抱希望的：一九九〇年代跟我在特里亞斯德咖啡館共享一杯啤酒的傢伙現在怎麼啦？在金門公園「年輕歲月」（Green Day）演唱會上幫我背部按摩的傢伙是誰？重逢的愛情故事讓蘿曦感動落淚，卻絲毫不能撼動克里斯的信念——基於任何理由，甚至是爲老年失智買保險而把意識上傳，都是極爲悲慘的錯誤。

她聽克里斯說：「如果止於那裡也就算了，但是不可能。集體就像萬有引力：幾乎無人可抵擋。到頭來，人們給它一切，集體變得更加全知全能。」

幾乎無人能抵擋集體；蘿曦會是例外。她對其他人的回憶毫無興趣。她只想重活她最美好的日子——未來不可能再有的時光。

今天共有四個「龍與地下城」固定玩家外加一個新來的，渾身刺青、健身房練出的賁張肌肉，唯有臉蛋是冰毒過量的凹陷。克里斯教導他擲骰子，塡人物表單，蘿曦毫不訝異新來者選擇當女精靈；人們似乎永遠選擇跟自身日常相反的遊戲角色。肌肉結實者扮侏儒，優雅的男人扮野蠻戰士，令蘿曦罕見地興起哲思：哪一個才是眞實的他們？

她有次問克里斯，他笑著說：「端視妳覺得哪個才是眞實世界。」

現在他又拿出空白的人物表單對她說：「怎樣，蘿曦？決定今日下海了嗎？」蘿曦搖搖頭。要是玩，她也會選擇相反的角色：「龍與地下城」版的十六歲自己，胸腹鼠蹊之間有瘋狂滾沸的精力，不畏男性眼光，挑釁對方給答案。轉換成「龍與地下城」角色會是什麼？該怎麼問才不會丟臉？蘿曦十三歲時失去處女身，對象是她的第一個男友、高三生泰倫斯．陳，之後她拋棄泰倫斯，投向出現於她面前的二、三十歲男子。行爲不端，她頗感自豪。她被揍過！腹部吃重拳！鏡中的臉還是朝露欲滴，毫髮無損，小鳥一樣的角度連自己都著迷。老媽曾說過她是男童般的女人。渾身沒有一點贅肉。

本世紀初蘿曦搬回北加州，那時才三十出頭，她找過泰倫斯——網路版的。那時候大家都在網路尋找彼此。顯然泰倫斯也搬到灣區，在馬林郡當獸醫。他在網站上的照片看起來燦黃漂亮，對著毛髮蓬鬆的黃金獵犬微笑，生了幾個小孩，老婆的髮色跟那狗一樣。蘿曦想過把自己剛養的流浪貓帶去給泰倫斯獸醫瞧瞧，儘管長途跋涉灣區，攜帶動物很不方便。不。她決定還不是時候。她必須以贏家姿態打開泰倫斯診所的門。那時她還算漂亮：菈娜、蜜蘿拉出錢幫她重整牙齒（掉了好幾顆）與斷掉的鼻梁，恢復舊有笑容。三十幾歲時，她還苗條時髦，還能跳舞。但是她仍和海洛因毒癮奮鬥，而泰倫斯可能覺得過去的十數年她迷失了。她就算不能超過也該匹配得上泰倫斯的高標生活，才能把已經沒那麼——漂亮——但依然——不容否認——漂亮的——自己呈現在他面前。名氣會有幫助。蘿曦一直相信自己會出名，別人也如此。當她差不多二十五年前搬到舊金山，追蹤到泰倫斯，名氣對她並非痴人說夢。

「龍與地下城」順利進行。蘿曦訝異玩家的高度投入，幾乎不會失去耐性。好像生命放緩了速度來配合遊戲。新來的女精靈使了手段加上幾個寶物，在古老森林裡從一幫土匪手中搶救了其他玩家。紙上並沒有森林的圖片；而是以畫在描圖紙上的手繪地圖取代，蘿曦記得地理課用過這種紙。其他手繪紙張有的代表地下城、酒館、城鎮、地下墓穴，甚至外太空。一個互相連結的廣大世界，遊戲結束時，可以全部收進一個馬尼拉紙信封裡。有時玩家會透過傳送門，從一張描圖紙到另一張上，這種轉化，蘿曦覺得妙透了。簡簡單單，你就從一個世界到另一個世界。每當玩家跑到另一張紙上，克里斯跟莫莉就互換領導角色。這遊戲沒有止盡。

克里斯跟莫莉沒在勒戒。也不是一對。克里斯的女友是珊曼莎。莫莉也有女友艾瑞絲。去年以前，克里斯都是跟總角之交、幾個月前才濫藥死的柯林．賓罕搭檔帶領遊戲。柯林過世後，克里斯就不像以前那麼輕鬆活潑。柯林的死亡也讓蘿曦很震撼，他才二十幾歲，還很年輕，如果重返正常生活，人生也不會有個大空白。柯林皮膚白皙，牙齒完整。他跟克里斯成長於紐約克藍戴爾區，從小一起玩「龍與地下城」。跟莫莉的交情也建立於那時。柯林過世，莫莉．庫克取代了他的位置，但是莫莉膽小，老要討好別人，蘿曦想不討厭她也很難。

玩家都不想遊戲結束，從來不，或許遊戲的步調緩慢就是一種拖延形式。但是到了九點，他們必須把會客室讓給另一群每週聚會一次的人——「燦日」的懷孕病人。幾個大肚子的年輕女人在走廊等候，玩家們吵吵鬧鬧出來，聊著方才與土匪的衝突，好像那是眞實事件。

克里斯跟莫莉把遊戲跟書籍拿到樓上的辦公室，他們的公司「蒙德里安」就在「燦日」樓上。「蒙德里安」在灣區所有勒戒中心都舉辦遊戲。辦公室牆壁掛滿噴火恐龍、斗篷刺客的海報，書架上擺滿神奇怪物的書，以及克里斯在棄置行李裡找到的鐵鑄獸人雕像。但是蘿曦逐漸覺得這些遊戲是「蒙德里安」的掩飾，私底下另有企圖。魔法師與野蠻人有他們的特殊技能，「前毒鬼」也是——其一是「遁辭感應力」。蘿曦深知。她周遭的一切都有雙面意義。「燦日」街角那家報攤其實在賣疼始康定，賣花的負責放哨，旁邊那家午餐店「貝蒂」的跑腿小弟，只要事先安排，就會幫你弄海洛因。蘿曦也很擅長「假裝不存在」，這是「前毒鬼」的另一種技能。多數人在她面前講話都不會防她。使用「明顯不注意」與「空洞眼神」兩項技巧，她聽見克里斯在電話裡討論合約、冒充、模仿。他說：「需求排山倒海啊。」「她在對話方面很有辦法。」蘿曦的技巧不及處是無法理解這些話語的意義，這也是「閱讀障礙」嗎？對她來說，克里斯與莫莉的工作實質內容完全不可解，就像穿青綠色飄飄禮服、開賓士轎車停在歐法拉街停車場，喀啦喀啦走向歌劇院的女人不可能知道附近偷賣毒品的地點。蘿曦只知道「蒙德里安」的生意合法（沒武器，也沒閃逃警方），無利可圖（克里斯的公寓超小），其他都不知道。不管那是什麼行當，克里斯顯然是因爲愛而投入。

她踏出「燦日」抽菸。風與陽光撕裂霧氣。鬧區地底鋪了電纜，嘶嘶噪音在寂靜早晨微微可聞。灰白色海鷗踱步人行道啄食昨晚派對的殘渣（這裡的街頭每晚都是派對），黃色的長鳥喙咬起薯片與披薩皮，展翅飛起。

蘿曦跟勒戒諮商師約了十點，還有四十五分鐘要打發，便前往「貝蒂午餐吧」，身後傳來腳步聲，她沒回頭，猜想大概是莫莉。果然沒錯，她聽到「去喝咖啡嗎？」，點頭，不快。蘿曦排拒莫莉不光是因爲她取代了蘿曦喜歡的柯林，更因爲她的卷髮、坦誠的笑容，跟「燦日」與周遭一切格格不入。她沒有保護殼，不酷，這種人，蘿曦年輕時候避之惟恐不及甚至會霸凌。莫莉是那種明知不受歡迎還要硬黏上來的女孩。蘿曦不喜歡她，最重要的，莫莉勾起她惡劣的一面。

她們並肩坐在餐檯前啜飲又酸又稀的咖啡，爛到稍具「遁辭感應力」的人都會懷疑顧客來這裡其實是要買別的東西。把意識上傳到「曼荼羅立方體」要四小時，蘿曦說服自己，如果沒有化學藥物的協助（正當合理化），她可能撐不了這麼久，但是她絕對不會使用那幾包藥，除非別無選擇（自我欺騙）。莫莉喝著爛咖啡，毫無所覺。她的「遁辭感應力」大約爲零。

蘿曦問：「克里斯小時候什麼樣？」她喜歡聊克里斯，想像他是自己的兒子而非班尼的。

莫莉說：「噢，那時我愛上他。他比我大一歲，因此更有魅力。」

「妳跟他玩『龍與地下城』？」

莫莉說：「我們跟他的舅舅，還有一個叫露露的女孩玩，她有來柯林的追悼式。」

蘿曦興奮地說：「我知道露露！她替班尼工作。」

「露露住在上紐約州，偶爾才來，算充滿異國風味的圈外人，我們都好愛她。」

蘿曦狡猾地說：「妳什麼人都愛，大家也愛妳嗎？」

莫莉說：「不。」有那麼一下子，她顯得遙遠。

「我猜妳是個乖女孩。」

「嗯，我們都是乖孩子，就連柯林——就算他被視爲『壞』孩子。在克藍戴爾鄉村俱樂部，你想惹麻煩都沒辦法。」

蘿曦厭憎地說：「你們混鄉村俱樂部啊？」

莫莉說：「是啊。一輩子住那裡。」

「換作我，鐵定能惹點麻煩。」

莫莉笑了，眞正的笑，充滿促狹樂趣：「妳保證稱后，蘿曦。」

蘿曦滿意地笑了，開始有點喜歡莫莉，說：「我以前很會跳舞。」

她在前往廁所的途中從打雜男孩那兒搞到藥，莫莉就坐在幾呎外，蘿曦對自己的交易行爲一點也不覺得背叛。「毒鬼的地圖紙」是另一張描圖紙，不同於莫莉此刻所在的地圖紙，就像「蒙德里安」的祕密工作是另一張紙，獸醫泰倫斯也在另一張紙上，頭髮已白，剛迎接了第一個孫子。（這些年來，蘿曦一直在網路追蹤他的人生，儘管從未去見他。）這麼多不相容的世界同時共佔一個實體空間——就像「龍與地下城」的圖紙可以全部收入一個信封。怎麼辦到的？哲學！

諮商完畢後，克里斯陪蘿曦回家。她的公寓離「燦日」兩條街，在陡峭坡上。她得半路停住喘氣，說：「抽菸的關係。」

克里斯表情凝重。柯林過世，他更加擔心蘿曦，他的「遁辭感應力」跟蘿曦不相上下，今早全力啓動，莫非他看穿她口袋裡的玻璃紙袋？他們再度舉步，克里斯問：「妳今天要去暖房嗎？」她點點頭，太喘，沒法說話。

到了大樓外，他不願放她走，說：「週末到我家吃飯？珊曼莎很想見妳，我會來接妳。」但是「擁有你的潛意識」（跟口袋裡的玻璃紙袋）讓蘿曦太興奮，無法具體允諾，只是擁別克里斯。

「曼荼羅」的箱子已經擺在門口；一定是鄰居皮耶思幫她領的。蘿曦住在這個小套房公寓已經二十五年（兩個妹妹直接匯款付房租，不放心錢交到她手裡），過去十七年來，皮耶思都是她隔牆鄰居。他看起來約莫六十，同性戀，性生活活躍，她曾見過男士離開他住處。但是除了偶爾到訪的妹妹，以及妹妹的兩個小孫子，皮耶思沒訪客，孤獨一人，跟蘿曦一樣。他們是友善的鄰居，聽見隔壁門鈴響了沒人應，大樓外有快遞車，就會下樓代收。但是他們從未進入彼此的住處。躺在床上，看薰衣草霧色飄過夜空，蘿曦有時聽見甚至感覺皮耶思在他們共享的牆後行走。這會讓她一驚，原來她瞧不見他，他還是存在。她很難想像他是真實的——跟她一樣充滿思緒、回憶與感情。但他一定存在，就像這棟租金低廉、單位狹小的大雜院其他住戶一樣，有的是遠離科技爆發的逃難者，有的跟她及皮耶思一樣是「終身勒戒者」。建築何以能包容這麼多生命？為什麼不會因壓力爆炸？

蘿曦跟其他「終身勒戒者」毫不親近，這讓克里斯很煩惱。她怎麼不能跟鄰居更好一點呢？為什麼毗鄰數十年，還共同度過疫病封鎖期，卻不能做朋友呢？但是友情的風險在於它會結束。蘿曦這輩子的朋友來去太多了。或許他們也是。或許住在歐法拉街公寓大樓裡的「終身勒戒者」都有一連串匆匆逃逸的友誼。她跟皮耶思還是維持友善陌生人比較好，勝過變成共用一面牆的敵人。

她小心打開箱子，亞提在包裝紙間奔竄。蘿曦三星期前才從「燦日」另一個病人處領養了這隻橘色小貓，那人的帽兜衣裳口袋裡藏了三隻。「曼荼羅」的箱子有自己的特殊符號，蘿曦坐在光亮的木頭地板上組裝。她把地板當窗戶，都拿穩潔擦拭。當初她思索許久，決定她的「意識立方體」要選石墨色：一呎見方亮晶晶的立方體，看起來像從月亮採礦而來。

蘿曦在機械方面有直覺天賦，要不是……她或許也能成為另一個畢克斯，但是或許半個世界的人都自認如此。總之，儘管查琳給了她錯誤的密碼組合，蘿曦還是設法看到了老爸的意識。蘿曦想從老爸的眼光看那次倫敦之行，看看十六歲的自己就像電影女主角。但是她還沒看到老爸離家去接她到機場，就一把扯下頭戴。這麼親密地觸及他的奔騰思緒令她作嘔：他的濫藥虛弱女友嘉絲琳四仰八叉躺在床上；吉他和弦迴圈；睪丸發癢；遠處除草機轟隆聲；想吃酪梨傑克起司三明治；希望蘿曦不必參加倫敦行；邀請了蘿曦之後的激烈懊惱。直到他看到狗狗寶瑟在泳池旁拉了一坨屎，狂怒才壓下了先前的其他情緒。

扔開頭戴後，蘿曦麻木呆坐，恐懼，擔心自己會吐，甚至死掉。就像人們慢慢從懸崖邊爬開，她提醒自己倫敦行的神奇始於她跟老爸同坐在飛機頭等艙，他讓蘿曦喝香檳。在這之前，她跟老爸眞的不熟，她是排行中間的孩子，來自他排行中間的老婆。根據蘿曦老媽懷恨萬分的說法，蘿曦的存在目的是誘惑老爸離開他的首任老婆、他的眞愛克莉絲汀。

蘿曦一直以爲老爸帶她去倫敦是爲了炫耀；她剛剛出現在兩支音樂錄影帶，在MTV臺播放，那可是美國在一九八四年的大創新。但是老爸的悲慘回憶顯示他有其他動機：教育。這也是爲什麼一開始他們參觀了好幾個美術館跟大教堂。老爸會帶領蘿曦來到一幅畫或者聖壇前，專注審視，然後充滿期望瞧著蘿曦，好像盼望這些東西能在她身上產生一些作用，因爲他沒有。到了第三天，他說：「去他媽的美術館。」兩人的共同失敗讓他們更親近。

蘿曦撥開頭髮，把感應器一一貼在頭皮上，覺得害怕，有股拖延的衝動。但是她三點必須去暖房值班，希望在那之前弄好。她把「意識立方體」放到沙發床畔，小心地躺下，免得碰到感應器。亞提爬到她胸口，把小腦袋塞到她的下巴處，像個門擋。她聽說意識上傳時毫無感覺，睡或醒都沒差。沒多久，立方體開始嗡嗡響，蘿曦感覺回憶像大掃除激起灰塵般湧起。倫敦行最後一天，老爸帶她去一家豪華法國餐館吃中飯，餐館附近有許多老服飾專門店。他們坐在戶外，豔陽下，白色桌布亮到晃眼。老爸把太陽眼鏡讓給她戴。這頓飯要招待一個樂團：四個口音難辨的英國長髮男孩，年紀跟蘿曦差不多。樂團經理人跟她老爸在談交易，有慶功宴的味道。大家都喝香檳。鼓手在桌下磨蹭蘿曦的小腿，後來又在廁所門口攔住她，在她鼻尖搖晃一小安培瓶的古柯鹼。蘿曦兩個鼻孔各吸了一些。鼓手想吻她，但是他的稀疏鬍鬚非常不吸引人，加上一嘴肉醬味道。換作其他天、其他地方，蘿曦可能會搞點事，跟他到廁間內打炮，她在洛杉磯的龐克俱樂部幹過兩次。這裡可不行。她返回座位，沉醉於老爸明顯鬆了一口氣的表情。他摟著蘿曦，給她添酒。太陽猛烈曬下，但是剛從冰桶取出的香檳在蘿曦胸口內冰涼撞擊。

午餐後，他們一起散步。老爸牽著她的手。倫敦厚重蒼翠，十六歲的蘿曦跟兩個成年男子並肩走路，覺得自己長大了。他們的身後，四個樂團男孩打鬧躲藏。她搖晃老爸的手，香檳與海洛因在她血液裡跳華爾茲。到了公園，站在漂滿天鵝與玩具帆船的湖邊，樂手鬧著把彼此推到湖裡，他們的經紀人突然轉身問蘿曦：「妳對人生有何打算？」通常她會回答成爲舞者、演員或者**出名！**（跟其他洛杉磯小孩一樣），可能會提到MTV電視臺以及她還預定要拍好幾支音樂錄影帶。但是蘿曦回答：「我想留下我的印記。」篤定的口吻讓兩個男人吃驚笑了。她感覺老爸以她爲傲，那種感覺嶄新且興奮。樂手離開後，蘿曦仍跟老爸、經理人踱步聊天，直到暮色降臨。十點了，天色仍亮。這是蘿曦最快樂的一天。

回洛杉磯的飛機上，她說：「我要跟你住。」她還在喝香檳，老爸早停了。

他說：「不行。我太常出差了。而且琪琪會想念妳。」

「她擺脫我才高興呢。」

「每個人都需要親近的手足。」

「你出差時，我可以跟著你，就像這次。」

「很好玩，對吧？」

他戴了閱讀眼鏡。飛機托盤桌上擺滿文件，還有一疊他得用隨身聽「聽聽看」的卡帶。蘿曦明白他們的旅程結束了。她跟老爸之間的完美和諧感讓她的舊日生活顯得荒蕪，卻是短暫的。她開始哭泣。

他說：「妳累了。筋疲力盡。要飛很久，妳睡一下吧。」

蘿曦靠著老爸的肩膀，他在工作，她睡著了。當她醒來，飛機已經在洛杉磯上空繞圈，老爸收拾錄音帶。蘿曦看著老爸，覺得自己要溺斃了，但是她板起臉孔，雙手擺在身側。接下來五個月，她沒見過老爸。

回到老媽與老妹的家，蘿曦愁悶疏離。琪琪對她十分冷淡。琪琪根本拒絕見老爸，因爲她從查琳處得知老爸引誘嘉絲琳時，她還只是個高中生，認定他是心中「無神」。琪琪的時間都奉獻給基督教少年團；蘿曦認爲以老妹的平庸姿色，大概也沒有其他選擇。上帝愛所有人，不是嗎？

但是蘿曦倫敦行不到一年，琪琪就跟少年團指導私奔，對方二十六歲。蘿曦還記得那種受傷的感覺：打破世俗規範，平庸老妹居然超越她！老爸雇用一些私家偵探，都沒能在琪琪十八歲以前找到她。幾年後，她重新露面，從遠東寫信給老媽與姊姊，她已經成爲傳教士。最後，她嫁給保險經紀人，定居康乃狄克州，生了四個小孩，都已成年。她使用全名：克里姍。成年後，蘿曦只見過她兩次。一次是老爸葬禮，另一次是最近的老媽葬禮。由於她們的共同話題僅限青春少女期，克里姍只是不斷重複：「感激上帝，我脫離了。」因此兩人無話可說。

使用美沙酮想嗨很不容易，得很大量，蘿曦必須小心。當年她說出留下自己的印記時，根本難以想像嗑藥嗨茫帶來的權力感與超脫正確，結果「留下自己的印記」變成與她一向自傲的舞蹈、美貌、性感自信無緣，事實是，上述種種都在嗨茫面前低頭。海洛因就是她的至愛，她的畢生志業，她因而棄絕與忽視一切，只爲追求它。沒有人能指稱她「不穩定」，相反的，大家認爲她非常穩定，因爲他們忽略她疤痕累累的手臂、浮腫的指頭、灰暗的牙齒、稀薄的頭髮、佝僂的身軀，蹣跚的步伐，這些都是她畢生奉獻的證明。她撐得遠比嘉絲琳久。以前她們常在老爸家嗑藥打盹。嘉絲琳後來讀了社工學位，嫁給高中時代就暗戀她的著名吉他手。但是蘿曦不。她會雙手空空離開人間：這種奉獻或許只有少女時代狂熱於宗教的琪琪能理解。

立方體比蘿曦想像中更早噹地結束。她坐起身，神清氣爽，想上廁所，好像剛剛睡了一覺。或許她眞是睡了，因爲走過房間的感覺陌生。好的感覺。沙發床旁的「意識立方體」觸手溫暖如剛下的蛋，亞提睡在上頭。蘿曦把貓兒送上自己的床，抱起立方體。感覺沉重：這是她的過去的重量。她拔下腦袋的感應器，整個人也跟著輕鬆了，彷彿解脫了某種內在壓力。她曾看過影片講一個女人從三樓窗戶倒栽蔥摔下。醫師打開她的頭顱取出腦子，放在一個承滿腦液的盆子，如此，腦子持續發腫卻不會在頭顱內形成壓迫。這正是蘿曦的感覺：細胞已經盛不住她腦子，剛剛被釋放出來。

她傳簡訊到暖房說人不舒服，沒法去了。「搪塞不費吹灰之力」也是「前毒鬼」的技能。暖房工作是「燦日」的安排，這代表明日他們會要她驗尿。沒關係——她沒用藥！她想沉浸於使用立方體的餘波，了解究竟產生了何種改變。她把立方體放回地上，亞提又跳上去。某種程度，立方體就是她。包含了她全部的思想：所有她記得與不記得的事、曾有過的所有感覺與想法。終於，她是自己潛意識的主人。她知道所有東西在哪裡。

所有。但是，鈴響前不算。那二十分鐘尚未存入立方體，除非她貼上感應器，把它上傳。目前，它只存於她腦中。雖然蘿曦渴望藉由立方體重遊過去，她眞正著迷的卻是使用這個半透明體後所誕生的新分秒。她摸摸臉，皮膚熱度傳上指尖。她走到窗前，打開窗戶。藍天。舊金山的舒爽涼風。儘管看不見海，依然感覺到海。好好深呼吸之後的滿足感。她再次吸氣，這次吸得更深，想著：我很幸運。

「年輕時代的自己在倫敦」是她一心想看的電影，她已經看完這一連串上傳後再下傳的回憶。她還要什麼？毫無過濾地重探那段時間又能如何改善她回憶中的故事？要是它像老爸腦袋中的惡劣時刻，眞相只帶來失望呢？

蘿曦現在明白克里斯・薩拉查爲何反對「擁有你的潛意識」，就算是最私密最有限的使用也不行。因爲整個過程的邏輯就是將人往外推。她感覺它像股自然力量，一股暗流，將她的意識拉出自身，拖向廣大的世界。她多麼渴望這種聚合與被包攝的感覺！遠景在她眼前閃亮：此生她所想望的一切將實現。留下我的印記。

不讓自己畏懼，她需要行動，把立方體連上無線網路，盤腿坐在它面前。根據規則，拿拭子從兩頰內取了DNA比對，立方體開始嗡響。新熱氣噴出，亞提大聲咕嚕。蘿曦感覺體內深處形成漩渦，意識噴湧進入網路：那是回憶與人生片刻的激流，頗多痛苦（也有一些關於痛的眞實回憶），全部傾倒進入一個扭轉蠕動如銀河擴散的宇宙。老爸也在那裡，某個地方。蘿曦感覺他們的意識終於結合，就像那個夜色不降臨的長夜，他們牽手搖啊搖。她的全部過去經由傳送門轉入一個看不見的地景，消失於另一張描圖紙上。

在這張描圖紙上，有一個唯有她知曉的新生活，她將參加「龍與地下城」活動，跟克里斯與莫莉說：「我準備好創造自己的角色，你們能幫忙嗎？」

i，主角

那是疫病期間的一次Zoom視訊面試，克里斯全然臣服於「最佳接觸點網路公司」（SweetSpot Networks）怪異卻迷人的執行長席德，史托騰，結果辭掉編輯工作，加入這家娛樂業新創公司。克里斯不記得當初預想的工作內容爲何，但絕不是滿牆的代數。結果兩年後的今天，克里斯的心臟猛跳，手臂痠痛，已經用掉數根麥克筆來辯護自己的那組「代數化」。兩年前，你要他解釋這個詞，他還很困難，現在他一天用上八十次（他算過）。

專業計數者（特別是賈瑞德，與克里斯同爲史丹佛大學二〇一九年那屆，不過主修微積分）想知道：克里斯將潑向臉上的酒代數化爲——

$$\boldsymbol{a}(+\text{酒})\times(\text{潑酒的動作})=\boldsymbol{a}(-\text{酒})+i/2$$

——爲什麼主角$\boldsymbol{i}$是被潑酒的，而非潑酒的人？

克里斯刻意不看賈瑞德，以表忽視，對著大家說潑酒主角屬於另一個故事模板主角懲罰冥頑混蛋。這個他數個月前已經代數化了。

賈瑞德不滿意；他對克里斯永遠不滿意，彼此彼此。他追問：「被潑了酒之後，***i***難道不該平方？」

克里斯堅定地說：「被人臉上潑酒是羞辱，***i***應該自覺被蔑視，或者除以二。」

老闆亞倫說：「是的。」他這人極少說話，一旦說話，就有斧頭劈木的決定性效果。

克里斯感到狂喜侵襲。他這是大殺四方、碾壓、痛宰與會人士；他摧毀賈瑞德，不用做任何數學變動，整組「代數化」強力過關。他將潑向臉上的酒編號為*3Aim*，此系列包括：

- 一巴掌打在臉上。[3Aiir]
- 「你從不在乎我。」（尖叫）[3Aviiiy]
- 「你怎麼敢？」（低語）[3Aviiiz]
- 主角孤獨，低潮，夜晚，城市街頭。（搭配靈魂樂）[3Aixb]
- 主角，酒醉，被下藥，被敲頭，蹣跚走過扭曲的地景。[3Aixd]
- 騷鬧的夜晚繼之寂靜無語的清晨。（3Axiiw）
- 模糊的臉俯視主角，逐漸聚焦。（3Axip）

●電話鈴響，摸索浴巾。（3Ayiiin）

當初克里斯被指派這個工作，蒐羅電影和電視節目，尋找每個可能素材元素（素材模板），將它們分類，轉入代數系統，他不認爲這可行。他在史丹佛大學主修英文；喜歡閱讀，至今，空閒時間雖少，還是用來讀書。沒想到把敘事素材模板以代數再現竟比想像中容易。

主角意氣昂揚：$\boldsymbol{i}^2$

主角自覺渺小：$i/2$

主角被排擠，自覺渺小：$\boldsymbol{i}<(a, \boldsymbol{b}, c...) = i/2$

$\boldsymbol{i}$，主角，開始有了英雄的囂掰模樣：

$\boldsymbol{i}$！

$\boldsymbol{a}$，$\boldsymbol{b}$，$\boldsymbol{c}$等小演員相對較貧瘠，這些人物並未察覺這不是自己的故事，$\boldsymbol{i}$會有最終勝利，永遠。素材模板的世界裡保證有救贖。

席德・史托騰在他們首次Zoom視訊面試時狂熱地說：「『最佳接觸點』對娛樂界的影響力將有如MK之於社群媒體！」雖然克里斯跟著點頭，事後還是查了M・K・是誰。原來是一個叫瑪琳達・克林的人類學者，三十年前，她繪製出「人類的傾向基因圖」，據此創造了預測行為的演算法。她因為這個演算法讓社群媒體公司賺大錢而聲名大噪，但是她不覺得驕傲。克里斯瞄過的訪問影片顯示伴隨歲月，瑪琳達的言談舉止滲入了一種無奈。最近一次，訪問者問她：「到了這個階段，妳似乎已經將它拋諸腦後了。」穿了紅色緞面襯衫、滿頭銀髮的七十二歲婦人仰頭大笑，說：「如果你問的是我還享受活著嗎？是的。」隨之加上令克里斯膽寒的句子：「但是我厭煩我的歷史了。」

克里斯離開晨間會議時，滿心驕傲緊繃，幾近落淚。說勝利還太早；明天上午，他還要簡報另一組「代數化」，離完工還早得很。帶著這種不自然的昂揚情緒（工作上很常見），他刻意避開「最佳接觸點」的屋頂花園，那兒，公司蜂房養的蜜蜂酣睡於薰衣草花壇上。他選擇加入抽菸者行列，他們都在戶外抽菸，群聚於離公司入口三十呎的黃色物業界線外。抽菸者對雇主的厭惡加上反社會氣質精確符合1Kiip素材模板放蕩邊緣者。克里斯發現此類巧合越來越常見，整個世界幾乎快成為配配看遊戲。這也讓他擔憂：如果他的生活大多能以陳腔濫調的公式表現，這又代表什麼？

克里斯不抽菸；受抽菸者吸引源自他自己的敘事功能——搖旗吶喊的配角——將素材符碼化為模板的兩年過程裡，他怯懦察覺自己的這種傾向。他這輩子一直在別人的戲碼裡扮演支持者角色（「龍與地下城」例外，他通常扮演頤指氣使的領袖）。先是他最要好的童年玩伴暨生平好友柯林，然後延伸到潘蜜拉，他的前任女友暨他無從矯正的海洛因毒鬼。

抽菸者中最放蕩的邊緣者是康史托克，好像抽菸之外無所事事；克里斯從未在公司大樓裡見過他。康史托克聲音暗啞，穿皮衣，拿祕藏在皮外套襯裡的樂培舒止咳糖漿壓抑蠢蠢欲動的咳嗽（後疫病時代，就連放蕩的邊緣者也不容忍咳嗽）。在一次罕見的對話裡，康史托克告訴克里斯他在「最佳接觸點」的工作是「診斷部」，就他的形容，那是個「修理部門，非史丹佛大學畢業生賣命的地方」。克里斯以類似的打趣精神回應說：「那我們就是啥事都不會的史丹佛純種馬。」賓果。正確答案。康史托克回報以淺笑，以及近乎眼神接觸的某種回應。

康史托克說：「敬禮！」這是他的標準問候。然後加上一句：「啥事啊老兄？」（*¿Qué pasa, hombre?*）

突來的西班牙語讓克里斯一驚，這是在批評他的族裔嗎？他跟老爸長得一個模樣，後者確確實實是個自我憎恨的拉美裔，克里斯喜歡刺他，雖說太過分了點。平心而論，打從在舊金山讀高中起，班尼．薩拉查便以反文化姿態模板（1Aiip）來淡化自己的宏都拉斯血統，組了名字一聽難忘的「燃燒的假陽具」龐克樂隊。他老爸對自己的血統至為羞恥，從未帶朋友回到達利市（Daly City）的家。家裡有老媽跟高中時代便大了肚子的姊妹（四個之一），到現在，克里斯的祖母仍住在那房子。

克里斯希望以連串西班牙語回應康史托克的*¿Qué pasa*，但是老爸總堅持他修法語。因此他問：「你在『最佳接觸點』工作多久了？」

「太久。」

「是指——一星期？」

「五年。」

一絲狐疑蜿蜒爬升，克里斯問：「公司不是才成立三年……？」

康史托克說：『最佳接觸點』還沒成立前，我就來了，我跟席德認識可久了。」

克里斯從未碰過眞正認識席德．史托騰的人，只有跟他一樣被席德催眠的膜拜者。他問：「如果你跟席德眞的很親近，爲何被塞到『診斷部』？」

康史托克說：「因爲我沒團隊精神，但是席德沒法開除我，太多死人骨頭囉，我都知道埋在哪裡。」

克里斯興起驚覺戰慄感：一種新經驗即將臨身。這也是他第一次看到潘蜜拉的感覺。他們是在柯林的「結業式」上認識的，地點是位於東灣的住院勒戒診所「席維雪爾」。克里斯直覺這個戴了心型垂墜耳環、令人興奮的女孩將帶領他進入新領域，誤以爲潘蜜拉是「畢業」病人的親屬或朋友，不知道她也是勒戒者。但是他的直覺沒錯：他從未這麼愛一個人。潘蜜拉也愛他，至少看起來如此，直到她毒癮復發，過了那個點，看著潘蜜拉在嗑藥時最愛看的《遊戲王》中打盹、橘色海洛因口水流下嘴角，他只能無效發怒，大吼大叫、軟言哀求、間歇哭泣都無法觸及那種狀態下的潘蜜拉；她以茫然迷醉溫柔迎接這一切。

康史托克在講話，亦即眼睛不看克里斯，把話語掃到他的方向：「……要騎車……來嗎……？」

克里斯知道放蕩的邊緣者很少重複邀請，反射式回應：「當然啊。」事實，他那兒也不能去，必須整天工作，明早前完成手上的「代數化」，但是沒必要這時候就脫身。他跟康史托克走下坡，遠離公司門廳，落地玻璃門後，亞麻色木頭門廳高聳，引人注目。外號「毒蟲巷」的小弄切過公司對面的大街，克里斯曾大膽探頭望，瞧見毒癮者朝鼠蹊與脖子注射。「最佳接觸點」宣稱無權規範對街的事，抽菸者有另一套理論：管理階層容忍這烏煙瘴氣的平行世界，目的在防止公司員工離開安逸的城堡到外探索。

康史托克的黑色哈雷有凹痕，停在一堆相較之下如怯懦小鹿的腳踏車中。該是克里斯脫身的時候了——或者該說，一連串脫身時間點來了又走，因爲他覺得有點爲時過早。康史托克拍拍座墊，邀請克里斯試試新換的皮墊。克里斯跨騎上去，康史托克突然以大塊頭罕見的敏捷跨上前座，他們的身體毫無警覺地貼在一起。康史托克發動引擎，猛地前衝，逼得克里斯必須抓住他的溫熱腰部，否則就後空翻落地。他們急衝上小丘，又從背面俯衝而下，迎接風嘯、顫抖、車子的尖叫震動連番衝擊。克里斯嚇壞了。他很少經歷身體危險；自小，父母同聲熱切教訓他年輕的生命非常可貴，他牢記至今。

這趟旅程的咆哮暴力理應讓沿途建築爲之灰飛煙滅，好不容易，克里斯稍稍放鬆自己的牙關、二頭肌、胃部、腿跟腳，敞開自己迎接，驚人的快樂感覺灌注全身。他放開自己投入飆行——衝擊性的攀坡、自由落體式下降，以及幅度大到幾乎讓他肩膀愛撫地面的轉彎。他感覺自己攀升到一種純粹境界，遠非工作勝利帶來的激動可比，這是全新體驗。他之前是處於憂鬱狀態嗎？自從潘蜜拉在星巴克咖啡店廁所服藥過量，必須以耐爾康（Narcan）急救回來，之後的五個月，他都深陷於挫敗感裡。潘蜜拉的老媽開車來舊金山，幫她打包，接她回內布拉斯加，稍後，潘蜜拉傳訊給克里斯說必須斷絕聯繫：「我必須專注於復元……。」你能怎麼說？只是現在根據她的社群媒體（克里斯追蹤她比看自己的還勤快），她已經完成另一次療程，跟一個名叫「天行客」的極限飛盤選手搞了情侶對戒刺青。

他的確失敗，但是哪方面？無法拯救潘蜜拉？無法在床笫與生活裡滿足她，不讓她毒癮復發？事實沉得更深：是自己沒法陪同她一起墜入災難。潘蜜拉小時曾被叔叔性侵（現在已經坐牢），相較於她，克里斯的童年簡直輕鬆得可笑。唯一的遺憾是父母在他八歲時離異，但是舅舅朱爾斯隨即搬來，遺憾感幾近消弭無形。朱爾斯是作家，面臨創作障礙，因此有一大堆時間可以趁克里斯上學時，用樂高拼出「雪人洞窟」給他。或者為克里斯與柯林安排兩週一次的「龍與地下城」遊戲。等他們年紀稍長，帶他們去紐澤西一個廢棄的女童軍營，在那裡，普通人可以變裝扮演術士、黑暗精靈、亮藍色的河中精靈；柯林與克里斯輪流扮演害怕的小鎮居民，行經小鎮的小販，或者最棒的，血跡斑斑的怪獸，在鄉村道路包圍毫不知情的旅人，把假血噴到下了眞雪的小丘上。

這一切都讓克里斯的幸福感注定無法撼動，對旁人的苦難感覺麻木，就像「最佳接觸點」員工對大街旁小巷的齷齪骯髒無感一樣。潘蜜拉的離去的確留下哀傷陰影，但是他已經習慣，開始不在意，現在則徹底消除。

克里斯逐漸意識到他們是風馳電掣於開闊的高速公路上，隨即一陣警覺。他必須回去！他試著貼近康史托克的身軀，對著他的耳朵大喊：「老兄，你這是要去哪裡？」但是狂風侵入嘴裡，威脅要揭起他整張頭皮，讓它像枕頭套飛往山丘。他企圖稍稍抬起身體，對著康史托克的耳朵狂吼，不可行，因為他戴了頭盔——克里斯沒有！因此他抓牢康史托克，忍耐，確定自己的困境完全符合老實人，被不法之徒綁架，出乎意料興奮模板[2Pvii]，這塊模板牢不可破屬於喜劇領域。此刻他們在一〇一號公路，東灣在左側發出乳光，右側山麓高聳，雲朵盤繞山頂。這段路克里斯認得，往機場的。

果然，他們開始穿梭舊金山國際機場航廈間，克里斯趁康史托克檢查手機的空檔大喊：「我們到這兒幹嘛？」

「她的飛機幾個小時前就到了。鐵定氣瘋了。」

一會兒，克里斯瞧見她站在人行道旁，絕對不會誤認，黑皮衣、黑色口紅，怒氣沖天。康史托克車頭一扭停在她身旁，跳下車，張大嘴濕吻，克里斯只好轉頭呆望，耳邊傳來她的尖叫，語言不詳，或許是俄語？人行道邊交通阻塞，克里斯聽到警察哨聲，摩托車在他胯下沒熄火。

康史托克說：「來，騎過來一點。」克里斯轉頭看身後，確信康史托克是跟附近某個懂得騎摩托車[1Ziiip]的人說話——不，他指的是克里斯。

他激動地說：「我不會騎這玩意兒。」

「那就跳下來。」

克里斯欣然應命，卻被一種感覺包圍，好像自己幻化成石頭了。在這之前，他被動力帶著跑，茫然，此刻挫敗與焦慮龐然襲來。幹，他究竟在機場幹什麼？他損失了多少時間？賈瑞德連他最小的失常都會攻擊，想到這個幽靈陰影，克里斯腦袋頓時一熱。

康史托克協助女友跨上機車，她發動引擎，衝向航廈邊角。康史托克拖著她那只破舊的灰色工業膠板大行李箱。輪子看似卡住了，康史托克得用硬拉的。克里斯馬上看出明顯的勤務障礙：康史托克的摩托車無法載第三人，更別提龐大行李箱。

康史托克仍是沒有直視克里斯，小聲說：「哎，她眞的很想騎，要不，我跟她共騎，你搭計程車帶著這個行李跟在我們後面？」

克里斯茫然不知如何回拒這個荒謬提議：不，我不要坐計程車，不帶這個行李……？不，我堅持要跟這個我不認識的女士共騎你的摩托車……？最荒謬的莫過自己一開始怎麼會被硬拖到這鬼地方。

克里斯憤怒望著計程車隊。終於有一個司機把行李箱扛進後車廂，克里斯爬進後座，重重甩門傳達怒火。這讓他看起來像個鬧彆扭的小孩，而康史托克擔起成人角色跟司機說話。終於，這支小丑瘋狂車隊啓動了。康史托克的女友戴頭盔駕駛，康史托克光腦袋從後座抱住她。當他們駛出機場北上二八〇州際公路，克里斯感覺自己冷靜下來了。他有一整晚時間可以完成簡報，如有必要，他還有柯林提供的一堆阿德拉，戒毒期間，柯林還是跟藥頭維持完美關係。

克里斯腦海想著素材模板 *3Bi* 到 *3Bxii*，如下：

●詼諧的好朋友嚴肅規勸主角恢復理智。
●張大嘴反應的鏡頭後緊跟蒙太奇效果。
●關鍵時刻，拋棄主角的夥伴回來救他。
●出其不意，觀眾起立致敬——

司機說：「見鬼，她以為我開的是什麼啊？」

克里斯抬頭，第一次認眞看這人：灰色長髮、暗沉的日曬肌膚、後視鏡掛的廉價小玩意搖晃，儀表板上有束香。眞是個角色。司機說：「你的朋友以為她是〇〇七。」克里斯禮貌咯笑，思緒回到模板清單，但是司機馬上又開口，非常堅持：「我跟不上他們，直接告訴我目的地好了。」

「我——我不確定。他沒跟你說？」

「只叫我跟著摩托車。」

克里斯想目的地應該是「最佳接觸點」，細想，不可能。他問：「你……能不能開快點，我不是百分百確定他們要去那兒。」

「這太操我的避震器啦。而且水箱可能過熱。」

克里斯說：「你瞧，到了以後會有大筆小費。」提到錢，悲慘事實揭露：除非他們跟上摩托車，他會是個那個掏腰包付高額車費的人。

司機說：「感覺到震動沒？馬達負荷過重。本來就該換機油了，而我上個星期才付了三百二十元換避震器。」

克里斯只是不耐點頭應付司機的車況臆想症。他明白司機是個 ***a***：誤以爲自己是主角的小配角。克里斯盯緊康史托克的皮夾克，使盡念力要他轉頭。康史托克沒轉頭——或許沒辦法；或許信任她不會讓計程車跟不上。天知道他們想什麼——只是陌生人啊！他跟康史托克根本還沒眼神接觸過。

「聽到喀啦聲沒？那個低低的嗚嗚聲？」

「我說啊，我不需要你實況轉播車況，你只管開，跟丟就麻煩大了。」

「我沒有，你才有。」

「我沒帶錢包，你跟丟了，就拿不到錢。」

克里斯說的不是實話，只是空口威脅，他當然可以用手機支付，但是這個嬰兒潮時代的老司機未必知道。克里斯只想提醒他，他是 a 不是 i，閉嘴幹活就好。嚴肅的沉默讓克里斯鬆口氣，直到他發現 a 打了方向燈，換車道下高速公路。他大吼：「幹，你這是做什麼？」摩托車已經快不見蹤影。

「沒錢，沒車搭。」

「當然我可以付，我不想，但是我可以。」

但是 a 與 i 之間已有嫌隙。

$a \neq i$

$a \leftarrow \quad \rightarrow i$

i

因此，克里斯獨自站在人行道，腳邊是陌生人的行李箱，認出這夕陽燃燒的城鎮是達利市。他允許自己大聲咆哮發洩挫折，離開捷運站的乘客憂心側目。然後他冷靜下來。畢竟，有麻煩的不是他，是她。克里斯沒花到一毛錢，行李箱也沒問題，根據他的手機，祖母家離此八條街。她一直求克里斯去吃飯，此刻他正餓著呢。阿嬤（abuela）晚上通常會去下棋，但是兩人火速交換簡訊後，克里斯得知她今晚在家，幾分鐘後就要給賈碧黎菈上燉雞了。賈碧黎菈是克里斯的表親，從弗雷斯諾來訪，這消息稍挫克里斯的勝利感，因爲賈碧黎菈不喜歡他。儘管如此，軟著陸的幸運感還是讓他昂揚拉著壞掉的行李箱爬過八條上坡小街，經過模樣一致，個性表現來自外牆油漆差別的房子，熱粉紅、冰沙藍等極端的顏色選擇被夕陽照得更顯迷幻。

阿嬤站在灰綠色屋子門口迎接，渾身薄荷香菸味擁抱他。八十六歲了，她還在抽菸，無視克里斯老爸長篇大論的勸告。阿嬤纖瘦細緻，只穿思琳（Celine）服飾，優雅的藍色與米色針織衫，掛金項鍊。謠傳她白頭髮都用拔的，現在輕鬆盤起夾在腦門。她每天下棋，通常下一整天，而且盛裝打扮參與戰役。小女孩時，她在宏都拉斯就是西洋棋冠軍，但是在一個充滿敵意的國度、三十五歲就守寡、還要扶養五個小孩，被迫放棄下棋。直到她最年幼的孩子、克里斯的老爸上了高中，套句阿嬤時常抱怨的「覺得丟臉不願回家」，她才重返棋賽，過了一段時間，比賽獎金累積到她可以辭掉市政府的工作，買了一棟小房子。然後她在男青年會的長者游泳瑜伽課上跟某女學員交好，認識了她搞另類貨幣的兒子，開始透過他投資棋賽獎金，最後把全部家當投入比特幣。在高峰時脫手，賺了不知幾百萬（不知，是因爲她不說），拿了一部分在拍會賣上匿名買了蒙德里安的畫作。對克里斯來說，這畫毫不出奇；白色方塊與原色格子。但是對阿嬤來說，它的幾何狀是冥想與更生的無盡泉源。她喜歡說：「當我在此地迷失，我就去站在它前面。二維度可以簡化問題。」這幅沒投保的蒙德里安就掛在她的客廳；更可怕的，她找過的保險精算師都覺得她的房子很不安全。但是阿嬤拒絕搬家。克里斯曾聽她說：「這些人分得出蒙德里安跟蛋白糖霜蛋糕才有鬼，瞧瞧他們把房子漆成什麼樣！」

克里斯的老爸拒絕跟沒保險的蒙德里安同在一個屋裡，母子的僵持導致過去兩年他從紐約來訪都約在餐廳見面，通常包括克里斯的繼母露芭，她是野生動物攝影家，專擅昆蟲。

阿嬤說：「幹嘛不享受蒙德里安的美麗，給自己找那麼大麻煩？」她的「蒙德里安」四個字還加上法國口音。

這是幾個月前，他們四個人在北灘某餐廳吃飯時，阿嬤對克里斯老爸提出的質疑。那家餐廳非常靠近老舊的馬布海花園[24]，一個好幾層樓、荒廢多年的龐克樂團表演場地，克里斯老爸的樂團「燃燒的假陽具」一九七九年曾在那兒表演過一次。

他老爸回嘴：「我看不到美麗，只看到地痞流氓偷走它後，牆上留下的空白，以及天知道幾百萬元就這樣進了陰溝。」克里斯跟露芭翻白眼。

阿嬤譴責：「班尼西歐[25]啊，你這是在哀怨一件尚未發生的事。還有什麼比這更蠢？」

「把沒保險的蒙德里安掛在牆上!!」

他們的針鋒相對有種表演意味，略帶性急子女對冷靜父母發飆 [2Pxixl] 素材模板的情味，克里斯懷疑如果少了他跟露芭兩位觀眾，他們根本懶得吵。

阿嬤斜眼看克里斯說：「你知道嗎？他的刺蝟頭是我幫他燙的，爲了搞龐克搖滾。」

他老爸說：「又來了。」

「就用我的燙衣板。用我的 Aqua Net 髮膠。他有可能燙焦自己的頭皮的。」

克里斯說：「我記得。」

他老爸氣呼呼說：「大家都記得，妳不讓他們忘記。」

阿嬤溺愛地看看克里斯的老爸說：「看起來……像怪獸，嚇小孩的。但是我還是幫他燙了，爲什麼？」

露芭幫她結語：「讓他開心。」

晚餐後，他們的車子經過馬布海花園。當年那個晚上，「燃燒的假陽具」是當天數個熱場團第一個上去表演的，迎接他們的是朝臺上亂扔的垃圾。克里斯曾搜索過他們當天表演的影片，一無所獲。攝影機那麼少，什麼樣的世界啊！如果克里斯接受「集體意識」這個點子，毫無疑問，他可以從許多觀者角度看到這場演唱會。但是克里斯對「擁有你的潛意識」避之惟恐不及，跟同輩人大相逕庭。在克里斯的世界裡，畢克斯·布登是神，但是克里斯私底下（非常祕密）跟科技逃難潮的人站在一起，視「曼荼羅」的「記憶革命」爲存在的恐懼[26]。這可能是他跟老爸的唯一共同點。

儘管克里斯看不到「燃燒的假陽具」的表演，但是它的痕跡跨越了四十三年，延伸到克里斯的現今生活：樂團主唱史考提·郝思曼成爲民謠英雄，數年前才讓他老爸的事業起死回生。已故的唱片製作人盧·克林曾去看「燃燒的假陽具」的表演，之後把克里斯的老爸收入麾下。盧的女兒蘿曦非常不穩定，偶爾會跟克里斯以及他老爸共進晚餐。但是最驚人的連結是他最近無意中發現的。近來，人類學家瑪琳達·克林經常闖入他的腦海，經過深入閱讀她的傳記，克里斯發現她在一九七〇年代跟盧·克林有過短暫婚姻！這個事實令他毛骨悚然，熟悉又對立，好像瑪琳達·克林在遠處對他揮手，甚至眨眼睛。

阿嬤在洋裝外面套上蒙德里安圖案的圍裙，拿長柄杓撈出燉雞放入蒙德里安圖案的碗。她的蒙德里安商品涵蓋燭臺、花瓶、雨傘、茶盤、杯子、餐墊、毛巾、靠墊、鑲框海報、茶几書籍，還有一個梳妝臺凳——在她心裡，這些曲折構成牢不可破的僞裝。她喜歡說：「擁有蒙德里安眞跡的人誰會買這些垃圾。」

賈碧黎菈一屁股坐到餐桌等克里斯幫她上菜，問：「你在旅行嗎？」她的眼睛盯著克里斯放在前門口、盼著不會礙眼的行李箱。

他回答：「不是我的。」

她說：「幫別人拿行李不是絕對禁止嗎？」掩蓋不住話語裡的欣喜。

「沒打算上飛機。」

賈碧黎菈肥胖，總是若有所思的臉蛋非常漂亮。她的老媽是克里斯的姑姑蘿拉，據說，因為克里斯的老爸從小受寵，又是唯一男孩，老媽膩寵到幫他燙刺蝟頭，而她呢，做了少女未婚媽媽，在家中日子難過。蘿拉後來發展得不錯，在蘇格蘭還有一間分時度假（time-share）的房子，每年夏天有一半時間在那兒打高爾夫。但是她的怨憎已經注入賈碧黎菈，後者每次看到克里斯就發作。

大家落座後，賈碧黎菈問：「你都做什麼？設計應用軟體？」

「不完全是。」

「史丹佛大學畢業生不都是幹這個？設計應用軟體？」

「妳告訴我啊。」

「我怎麼知道，我是芝加哥州立大學的。」

「芝加哥州立大學畢業的幹嘛？」

「做獄卒。開玩笑，開玩笑的。」她對阿嬤卑屈致歉，後者對自憐自艾零容忍。何況，賈碧黎菈是個成功的藥劑師。

阿嬤以冷靜敏銳的眼神瞧克里斯，問：「克里斯朵夫，你們公司製造什麼產品？」

克里斯說：「我不是……很確定。」面對阿嬤，他一向沒法說謊或扯淡。「我是說，我們是一家娛樂公司，我的主要工作是把故事拆解成熟悉的部分，再把這些部分拆解得更小，然後我……」他實在沒法說出「代數化」，只好說：「把它們整理成圖表。目的是……」

目的是？藝術創作——還是製造藝術創作的方法——但是就克里斯所知，產品化還遙不可及。他問過老闆亞倫究竟他們的工作要變成什麼？亞倫只以慣常的斬釘截鐵說：「基因。」

阿嬤問：「克里斯朵夫，你喜歡這份工作嗎？」

他激烈回答：「愛死。」

賈碧黎菈起身上廁所，終止他們的溫柔對話，現在她停步檢視行李箱，大聲說：「克里斯，這裡面裝什麼？我聞到鹽酸的味道。」

克里斯翻白眼，但是阿嬤迅速起身。

賈碧黎菈說：「噢，阿嬤，要是我就把菸滅了。妳可不想爆炸。」因爲阿嬤已經吃完她的少量燉雞，此刻正在享受黑市買來的細長薄荷菸。美國食品藥物管理局已經禁止香菸販售。

阿嬤輕飄回廚房，在水龍頭下熄滅香菸。她說：「我們把李行箱拿出去。」

賈碧黎菈建議：「報警吧。」

克里斯與他的阿嬤同聲否決。他知道阿嬤討厭破壞無名狀態，堅信這可以保護她的寶貝。克里斯則不想讓行李箱裡的不明物暴露於執法人員面前。

他嘆氣說：「好啦，我把它拿回城裡，馬上叫一輛優步。」這只是虛張聲勢，盼著阿嬤堅持他留下來把燉雞吃完。算計錯誤。

她勉強說：「我想這樣最好。我們可以一起在外面等計程車。守著行李箱。」

賈碧黎莅說：「那我去吃完燉雞哦。很高興看見你，克里斯。」她滿面笑容，為何不？她成功把克里斯趕出屋子。

†

克里斯的優步停靠「最佳接觸點」公司時，天色已晚。他張望康史托克的身影，外面沒有人抽菸，事實是，他從未見過抽菸者晚間在外。車行期間，他幻想把行李箱留在後車廂，後來打消，就像他一度想把行李箱帶回他在雷其蒙區的公寓，後來也作罷。反正，他今晚也不可能回家，必須開夜車把工作弄完，明晨做簡報。他的小辦公間有換洗衣服以及阿德拉，以應不時之需。

離開優步，他沒看價錢，不想知道。拖著行李箱走向「最佳接觸點」的自動玻璃門，他注意輪子滾過人行道濺起火星。幹！只好抱起行李箱，第一次注意到它重量不同尋常。根本大到可以把一個縮成胚胎姿勢的瘦小人物塞在裡面。

當克里斯抱著那個沒法使喚的行李箱，蹣跚穿過自動玻璃門，夜間警衛德斯特說：「哇。」

克里斯喘氣說：「你認識康史托克嗎？」放下行李箱的動作讓他額頭冒汗滴到眼珠。他說：「叫康史托克的傢伙？騎哈雷的？經常在外面抽菸？」

法蘭克說：「我們得打開看。」扮演壞警察。

「不能用機器直接掃嗎？」

好警察德斯特說：「機器只能看出某些東西。再說，它太大了，過不去。」

法蘭克問：「裡面是什麼？」

克里斯說：「康史托克女友的，她從另一個國家飛來，大概是俄國。我跟康史托克騎摩托車去機場接她，分頭回來，我搭計程車帶行李箱。」

兩個警衛漫不經心聽著，好像等待某個他們能夠理解並貼上標籤的理由。

克里斯說：「我不喜歡打開別人的東西。」這是輕描淡寫了。光是想到這點就讓他恐懼暈眩。他說：「我可以……上去嗎？把它留在這兒給康史托克？」

法蘭克說：「我不認識康史托克。」

克里斯不耐煩地說：「你可以查一下公司名錄嗎？能有幾個康史托克？」

德斯特說：「沒有名錄。公司成長太快。你可以傳簡訊給他？或者打電話？」

「我沒有他的號碼。」

停頓。場面變僵。克里斯感覺自己的莫名困頓籠罩三個人。

法蘭克以較正式的語調說：「我得要求你把這行李箱拖離這個建築。」

德斯特抱歉地說：「拖到物業界線外。這是政策。」

克里斯沒再多話，拖著行李箱跨出玻璃門踏入夜色。海面濃霧滾來，包圍街燈。自動門輕聲關上，克里斯感覺自己不僅被排除在好警察／壞警察的戲碼外，還被放逐於他們佔領的故事敘述宇宙外。他的思想跳躍能力無法找出喜劇解決方案。反而面臨類型的轉變，魯莽的冒險產生嚴重後果。還是說這番慘澹遭遇打從一開始就隱藏在跳躍裡？

克里斯不理會行李箱輪子的火星，穿過黃色物業界線，站在那裡等。法蘭克慢步到窗前確保他有照辦，然後回去找德斯特。克里斯能聽見他們說笑。

$i<(\boldsymbol{a}+\boldsymbol{b})=i/2$

他爲自己的忠於託付感到憎恨反胃。這個該死的行李箱就是明證。他沒勇氣扔掉它，或者打開它，或者拿回家。只能站在它旁邊等候康史托克回來。

偶爾，一群同事走近「最佳接觸點」大樓，認識的人會問：「要進來嗎？」

他每次都說：「再等一會。」然後他們頭也不回進去了。

$i<(\boldsymbol{a},\boldsymbol{b},\boldsymbol{c}...)$

很長一段時間沒動靜，克里斯渴望聽到摩托車趨近，常誤以爲聽見引擎怒吼。每一次，都不是。他的腿開始痠痛。考慮坐到行李箱上，但是爆炸物的疑慮讓他打退堂鼓。總之，法蘭克也會聽到動靜。或者那人其實是德斯特？或者德斯特才是那個渾蛋，法蘭克只是配角。或許他們根本不是眞人，而是機器，設定來模仿克里斯過去兩年裡代數化的素材模板。什麼樣的卑劣惡行都有可能。

克里斯注意到自己思想變得灰暗，跟自己說道理：康史托克這個人物眞實存在。正在某處——跟她打炮，絕對。最後，他們還是會現身領走行李箱。明日此時，沒收尾的故事都會兜起來——最有可能大家一笑置之，也可能友誼萌芽，變得親熱。這是所有搖旗吶喊的配角結局，克里斯憑經驗得知。

最後，因爲萬分疲憊，克里斯拖著行李箱穿過街，轉入巷子，那裡，街燈照不到。陰暗遮身，他往牆壁一靠，滑坐人行道。天啊，能夠坐下來眞棒。他把行李箱翻個角度，整個人趴在上面，讓硬殼承載他的重量。他可以清楚看到「最佳接觸點」的入口，康史托克一到就知道。克里斯死盯自動玻璃門，看著它偶爾打開，吐出或吞噬一個員工，就覺得自己跟那些員工是可以互換的，看得越久，玻璃後面的輝煌內部就越顯得陌生。克里斯被流放了，或者該說他自我流放。我厭倦我的歷史。他永遠不會回去。

$i \neq (a, b, c\ldots)$

$i \longleftrightarrow (a, b, c\ldots)$

i

夜裡，霧號聲不斷傳來。克里斯聽說船隻不再需要霧號，這只是懷舊。素材模板之一。他閉上眼睛試圖判斷霧號聲響模式的差別，有通訊的意義還是純屬裝飾。他希望是真的霧號！伴隨專注聆聽，他察覺周遭有些微的騷動，低喃、嘆息、小調整，離得很近。他猛地睜開眼睛，現在已經適應巷子的黑暗，他發現有十來個人靠著牆打盹，有單獨一個，也有成雙，有的四仰八叉躺在人行道上，好像從空中墜落或者被人扔下。一開始克里斯很害怕，隨即平息，鬆弛加入新友伴的陪伴。他們的臉部表情靜歇於一種絕對的安詳。他腦袋往後一靠，抬頭看天空，大霧滌清緩和了它的破裂美感，克里斯想像自己瞧見身旁眾人的鴉片美夢緩緩升入夜空。

24 馬布海花園（Mabuhay Gardens）是舊金山著名表演的表演場，七〇與八〇年代初期，是當地的龐克樂團與新浪潮（new wave）樂團的聖地，也是龐克樂團全國巡演時的重要一站。

25 班尼西歐（Benicio）是班尼的全名。

26 存在的恐懼（existential horror）是指上帝已死，存在還有什麼意義，只剩虛無。

第三部

落

周界：之後

當我需要嚎啕大哭我就躲到週一到週五這個時間沒有人的女更衣室因爲「網球媽媽」在打網球而「高爾夫媽媽」在打高球而「有小娃兒的媽媽」沒法帶孩子進來因爲未滿十三歲所以這是我第一個足齡進來的夏天然後不知道爲什麼這個地方讓我平靜，可能是地毯柔軟或者鏡子旁有許多化妝水跟乳液也或許是聲音，好像有人單音哼唱著 *mmmmmmmmmmmm* 幫我面對最要好的朋友史黛拉**再度拋棄我**的事實，這事打從四年級起便反覆發生而不想被史黛拉拋棄只有表現得毫不在乎**但是我在乎**，要交新朋友太晚了，其他團體不要我因爲史黛拉爲人惡毒而我爲了保住跟她做朋友也很惡毒並且我只有**受歡迎與高高在上**才不會永遠活在被蒙蔽的危險中譬如此刻我跟史黛拉與愛歐娜在小吃攤前排隊買烤起司三明治而克里斯．薩拉查跟柯林．賓罕從我們旁邊走過然後她們便**相視偷笑**而我想跟著笑但是她們轉頭努力**不笑**所以這代表史黛拉跟愛歐娜在**臉書私訊互聊**她愛了一輩子的克里斯．薩拉查**而我不在其中**。

之前，當我們家住在薩拉查家隔壁，史黛拉就說莫莉啊，妳可看過克里斯．薩拉查在家裡？我就說沒有啊我們兩家之間有樹籬而她就說哦，那妳知道他的房間是哪間？我就說不知，其實我知道因為**之前啊**，我還住在隔壁時曾到他家參加雞尾酒會。克里斯的房間面朝外而且窗旁有一盞綠色的燈現在晚間我有時出去遛新養的威爾斯柯基犬「餅乾」經過**爸媽因為離婚**所以搬離的舊家時，會特別期望那盞綠色的燈亮了這樣我便知道克里斯．薩拉查還醒著所以或許我也愛他。

史黛拉、愛歐娜跟我拿了烤起司三明治後就去史黛拉吃東西最愛去的「香料花園」但是我半路停下來弄涼鞋時史黛拉、愛歐娜卻**繼續走沒等我**，我站起身時她們已經走遠而我得用跑的才趕得上但是拿著烤起司三明治根本沒辦法，我知道她們會說噢，嗨，莫莉，不要我跟，所以我走另一條路去女更衣室哭。

你可能會問史黛拉為何可以高高在上，唉呀誰懂得**受歡迎**這件事**啊**雖然我很確定大學裡有人研究這個，史黛拉家有錢但是說真的這兒又有哪家是窮人。她有一頭厚厚棕髮與綠色眼睛超級漂亮但「這個」不是理由因為其他女孩一樣漂亮卻沒她的放電力。史黛拉對妳上心時妳的確覺得周遭大放光明同時又感到平靜，妳無需死命奮鬥置身他處因為妳已經在**那裡**了，但是話說回來這是**因為**史黛拉受歡迎而不是她受歡迎的原因，我想這是個「雞生蛋、蛋生雞」的問題。

我還小時老媽會說：「聽著，莫莉，妳有兩個選擇：不再在乎史黛拉或者讓她爬著回來求妳。如果妳選擇後者我會幫妳。」我無力轉身離開史黛拉所以老媽在我四年級時籌辦了一個「小貓織帽派對」協助參加的女孩做貓咪帽子，老媽的縫紉很棒而我邀了所有重要的女孩**除了**史黛拉，當然她發現後便開始又對我很好，但是老媽說**別讓步**直到她**掉淚卑屈**求妳，除此免談，「小貓織帽派對」那天上午史黛拉跟她老媽來我家「想談談」，老媽雖然私底下稱史黛拉老媽爲「膚淺低能兒」還是倒了一杯咖啡給她，史黛拉跟我上樓哭著跟我道歉說我是她最要好的朋友只是有時她喜歡傷害我但是保證沒有下一次了，**拜託啦**她可以參加「小貓織帽派對」嗎？所以，**眼淚**跟**卑屈**都有了，我跟史黛拉手牽手下樓說媽咪，我想邀請史黛拉，她可以用我的小貓織帽材料。老媽說：「事實上，我們還有一份多的！」

之後的問題也用方塊鉤織跟藏寶遊戲圓滿解決但這都是在老爸跟老媽說他想「分居」**之前**。布萊恩跟我毫不知情，那是上學日的晚上，我們做功課時老爸跟老媽說他想「分居」，老媽就跑到我們的「美術用品儲存間」拿紙板做了牌子再用麥克筆寫上「**吉屋出售**」釘到園藝木樁上然後摸黑跑到前院插下，當布萊恩跟我聽到騷動跑出來時看到老爸已經先出去哀求老媽：「諾琳，有必要嗎？」老媽說：「布魯斯，行動是有後果的。」那是一年多前的事到現在我還是不明白她說的「行動」是什麼，現在布萊恩啊我啊和老媽住在「公寓」裡而漢娜從大學返家時就住在老爸的「公寓」，我問漢娜老爸是做了什麼「行動」又導致什麼「後果」，她說：「妳還沒發現老媽是沒法相處的嗎？」

我哭完了就把棉花球浸入「金縷梅」化妝水輕拍兩頰又梳了頭髮再從糖果罐裡拿了「歡笑牧農牌」青蘋果糖吃。我聽到兩名女士走進更衣間就連忙蹦到最後一排亮木置物櫃後面躲起來然後我認出那是克里斯的老媽史蒂芬妮．薩拉查跟她的雙打搭檔凱西．賓罕的聲音。凱西是俱樂部的靚媽之一或許是**最**漂亮的。她的先生克萊是俱樂部裡最有錢的老爸之一而他們有五個孩子包括克里斯最要好的朋友柯林。他最近才在「家得寶」（Home Depot）偷工具被逮。我聽到史蒂芬妮跟凱西打開置物櫃的門，凱西顯然以爲更衣室沒人說：哈麗葉的反手拍越來越糟。她應該停課算了。

史蒂芬妮：或者找另外一個職業的。我對亨利很保留。

凱西：亨利爛斃了。

史蒂芬妮：他還是新人。或許法國那邊訓練網球方法不一樣。

凱西：那個小不隆咚的金髮女人瑪麗蘇足內翻得厲害，沒有直接摔趴到地上還眞是個奇蹟。

史蒂芬妮：她倒是從妳手上打到一些好球。

凱西：這是我第一次看她打。

史蒂芬妮：總之，我們贏了。

凱西：眞希望我們多贏一些。

史蒂芬妮：我要去泳池了。

凱西：痛嗎？刺青？

史蒂芬妮：妳想刺？

凱西：有點。

史蒂芬妮：想刺什麼？

凱西：不知道。象徵性的。妳的象徵什麼？

史蒂芬妮：來自米諾斯文明的一件陶器，克里特島青銅時代的。大學時我上藝術史，愛上米諾斯文明表現海洋生物的美麗手法，二十多歲時剛搬到紐約就刺了，我想最大的象徵意義是對我的父母豎中指，他們討厭刺青，刺青讓他們蒙羞。

長長的停頓。

凱西：妳讀哪個大學來著的？

史蒂芬妮：伊利諾大學香檳校區。妳呢？

凱西：哈佛。我們居然成了朋友，很神奇吧？

史蒂芬妮說：我只能說我們是雙打搭檔。

凱西說：好。

史蒂芬妮：妳受得住的。

凱西說：妳先去佔椅子，我去弄兩杯冰茶。

她們一起離開更衣室而我呆坐試圖了解剛剛聽到的談話，史蒂芬妮跟凱西究竟是不是朋友，她們是在開玩笑，還是剛剛算吵架？然後我發現當我偷聽「網球媽媽」聊天竟完全忘記史黛拉跟愛歐娜而我感覺好多了，由於想佔史黛拉上風的最好方法就是比她強而她也很愛碎嘴大人的事，所以我衝出更衣室奔過長草地跑到「香料花園」準備脫口說嗨啊各位！但是**香料花園沒人**讓我覺得自己就像老爸說的馬屁股般的笨蛋，所以我彎腰假裝是衝過來聞香料植物，簡直錯得可以，因爲我壓根不在乎植物，那是老媽的「範疇」雖然她的花園現在已經屬於買了我們房子後被她稱爲「霸佔者」的唐恩家而她打死也不肯從他們門前經過。

一整排地中海柏樹分隔「香料花園」與「游泳池區」而我從樹縫間偷偷瞧見一堆小孩排隊等著「高臺」跳水。即使只看到背影但是從較黑的皮膚我也認得克里斯．薩拉查，他老爸有拉美血統這件事當然不重要但是大家都知道。薩拉查先生是音樂製作人，發掘我老爸最愛的「導電樂團」，他跟史蒂芬妮離婚了。泰坦跟奧里歐那群人也在池畔但我們只算朋友的朋友沒有史黛拉我沒法加入，會顯得很怪而且他們可能會友善也可能冰冷對我就像史黛拉突然現身加入我們那我跟史黛拉就可能得冷淡他們其中一人。所以我形隻影單飄飄蕩蕩完全不知道史黛拉跟愛歐娜去哪兒，我浮現一種淡淡的感覺就是我覺得史黛拉永遠忘了我，我就像空氣中飄浮的隱形粒子而我有可能飄遠到連自己都不知道自己的存在。我該怎麼回去？我需要置身某處或者**跟某人在一起**，但是漢娜在柏克萊加大而布萊恩在打棒球然後**之前**會來俱樂部的老媽現在卻說「那地方都是一群傻瓜」而且「法庭速記課」佔掉她所有的時間但是她需要「新工作」因爲她成了「棄婦」。所以我**孑然一人**而且長相最多只能稱爲平庸，不是那種嬌滴滴的女生，我的淡藍眼睛只要太陽一晒就痛而我的卷髮稀薄像嬰兒但是我的腿毛濃到根據布萊恩的說法：只差泰山一步，可是當我跟史黛拉在一起，我的確看起來好得多，光看照片就知道是客觀事實，你會以爲站在史黛拉身旁我會整個消失但是相反，她身上似乎飄來一些神奇粉末黏到我身上。

我慢慢走回點心吧檯排隊買食物因爲唯有這裡可以讓我停止飄蕩安然置身而不被嘲笑或提問。凱西．賓罕排在隊伍相當前面但是全身散發不耐並且擠迫排在她前面一個看起來跟我同年紀且有點面熟的女孩，應該是個「非會員」。那女孩好像忘了什麼離開隊伍然後走到隊伍末端排到我身後，我就說妳是不是因爲後面那位女士離開隊伍？她就說對啊她一直擠，我就說來，妳最少得排到我前面，她就說謝謝。現在我想起那女孩幾年前跟我同校且比我低一年級，我就說妳住在克藍戴爾？她就說不是的我媽放我到這兒待一天，我們是薩拉查家的朋友，然後我想起我九歲那年她曾在薩拉查家住過，在我們的學校上了三個月因爲她老媽坐牢了又沒老爸，在這兒任何一項都是前所未聞，何況兩者皆有。

想起有關這女孩的「事實」讓我替她害臊了，連忙打開手機希望看到史黛拉的簡訊但是沒有所以我只好煞有其事盯著我那臺丟臉的掀蓋式手機因爲已經二〇〇一年但是老爸說我年滿十四才可以有iPhone。我前面的女孩已經到了窗口然後轉頭說妳要什麼，我一起買這眞是超好因爲隊伍移動地超慢因此我就說哇，謝啦，我要漢堡跟可樂所以她點了兩個漢堡兩杯可樂而這成爲我今天的第二份午餐因爲先前我已經買過烤起司三明治但是一口也沒吃，可能留在不許攜帶食物入內的更衣室了！我們拿了點餐就好像一起飄蕩到「泳池區」然後她說她叫露露然後她也是一個人飄蕩然後我感謝上帝史黛拉不在眼前因爲她鐵定會嘲笑我的新朋友。

我們的俱樂部泳池有一個「跳板」與一個「跳水高臺」還有鋪了地板而且聚了一堆年輕人的

大塊「戲水區」然後在「戲水區」後面有個讓大人可以躺在軟墊木頭涼椅的厚草坪。史蒂芬妮·薩拉查與凱西·賓罕都穿了比基尼在涼椅上喝冰茶，這兩人都是「比基尼型」令人吃驚因爲凱西生了五個小孩（裡面還有雙胞胎），雖還有六塊肌但是埋在就我看來相當鬆垮的肌膚下而且如果是我就會穿連身泳衣。史蒂芬妮·薩拉查則看起來棒透了，膚色晒得古銅且小腿肚上有個你不是天天在「克藍戴爾鄉村俱樂部」能看到的章魚刺青，她躺著閱讀《紐約客》雜誌而且她捧著雜誌的胳肢窩隱約有一、二天沒刮體毛的黑點而且我居然對人的身體著迷好奇怪啊？大人穿起泳裝其實身材一覽無遺跟沒穿一樣，當我裹著毛巾躺著可是仰頭看過泳褲裡搖晃的各式「老爹睪丸」，看起來像熟過頭的葡萄所以我會跟睪丸長成那樣的男人做愛才怪，照人們說的這可是毀了底線，反正我也可能永遠不做愛，想起來就恐怖。

　　露露跟我坐到草坪之後我就說我會還妳漢堡錢然後她就說別煩惱我掛帳的，當然在這兒買東西沒人付錢因爲都是用綠色高爾夫球筆簽單但是露露不是會員所以我不確定誰要付。我們邊吃漢堡邊看還在「高臺跳水」的克里斯·薩拉查跟柯林·賓罕，柯林天不怕地不怕，我看過他跳水時肚皮撲通入水搞得「救生員」連忙跳下水但是他冒出水面笑，是個「找刺激」的。我問露露住哪裡然後她說紐約上州，她老媽在那裡開了一家美食館然後上州有超多湖然後她可以一口氣游好幾哩不用休息。我說我三星期前才從緬因州的「夏令營」回來然後我的「主要活動」是射箭而「第二活動」是「珠子編籃」。露露指著樹梢上方在白日裡顯得顏色慘澹的月亮說我喜歡月亮連白天都在尋找月亮然後我似乎能聽見史黛拉用嘲諷的口吻重複這些話而這提醒了我該趁史黛拉回來前離開露露。

所以我拿紙盤去丟掉接著進入泳池旁的女廁小便並盡量拖時間盼著露露明白一起吃個漢堡不代表我們要做「一整天的朋友」然後她會趕快消失好讓我回到已經遺忘太久因而顯得有點危險的史黛拉戲碼。當我出來瞧瞧我們剛剛坐的地方盼著露露已經閃人，她卻仍坐在那兒而且身旁多了**克里斯．薩拉查跟柯林．賓罕**。一開始我呆到不能動，露露比這些男生小兩歲而他們已經十四歲要升高二了，我連忙跑過去害羞地跟他們一起坐，那兩個男生還穿著泳褲T恤然後柯林朝露露潑水然後露露笑著躲水珠然後我發現她有酒渦還戴了小小的圓形金耳環然後她的笑聲好甜然後我說嗨他們也說嗨然後露露就說莫莉啊，柯林正要帶我們去看他最喜歡的俱樂部角落，但是我不能沒跟妳說一聲就走。她的善良讓我大吃一驚，這在我的世界很罕見，善良跟酷沒法在女孩身上並存，酷代表你放單別人，這才是「酷」字的眞正定義，如果你對每個人都好，親近你的人有什麼好特別的而不親近你的人又何必**想親近**，大家又爲何假設跟你在一起的「時光」遠勝不跟你在一起的「時光」？

克里斯問，莫莉，妳來嗎？廢話。當然要。搬家後我不像之前跟克里斯在一起的機會變少了然後當我們離開「泳池區」經過克里斯老媽史蒂芬妮的涼椅時候克里斯的手輕碰老媽，雖沒有四目相視卻是甜蜜的連結時刻相較於柯林根本沒瞧他老媽一眼而我注意到凱西在凝視柯林然後在他走過後嘆息彎腰。柯林瘦削且頭髮蓬鬆然後他的眼睛總是四處搜尋隨時要發生的事。他背著走面對我們表演魔術師手勢好像催眠我們追隨他，我們沿著「晚餐陽臺區」往下的「茂草丘」走時我抬頭**心臟停了**因爲**史黛拉跟愛歐娜正從紅土球場區**往我們的方向走來。跟她們一起的伊薇特穿著白色網球裝也是史黛拉的學徒方便我被排擠或受罰時取而代之。史黛拉喊莫莉，妳去哪兒了？我們一直在等妳耶！愛歐娜嘰嘰同意然後我明白這是史黛拉用謊言想將我拉回去因爲不管我去了哪裡或者跟一個年紀小又背景「事實」奇怪的「非會員」女孩混在一起都是可悲可恥的，但是我跟同一個女孩**加上**兩個馬上「要升高二」又都很酷的「男孩」在一起，那又是另一回事了。我這是純靠運氣與露露的善心佔了史黛拉上風，但是我知道不能太過分否則會「永遭驅逐」。此刻最保險的做法是跟露露、克里斯、柯林說對不起啦——改天見各位，脫身回到我應待的位子那就是做史黛拉身旁的「第一位」，此時我們會拋下伊薇特、愛歐娜共享甜蜜時光，每當我們「破鏡重圓」就是史黛拉的神奇魅力最強時就連玩「冰壺」、「硬地滾球」、「盪輪胎秋千」這類再平凡不過的遊戲都散發閃亮驚奇。拋棄我此刻的夥伴是史黛拉戲碼唯一正確的一步但是我沒勇氣做而這是稍縱即逝的決定——不——所以我只對史黛拉一笑繼續往前走，感覺危險因爲我知道稍後一定得付出代價。

我這輩子都泡在「克藍戴爾鄉村俱樂部」，在這裡舉行生日派對，上過冬天「溜冰場」的滑冰課，上過網球、板網球、游泳、潛水課，參加過「日營隊」、「母女茶會」、「父女舞會」、三次婚禮、一次葬禮後午餐，還有「甜蜜十六歲」派對（我老姊漢娜的）。我玩過「躲迷藏」和「奪旗遊戲」和「馬可波羅水中捉人遊戲」和「藏寶遊戲」和「尋找復活節彩蛋」和「聖誕節詠唱」和「烤肉」和「國慶煙火」。從我出生至今俱樂部幾乎沒變，沒有所謂的「以前」與「後來」，夏日裡永遠有網球的啪啪輕響與混著池水撲濺聲的兒童喊叫，只要我不忙著保住自己的一條小命，我們的「鄉村俱樂部」算是美麗的地方。但是這些年來我卻從未去過柯林最喜歡的角落，它在俱樂部的「棕色物業圍牆」那兒靠近笨重巨大轟轟作響又嗡嗡叫的「發電機」，我想俱樂部的運作全靠它但是熾熱的八月天裡這兒的熱氣糟透了。

柯林撈出一包梅里特香菸傳給大家然後露露跟我搖頭然後克里斯就說兄弟啊，這些女孩不抽菸然後柯林就說凡事總有第一次接著點燃一根菸大噴一口然後露露就說我永遠不會抽菸也不會刺青然後柯林就說我已經有一個自己弄的刺青然後他拉起泳褲的一角露出大腿上方墨跡渲暈的粗糙藍色大寫HA然後我就說你媽知道嗎？柯林就說她不在乎因爲我不打網球了，膩死了穿白色網球裝而露露就說去公共球場就不必穿白色的然後柯林說正是這話，露露，這兒根本就是個大氣泡算不上眞正生活接著克里斯就說整個「鄉村俱樂部」都是，兄弟，就是個大氣泡所以大家才要來然後露露就說我永遠不要加入「鄉村俱樂部」，我會忙「無國界醫生」的事而克里斯就說無國界醫生隱形嗎？可以毫無痕跡像鬼魂一樣隱入環境嗎？我們都笑了然後柯林說認眞的，妳願意嫁給我嗎，露露？露露好像被太陽嚴重晒傷而我突然明白**他們彼此喜歡**雖然露露是個不抽菸不刺青的長泳者而柯林是個抽菸自己搞刺青順手牽羊跳水時肚皮著水的人，露露就說我不要，你的「生活方式」不健康然後柯林就說那雅立丁至少可以跟關妮絲菲結婚吧？我就說蛤？然後克里斯就說雅立丁跟關妮絲菲是他們在「龍與地下城」的角色啦接著柯林在「物界圍籬」按熄香菸眼睛四處轉就說妳們女孩有騎自行車來，對吧？咱們去騎車然後他帶隊穿過俱樂部到「自行車棚」然後我問露露她喜歡「龍與地下城」嗎？我沒玩過，露露說那好像進入不同「世界」而她的角色關妮絲菲是個可以混入任何「情境」找出人們「祕密」的「間諜」。

我猶豫要不要上車因爲擔心離開「俱樂部」會不會把史黛拉推到極限但是現在我**還不想**知道也不想被拋在後頭所以我騎上車並在柯林領隊下一起衝出「停車棚」，當然我一天到晚騎自行車，每個人都是如此直到十六歲開始開車爲止，然而跟這群人一起騎車有點像群鳥飛往不知名的所在雖然在紐約克藍戴爾有哪塊地方是不知名的？我們穿過一個你可以稱之爲「鐵道另一邊」的地方[27]，景觀比較粗糙比較像城市而我只有跟布萊恩去住老爸的「公寓」時一起外出吃披薩才來這裡，我們飛車穿越鐵軌到馬斯卡西基河旁不准騎車的一條新步道但我們還是在柯林帶頭下飛快騎上去讓熱風吹臉。

過一會兒柯林靠邊停而我們全讓自行車躺在地上就從樹下走到馬斯卡西基河的小碼頭，這河裡的化學物多到你滑水前得先打兩劑預防針。克里斯解釋他跟柯林喜歡到這兒抽麻因爲地點孤立，我就說我不想抽麻，不法之事讓我緊張因爲我爸是律師還特別注意違法行爲，還有我那個也想當律師的老姊漢娜去年聖誕跟我說：「莫莉，過失會留下紀錄，即便是年輕時犯下的過錯。」露露就說我也不要抽而這一點不奇怪因爲她也反對香菸跟刺青但是我不會稱她是乖女孩因爲她信念堅定且自傲，男生就說那我們抽OK嗎？

我們四個脫掉鞋子並肩坐上碼頭赤腳懸晃於巧克力牛奶色的河水上方，兩個男生坐在外沿而露露跟我在中央而露露旁邊是柯林然後我的身邊是克里斯，所以兩個男生在我們背後傳遞大麻時我們不必碰到。我從沒跟抽痲的人待在一起過所以這是我人生的「新頁」而對露露來說也可能是。遠處樹木的垂枝俯向水面好像印第安人仍住在這裡的另一個時代，男生眼睛紅了開始講話變慢然後我就說嗨你們的老媽是朋友嗎？講的是我在女更衣室聽到史蒂芬妮跟凱西談話而雖然那件事發生在早上但是現在感覺像好幾個星期了，兩個男生不約而同回答她們是雙打搭檔而這正是史蒂芬妮對凱西的回應，讓我忍不住一直笑所以兩個男生就說妳一定感染了接觸性嗨茫，或許是！

最後男生往後躺瞧天空然後露露跟我猛笑，因爲他們看起來好像靈魂出竅了，柯林就說妳們女生不要佔我們便宜哦而克里斯眼睛閉著說我沒在睡，我是在看一部電影關於大紅火球漲大又縮小然後克里斯就說兄弟啊那電影我看過很多次囉然後露露就說告訴我們電影發生什麼而柯林說露露，結局是我親了妳然後露露說不，但是我會躺到你身旁而柯林說那我可以至少握著妳的手嗎？所以露露躺下來跟柯林手牽手然後只剩我一個人坐著而克里斯．薩拉查眼睛閉著所以我可以仔細看他，看到他漂亮的鎖骨就想如果我彎身親他會怎樣但是我不知道怎麼接吻搞不好親得很爛，所以我也跟大家一樣躺下來感覺暖風掃過我們與樹木搖晃然後好感激自己離開「俱樂部」因爲過去一小時裡發生的「事情」在「那個地方」絕對無法想像。我明白露露爲何永遠不會加入「鄉村俱樂部」：因爲她要的「生活」不會在那裡發生。我握住露露的手而她捏捏我然後我對著她的耳朵低語露露讓我們做祕密朋友，除了我們都沒人知道而她也對著我的耳朵輕聲回答沒有界線的朋友然後我們用力捏彼此的手形成盟約。我想我可能愛上露露而不是克里斯，或許我兩個都愛，在馬斯卡西基河碼頭什麼事都可能但是其他地方不行。我想靠近露露**彼此**完整貼緊但是有點害怕，就朝克里斯挪近，他的手在溫暖的碼頭上朝腦後伸然後我的臉頰感受到他T恤下的肋骨與呼吸時胸膛的動作並聽到他的心跳穩定砰砰像有人在慢跑，你總以爲他們遲早要停下來喘口氣但是他們卻一直跑。

　　這段美好時光被打斷了因爲我注意到露露的手機震動個沒完所以我坐起身但是發現**他們三個都睡著了**而或許**我剛剛也睡了**因爲河水現在變成黑藍而且天空燃燒橘色所以我就說露露啊妳的手機然後她驚醒叫說完蛋啦！我媽在城裡的約會結束要來接我！然後我們全連滾帶爬上了自行車因爲露露說她老媽想趁還有「天光」開車回上州所以我們火速從另一個方向騎回「俱樂部」比較近。一輛「銀色迷你旅行車」停在「俱樂部」大門外而一個聲音說「把車放到後面，甜心」接著後車箱打開然後露露把自行車放進去就爬上後座然後她老媽朝我們揮揮手而她看起來很正常一點不像「犯人」，之後她們就開車走了而我沒能跟露露告別或擁抱因爲一天相處下來應該如此如果沒做就感覺不完整。

　　我跟克里斯和柯林並肩站而且感覺跟他們很親近了，但是我們的連結是我們對露露的思念，我們之間少了她就有了大空洞因爲她雖然年紀比較小又住在上州還有奇怪背景「事實」卻能在一個下午就成爲我們的核心，眞是神奇。她怎麼辦到的呢？

　　我就說她什麼時候會再來？柯林就臉色憂鬱說大概要好一陣子然後克里斯說莫莉，妳該跟我們玩「龍與地下城」，我朱爾斯舅舅是地下城主，他很棒哦然後我遲疑了一下因爲這代表我得去之前舊家的隔壁，或許還會遇見「霸佔者」唐恩一家人，但我還是說好啊我很樂意。

克里斯跟柯林騎車走了但是我晚上要跟老爸和布萊恩和曾姑婆法蘭欣一起在俱樂部晚餐。法蘭欣曾在「克藍戴爾鄉村俱樂部」跳過馬因為那時「鄉村俱樂部」還眞的位於「鄉村」而不是現在的「郊區」雖然她現在已經高齡九十而且還用助行器。我傳簡訊給老媽請她送布萊恩來時幫我帶件夏日洋裝然後我把自行車停回「車棚」接著穿過鑲著「克藍戴爾鄉村俱樂部」縮寫CCC金字的鐵鑄大門，「門」裡至少比外頭涼個十度而且草地潮溼而且遠處灑水器仍開著，我能聽見噴水聲與羽毛般的閃亮水霧。

在這個交替時間，俱樂部裡看不到「孩子」，就算要回來吃晚飯的也都回家換衣服，這代表我無需置身任何地方或者跟什麼人在一起而我也不會被放單因為沒什麼好放的。我孤獨又平靜而兩者相加十分罕見，好像首度見到某人。我脫下涼鞋赤腳走在潮溼草地穿過我套著救生衣跟老媽學游泳的「淺池區」又經過我學會溜滑梯的「遊戲區」，這些都是之前，然後我穿過濃密的樹叢來到原本基於安全原因禁止進入的「高球場」但是現在光線太暗沒人在打球。當我走出樹叢突然間天地開闊好像抵達另一個「國度」，似乎一秒內從之前走入之後，沙坑被夕陽照得粉紅而腳下草地溫暖又吸水，我坐到草地上然後說哈囉莫莉，眞高興跟妳一起坐，大聲但溫柔，我抱著溫熱的膝蓋抬頭看天空瞧見露露稍早指給我看的月亮只是它現在比較大但依然脆弱得像糖粉或紙張做出來的可以被輕易撕破或扯裂但是已經比先前明亮，雖說現在還不是晚上。

27 鐵道經常將城鎮劃分為二，鐵路另一頭指的是貧民窟。

間諜露露，二〇三二[28]

1

即便你曾看過照片，人們也很少長得如你想像的。

見面的頭三十秒最重要。

如果你無法同時看透對方與投射自己，就側重在投射。

成功投射要件：咯笑；裸露的腿；害羞。

目的在難以抗拒又難以察覺。

一旦成功，他的銳利眼神會淡去一些。

2

某些權勢男人還真的稱呼他們的佳麗為「美色」。

與傳言相反，佳麗間有深刻的同志情誼。

如果多數人畏懼妳的「指定對象」，妳喬裝前往的這個家庭派對，裡頭的佳麗會特別友善。

友善很好，儘管建築在她們錯誤認知妳的身分與目的上。

3

喬裝佳麗代表在法國南部某岩岸海灘上，別讀妳想看的書。

太陽曬在裸露肌膚上，能跟食物一樣滋養。

即便權勢男子第一次解衣以泳裝示人，也會短暫的不自在。

理論上，男人穿速比濤貼身泳褲絕對不會比寬泳褲好看。

如果妳愛的人深膚，白膚顯得被抽光了生氣。

4

假設妳知道某人暴力殘忍，它會顯現在基本的事情上，譬如泳姿。

妳的「指定對象」隨妳進入海裡，在滾浪中問：「妳要去哪裡？」洩漏了他對妳的懷疑，也可能不是。

妳的回答「游泳啊」可能會被視為嘲諷也可能不會。

「我們一起游向岩石？」可能是問句也可能不是。

「一口氣？」希望聽起來天真無邪。

「那兒比較隱密」聽起來可能極端不祥。

5

在藍黑色地中海游上百呎讓妳有足夠時間強烈自我詰問。

此時明確回想所學很有用：

「妳會滲入罪犯生活。」

「妳會經常處於危險。」

「妳們當中可能有人會喪命，活下來的會成為英雄。」

「妳們當中少數人會救人性命，甚至改變歷史軌跡。」

「看似不可能，但是妳們必須兼具這些特徵：以猜忌防身卻又肯捨命不顧。」

「愛國至死不渝，並願意與力圖摧毀這個國家的對象交合。」

「兼具專家的本能與直覺又有無邪少女的空白紀錄與真實清新。」

「妳們只會執行任務一次，之後返回自己的生活。」

「我們無法保證妳返回舊生活還會跟從前一樣。」

6

即便是從海裡爬上黑黃色的岩石，妳仍可表現出飢渴與身段柔軟。

男人還在水裡，說：「妳游得很快。」可能不是讚美。

此時咯咯笑勝過回答。

「妳是個可愛的女孩。」此話應視為直白。等於「我現在就想幹妳。」

「嗯，妳說怎樣？」顯示對方希望妳直接回答勝過妳以咯笑代替。

「好啊。」以興致勃勃彌補臉色蒼白。

「妳似乎不確定。」顯示妳不夠興致勃勃。

「我是不確定」這個回答可接受，但必須輔以狡猾的「你必須說服我。」

仰頭閉眼做出已經準備做愛的樣子以掩飾作嘔。

7

跟一個暴力殘忍的男人獨處，加上四周都是水，海岸可能顯得很遠。

妳可能覺得孤立，此時妳只能隱約瞧見其他佳麗的亮色比基尼。

此種時刻，妳可能會感激妳不是收錢辦事。

妳的自願服務是最崇高的愛國表現。

當他爬出水面撲向妳，提醒自己不是收錢辦事。

當他牽妳繞到岩石後，拉妳坐到他腿上，提醒自己不是收錢辦事。

「解離技術」就像降落傘，必須在正確的時間點拉繩。

太早，可能妨礙妳在關鍵時刻的行動能力。

太晚，妳會陷入行動過深無法脫身。

當他擁抱妳，雄壯氣力令妳短暫想起丈夫，妳會很想拉繩。

當妳感覺他開始貼近妳的下體，妳會很想拉繩。

當他的氣味包圍妳，像溫暖的手裹住陰莖的金屬味，妳會很想拉繩。

他命令妳「放輕鬆」顯示妳的不自在明顯可見。

「沒人看得見我們。」顯示妳的不自在被解讀成擔心曝光。

低沉嗓音節奏性說著「放輕鬆，放輕鬆」顯示他並不討厭妳的不自在。

8

當身體侵入開始，啟動「解離技術」。

閉眼緩慢從十倒數。

隨著每一個數字，想像自己從肉身爬起來，一步步遠離。

數到八，妳應當還貼著肌膚盤旋。

數到五，妳應當飄浮於身體上方一、二呎，對即將發生的事只剩微微焦慮。

數到三，妳應該感覺與身體完全脫離。

數到二，妳的身體應該可以在沒有妳的參與下自行行動自行反應。

數到一，妳的心靈應該已經自由飄浮，完

全不知道下面發生何事。

白色雲朵蜷曲旋轉。

藍天與海一樣深不見底。

早在有生物能聆聽海濤聲前，此刻撲打岩石的海濤聲已經不知存在多少年。

岩石的裂痕與尖刺訴說地球早已忘記的暴行。

安全時，妳的心靈會重返身體。

9

回到身體要小心翼翼，如同重新進入被颶風摧毀的家。

抗拒重建方才事件的衝動。

專心衡量「指定對象」對你們親密新關係的反應。

某些男人，親密關係後是龐然漠視。

其他男人，親密關係可能會喚起他對你的好奇，帶來麻煩。

他還仰臥著，兩根手指插入妳的頭髮，問：「妳何時學會那麼會游泳？」代表好奇。

陳述事實但模糊。

「我在湖邊長大」既是事實又模糊。

「哪裡的湖？」顯示他不滿意妳的含糊。

「紐約上州」既精確又迴避。

「曼哈頓？」揭露他對紐約州地理毫無概念。

絕對不要跟「指定對象」唱反調。

「那你在哪裡長大？」用同樣的問題反問剛提問的男人，這叫做「鏡像」。

鏡像模仿「指定對象」的態度、興趣、慾望與品味。

妳的目標在融入他的氛圍：舒適與自在的來源。

如此親近，他們才會放下心防。

唯有那時，妳在身旁時他也會講重要的話。

唯有那時，他才會將東西隨手擺放不加保護。

唯有那時，妳才能有系統地收集情報。

10

「來，回去吧。」突如其來，顯示妳雖有興趣，但是妳的「指定對象」沒興趣談自己。

克制誘惑，不要分析他的情緒與突來舉動。

鹹水有種淨化效果。

11

從沙灘上其他佳麗的眼裡，妳明白她們察覺妳跟「指定對象」的親密新關係。

「我們幫妳留了午餐」暗示她們明白妳失蹤的原因。

冷魚即便配上好檸檬醬料，依然難吃。

跟其他佳麗友好，但不要過於熱切。

跟佳麗談話時，最重要的，必須讓她們覺得妳跟她們沒什麼不同。

誠實告知生活一切，婚姻除外（如果妳已婚）。

如果已婚，就說妳已離婚，讓人覺得妳並無羈絆。

「好遺憾啊！」顯示對話者很想結婚。

12

如果妳的「指定對象」突然轉身走向別墅，跟緊他。

握住他的手微笑，創造一種低調的同志情誼。

如果他回以抽象的笑容顯示他可能有急事要操心。

「指定對象」關心的事，妳也該關心。

13

分配給「指定對象」的房間會比妳等待他光臨的睡房奢華。

千萬別尋找針孔相機：這動作會讓妳曝光。

判斷妳的「指定對象」想不想發生親密關係；如果不想，假裝妳想小寐。

妳的假睡會讓他覺得獨自一人。

在被單下蜷曲身體，即便是屬於敵人的東西，依然很撫慰。

如果閉上眼，比較可能聽到他的手機震動。

14

拉門聲顯示他想到陽臺接電話。

「指定對象」通常在陽臺講重要電話。

如果妳就在聽得見的範圍，錄下來。

由於佳麗不准攜帶電子閱讀器或者智能手錶，無法偷渡可靠的錄音器材。

妳的右耳道第一個轉彎處後方植有麥克風。

按壓耳朵三角形開口的軟骨啟動麥克風。

妳會聽到一聲低鳴，錄音開始。

極度安靜時，旁人腦袋靠近妳，可以聽到這聲低鳴。

如果低鳴聲被察覺，拍打軟骨上的麥克風開關鍵，好像趕蚊子。

妳無需認得或了解「指定對象」使用的語言。

妳的工作是接近；如果妳能靠近「指定對象」並錄下他的私人談話，妳就成功了。

15

不管哪種語言，幹譙聽起來都一樣。

憤怒的對象講話會比較不小心。

如果妳的對象憤怒了，離開妳用來偽裝的位置，往前靠近對象，改善錄音品質。這麼做，妳可能會害怕。怦怦心跳聲不會被錄下來。

如果妳的「指定對象」站在陽臺，就躲在他身後的門活動。

如果他轉身看見妳，假裝妳正打算來找他。憤怒往往會壓過猜忌。

如果妳的對象推開妳衝出房間，重重甩門，妳可以假設已逃過偵查。

16

如果妳的「指定對象」第二次離開妳，別追上去。

關掉妳的耳內麥克風，繼續「小寐」。

休息時間正好跟摯愛者報平安。

即便隱晦的口語溝通也太容易被敵人偵測。

妳的「皮下脈動系統」會傳出普通信號，對方無法偵測來源或內容。

妳的右膝（如果慣用右手）韌帶後方植有按鈕。

按壓兩下向心愛的人表示安好並且想念他們。

一天只能傳出一次這種訊號。

連續按壓此鍵代表緊急狀態。

妳會每天問自己何時傳送這個訊號最好。

妳會思索丈夫來自講究忠誠的部落文化，自然能了解並讚美妳的愛國心。

妳會回想你們自研究所起共享的封閉愉悅生活。

妳會想起美國是丈夫選擇的國家，他愛美國。

妳會想起你們的共同信念是生兒育女前必須完成任務。

妳會思索妳已經三十三歲，職業生活都在創造音樂潮流。

妳會回想妳總相信自己可以成就更有意義的事。

妳會思索太多回想其實毫無意義。

妳會思索這些「田野指導」越來越無教育效果。

妳的「田野指導」儲存在腦內的象鼻蟲裝置，既是妳的行動紀錄，也是妳留給繼任者的指導。

左拇指（如果慣用右手）按壓左中指開始錄音。

在腦海大聲說出所思所想有助效果清晰。

永遠以教育價值多寡來過濾妳的觀察。

妳的訓練無止盡；每一步都是學習。

當妳完成任務，象鼻蟲裝置移除，妳可以審視內容，然後把妳的「田野指導」加入任務檔案裡。

分心走神或者純屬個人的思索可以刪除。

由於高度機密，終此一生，妳不得上傳或分享此段期間的意識。

17

裝睡可能導致真睡。

淋浴聲音代表妳的「指定對象」回來了。

佳麗應當經常回房換衣服；現身吃飯時必須煥然一新。

目的在表現可愛、人畜無害、不斷給人驚喜。

浪紋白色低領無袖連身裙搭配陽光曝晒的肌膚，一般認為很有魅力。

避免過於鮮亮的顏色，容易引人注意，有礙偽裝。

仔細說來，白色不算鮮色。

但白色依然是亮色。

細緻的金色涼鞋可能妨礙妳跑跳，但是配上晒成古銅色的腳很漂亮。

三十三歲還可視為「年輕」。

尤其是即將「不再年輕」的人會特別喜歡被視為「年輕」。

如果妳的「指定對象」攬著妳的腰參加晚宴，可以假設妳打扮成功。

18

男人開始嚴肅談話，佳麗就被晾在一旁。

「妳離婚多久了？」代表對方想延續先前的對話。

「幾個月。」謊話必須迴避眼神接觸。

「妳的丈夫是什麼樣的人？」可以據實回答。

「來自非洲肯亞。」可以滿足聊聊丈夫的欲望。

「黑人？」聳眉，可能代表種族歧視。

「是的，黑人。」謹慎的口吻應當傳達溫和譴責的效果。

「多黑？」顯示譴責無效。

「非常黑」沒那麼溫和，尤其是搭配直視。

「不錯」顯示對方有經驗。

「是的，不錯」此話與離婚矛盾，必須連忙加上「過去式。」

「但是不夠好？」搭配笑聲，顯示友善親近，尤其還加上「可能太好。」

19

家庭派對主人都一個樣：拚命叫妳吃。

對多數佳麗來說，美食誘惑很危險；妳只是短期佳麗，吃什麼都沒關係。

童子雞可以用手扒開來從骨頭上吸吮其肉。

一陣錯愕顯示妳的主人希望妳使用餐具。

他的座椅靠近妳可能預示有隱密話要說。

把妳的耳朵貼近主人的嘴可避免聞到他的口臭。

耳朵必須隨時保持乾淨。

如果主人警告妳，妳的「指定對象」可能很危險，可以假設妳的「指定對象」已經離開房間。

20

上廁所是最有效的脫身方法。

別洩漏妳的焦急，就算走道空無一人。

如果妳不知道「指定對象」的去向，稍安勿躁。

如果正好站在玻璃門旁，妳可以開門出去張望。

法國南部的夜晚是一種奇怪銳利的暗藍。

燦然的月亮總是神奇，不管妳看過多少次。

如果妳小時就愛月亮，凝視月亮會讓妳想起童年。

沒有父親的女孩會對著月亮許願。

每個人都有父親。

就連機警的小孩，也可能被含糊的故事如「妳出生之前妳爸就死了」瞞騙多年。

成年之後發現父親的真相，那謊言回想起來尤其荒謬。

公關有時會跟他們代理的明星擦出火花。

發現自己是明星的女兒不見得開心。

尤其上述明星還有六個孩子來自四段婚姻，更是令妳不快。

發現自己是明星的女兒可能會讓妳看完六十幾部他的電影，從處女作開始。

看電影時妳會想：你不知道我存在，但是我在這兒。

看電影時妳會想：*對你來說，我是隱形的，但是我在這兒。*

妳的過去突然面臨結構重整會影響到成年的妳，情感與舒適感皆然。

它可能切斷妳與母親的關係，而妳的福祉是後者的唯一目標。

如果妳丈夫的人生也面臨劇變，他會理解妳的改變。

避免過度回想；妳的工作是朝外探看而非朝內探索。

21

背後傳來「妳在這裡」，顯示「指定對象」在找妳。

「來，」話語的溫柔可能表示他重燃跟妳親熱的慾望。

妳感覺月亮的冷靜表面似乎在預告：它理解並原諒妳。

看見海之前，便先聽見海濤。

即便夜裡，地中海仍是藍多過黑。

如果妳想迴避肌膚之親，看到快艇會讓妳鬆口氣，即便它代表成堆麻煩。

如果妳的「指定對象」跟快艇船長沒交談，代表這可能是預先安排好的。

一個以暴力殘忍聞名的男人在協助佳麗進入搖晃快艇時還是很細心的。

他會誤認妳的猶豫是畏懼掉到水裡。

壓抑詢問要去哪裡的衝動。

焦慮時試圖擠出蠢笑。

尋找妳的「個人鎮定來源」，使用它。

如果妳的「個人鎮定來源」是月亮，要感激今晚月兒特別亮。

回想妳有多少理由此刻不能死：

妳得見妳的老公。

妳要生孩子。

妳必須跟那位明星說他有第七個孩子，她還是個英雄。

22

月亮看起來好像在走，其實走的是你們。

快艇快速行進時會撞擊浪頭。

恐懼與興奮有時很難區辨。

當船長在「指定對象」的口令下轉彎，表示他也未必知道要載妳去哪裡。

當妳的「指定對象」不斷看天空，可能是以星星導航。

地中海的廣闊無邊讓片刻顯得無垠。

除了「指定對象」的陪伴，佳麗應該別無所求。

她應當顯得享受他安排的任何旅程。

熱情摟他，腦袋依偎，假裝非常享受。

跟「指定對象」的腦袋方向一致有助判斷他的導航並計算路線。

夜裡遠離海岸，靠近燈光時，星光閃爍會幾乎看不見。

妳的去向對我們來說永遠不是謎；妳在我們的螢幕上會以光點顯示，代表我們在看妳。

妳只是數百個光點之一，每個都有機會成為英雄。

科技讓一般百姓有機會在人類成就的宇宙裡發光。

妳缺少間諜技能正好讓妳的紀錄顯得乾淨中立。

妳是進行特殊任務的一般人。

妳無需技巧超群，只需勇敢與平衡。

明白自己只是數百之一不會貶低妳的價值。

新英雄主義的目標是融入大我。

新英雄主義的目標是拋除災難性的自戀。

新英雄主義的目標是唾棄當代人對名聲與認可的執念。

新英雄主義的目標是挖掘閃亮表面之下的妳。

隱藏在下的東西會讓妳驚奇：豐富深層的可能性，有如地板下的爬行空間。

有人將這種新發現比喻為夢，夢裡為熟悉的房子加蓋房間或側翼。

個人魅力抵不過無私的協力。

妳或許能有閃亮的個人成就，但是「公民間諜」不尋求一己之功。

渴望個人榮耀就像菸癮；感覺不可或缺其實致命。

滿足引人注意的稚氣欲望，犧牲的往往是真正的權力。

這會讓妳成為國家公敵的共謀，沒有更好的解除武裝與分心方式。

現在，惡名昭彰的自戀正好成為我們的偽裝。

23

數小時的顛簸起伏後，妳可能沒注意快艇已經快抵岸邊。

荒蕪的海岸，一棟燈光通明的建築醒目孤立。

震耳引擎聲之後，寂靜也變成一種聲音。

快艇火速離去代表妳不會很快離開此地。

知道經緯度不代表妳知道自己在哪裡。

新的遙遠陌生所在會讓舊的陌生所在感覺像家。

此時想像自己是螢幕上的一個光點可以帶來奇怪安慰。

因為妳的丈夫在國安領域是前瞻級人物，

偶有機會看到螢幕。

如果妳想像丈夫在螢幕上追蹤妳的光點能讓妳鎮定，那就想像吧。

但是千萬不要穿著細帶涼鞋又在烏黑中閉眼走下岩石小路。

在緯度X經度Y這裡，植被乾燥，妳一踏即碎。

高處傳來的招呼聲顯示他們在等待你們，一路觀察。

空蕩蕩的海灘不代表沒人巡邏。

最棒的巡邏是不為人所覺。

24

妳的新主人與「指定對象」正式握手，代表他們可能沒見過。

某些有錢有勢男人的瘦小體型會被視為力量的來源。

主人沒瞧見妳，顯示女性不在他的眼裡。

妳的任務是待在現場但是被遺忘。

白色閃亮的別墅在漆黑中看起來會像海市蜃樓。

一個無視女人的男人還是可能擁有許多佳麗。

這些被忽略的佳麗會競逐他稀少的注意力。

被忽略的佳麗中會有個領頭佳麗發號司令。

妳一跨進別墅，她的冷酷警戒眼神就會傳遍其他佳麗，全部集中在妳身上。

令妳想起小時在學校或者鄉村俱樂部，妳一個人也不認識。

任人擺布的感覺激起內心巨大反應。

那就是融入陌生人中並且讓自己受歡迎，這意志大過妳自己。

即便孩童時代，妳都不稚氣。

妳的毫不稚氣正是老公愛妳之處。

一旦這群新孩子成為妳的盟友，離開她們便覺得揪心。

25

一張小桌子與椅子嵌入紡錘型的海岬懸崖，無疑是設計來密談的。

如果妳的「指定對象」帶妳到此，他可能對新主人不是很放心。

如果主人遣開領頭佳麗，談的可能是要事。領頭佳麗不會容許被排除，而另一個佳麗卻可以在場。

如果主人此刻才注意到妳，要妳走開，妳的眼光要望向「指定對象」。

除了他，妳不接受別人的指令。

主人對妳下驅逐令，「指定對象」還是摟著妳，妳可能成為角力的棋子。

如果主人近距離看著妳對妳說話，可能在測試妳懂不懂他的語言。

如果「指定對象」身體一僵，主人的話可能很冒犯。

佳麗發出不解的咯笑可有效拆除衝突引線。

如果兩位男人的坐姿放鬆了，妳的中立緩衝有效。

主人侮辱了妳，延伸之，也侮辱了妳的「指定對象」。

妳的「指定對象」主張妳人畜無害，無需遣走，獲得首肯。

恭喜自己維持了近距離，按下耳內麥克風。

26

置身商業密談，表現出極度不感興趣毫不好奇的樣子。

隨時注意自己在哪裡。

在緯度X經度Y的狹窄高海岬上，海洋與

天空在四面八方閃亮。

執行任務的過程裡，這類訊息有時顯得很重要。

它會以一陣驚喜呈現。

可能來自妳發現堅實發光的月亮依然高掛天空。

可能來自妳覺得自己進入兒童故事的夢幻領域。

可能來自妳知道任務完成後就可以回到心愛的丈夫身邊。

可能來自周遭自然的極美，開心自己此刻活著。

可能來自妳知道小時設定的目標都已完成。

可能來自妳終於找到一個目標值得妳以無窮的精力戮力以赴。

可能來自妳知道完成此目標有助保衛美國式生活。

27

狂潮般的喜悅可能讓妳坐立難安。

小心內在狀況——正面或負面——可能會蒙蔽妳察覺周遭正在發生的事。

當妳的對象開始繪圖，具體計畫開始了。

植入妳左眼的照相機靠按壓左眼淚腺啟動。光線如果不佳，按壓左眉尾可啟動鎂光燈。使用鎂光燈，永遠記得遮住沒植入相機的眼睛，防止短暫失明。

有人在場，絕對不可啟動鎂光燈。

28

突然驚呼跳起來瞪著別墅方向，會讓旁人的注意力也轉移到相同方向。

「指定對象」貼近妳的臉問：「什麼？妳看到什麼？」顯示妳的轉移注意力奏效。

等他們的迫切快變成憤怒，才弱弱地回答：「我聽到尖叫。」

暴力男人活在報應的陰影下。

主人會第一個衝向房子。

妳的「指定對象」望向下方的碼頭，顯示他的利益所在跟主人不完全一致。

他馬上忙著打電話顯示可能下令快艇船長前來。

暴力之人總是有逃脫計畫。

29

希望明亮的手機光源會讓使用者忽視附近的鎂光燈閃亮。

靠近妳想拍的那幅圖讓它佔滿鏡頭。

站得非常直。

漆黑中，鎂光燈閃顯得非常戲劇化。

一聲辱罵緊跟著「妳他媽的幹什麼？」顯示妳高估了「指定對象」被手機分心的程度。

眼前一陣閃亮悸動失明顯示妳忘了遮住沒相機的那隻眼睛。

表現出妳跟閃光無關，大喊：「我看不見了！」這是事實。

失明狀況下，要在海岬懸崖上快速行動很困難。

由於「指定對象」用力拉扯妳的手，妳難以拖延上述的行進。

嗡響聲顯示快艇接近中。

失明狀態（加上高跟鞋）走下搖晃的木頭步道會導致扭腳摔跤。

遠去的腳步聲顯示妳已耗盡自己對「指定對象」的有限價值。

失明茫無方向，妳只能在跌倒的地點大聲呼喚他。

船隻高速離去的震動穿過土地。

30

短暫的失明讓人感激自己幸好不是天生視障。

失明之後周遭物件的分布幾乎有種官能性的質素。

失去「指定對象」的事實緩慢冷酷沉澱。

進入一個孤離的新階段，就學得先前並不是那麼孤獨。

一開始，這種比較深沉的孤獨感會讓妳陷入癱瘓。

如果躺到泥地上會讓妳舒緩，那躺下去。

月亮皎潔照明四方。

月亮簡直跟人臉一樣富於表情。

人類具有原始凶猛的韌力。

妳小時愛讀的神話壯舉比起人類在地球的成就根本微不足道。

31

孤獨中突然感覺另一個人接近會導致恐懼。

從仰臥一躍為站姿會導致暈眩。

擺出「早有準備」的樣子平靜吐出：「我看見你了，出來。」

當妳預期是男人結果是女人，會讓妳短暫如釋重負，儘管妳知道女人不是如此，妳也不是。

主人的領頭佳麗說：「妳為什麼在這裡？」

這話可能有敵意。

直白回答抽象問題：「他丟下我。」

「王八蛋，」恨恨的語氣顯示她熟悉被拋下的狀況。

意料不到的人物給予同情會導致妳情緒洶湧。

掉淚前想想哭泣可能帶來的後果。

佳麗的芳香手臂能將力氣與希望注入妳的皮膚。

32

第二次接近懸崖頂的豪華別墅，感覺可能更像海市蜃樓。

在一個遙遠地方維持這麼奢華的環境需要巨大財力。

組織性暴力也是。

妳的工作是循金錢找到源頭。

權勢男子的合作夥伴在假警報後竄逃，此刻他鐵定不爽。

看到消失夥伴的受困「佳麗」現身可能驚動他。

吃驚表情出現在任何臉蛋都是令人滿足的。

「他媽的他去哪裡了？」是毋須通曉就能解碼的語言。

聳肩也是國際性語言。

領頭佳麗對配偶的暴怒無動於衷，顯示此人易於錯愕驚恐。

也可能代表他不是她的配偶。

33

身為「佳麗」，被易手是可預期的。

通常，妳會從勢力較小的男人被換到強者手中。

無論在誰的手中，妳的工作都是一樣的。

能夠更趨近金錢的來源與控制中心都是進步。

如果妳的無助與柔弱引起敵人興趣，加強它們。

骯髒流血的膝蓋雖可加強勾勒妳的柔弱，卻可能顯得噁心。

但可能幫妳換來熱水澡。

34

殘暴巨富男子家的急救箱裡一應俱全。

如果擦傷處理完畢，妳被帶到有水瀑的浴池，可以假設妳不會落單太久。

一個忽略侮辱妳的男人不代表他不想上妳。

瘦削有力的男人經常行動矯捷如貓。

當他進入浴池，提前開始倒數。

等他抓住妳的手臂，妳應當已經數到五。

妳的額頭被壓向石壁時，妳應當已經飄浮上方，只能微微感覺到身體。

35

當妳重返身體，感覺時光流逝許久，別去想多久。

如果四肢疼痛，額頭擦傷破皮，別多想原因。

在溫熱攪動的浴水裡待了不知多久，起來時會顫抖虛弱。

提醒自己妳不是拿錢辦事，不管是這個或其他。

這些行動是一種犧牲。

一大堆半透明浴袍顯示女性經常造訪此浴池。

當妳渾身僅剩一件髒污破爛的無袖洋裝，它會顯得異常珍貴。

重要的東西隨身攜帶——妳沒有機會回來拿。

36

如果妳被帶往有張大床的小房間，妳對主人的利用價值可能尚未用盡。

有時妳會想避開月亮。

月亮看起來像監視器，緊盯妳的一舉一動。

安全許可，能睡就盡量睡。

37

妳驟醒，以為有聲響。

極端孤寂中，妳可能以為聽到有人呼喚妳的名字。

我們總在夢中召喚所愛與思戀之人來安慰自己。

醒來發現他們不在，會以為剛剛跟他們說了話。

就算最安全的房子在深夜裡也會有種半昏迷狀態。

穿著薰衣草色半透明浴袍的佳麗通行無阻，只要她表現得像是應召前往。

全世界的住家建築原則都差不多，難以判斷哪扇門通往主臥。

收放寢具的櫃子門關上，看起來也像主臥室。

浴室也一樣。

石頭地板上，赤足無聲。

瘦削矯捷如貓的男人睡覺還是可能打鼾。

進入沉睡男子的臥房，直接走近床鋪，好像妳在找他。

38

看似跟主人淡如水的領頭佳麗結果跟他最親密。

兩人睡姿的交纏明顯違反妳先前的觀察。

人類是不可解的謎；因此意識共享的浮士德交易才有誘惑。

床邊的小搖籃顯示房內有嬰兒。

避免沉浸於驚訝情緒中；浪費時間。

39
妳的敵人睡覺時會把手機藏起來。
佳麗的衣櫥錯不了，如白色箭頭閃現。
進入一個男人的私人空間，尋找「最佳打擊點」——他每日清空口袋的置物所在。
如果手機在那裡，考慮使用「數據量湧」抓取內容。
有把握收穫一定豐碩才能使用「數據量湧」。
抓取到的龐大訊息需要耗費極多人力梳理與消化。
它的傳送會出現在敵方的偵測器上。
我們只能保證它的有效性一次。

40
伸手至右腳的第四跟第五趾節間（如果慣用右手），從妳的「全球傳送門」拔出「數據插頭」。
把插頭的磁線插入「對象」手機的任何傳輸孔。
坐在地板，遠離尖銳表面，挺直背脊靠著牆。
妳的「全球傳送門」裡塞了一根紅帶，抓到手掌裡。
分開腳趾頭，輕輕將插頭插回去，現在磁線已經將「對象」的手機連結到妳的「全球傳送門」。
妳會感覺數據像大浪湧遍全身。
這股浪湧包含回憶、冷、熱、渴望、痛苦，甚至喜悅。
雖說數據是外來的，但是下載的回憶是妳的：
星期天上午在床上剝橘給丈夫吃，陽光潑灑凌亂床單；

童年愛貓身上的泥土煙塵味；

老媽放在抽屜裡保留給妳的薄荷氣味。

「數據量湧」的衝擊有可能導致不省人事或者短暫失憶。

紅帶的作用在引導妳；如果妳醒來發現手上有紅帶，檢查妳的腳趾。

當妳的身體鎮靜下來，解開對象的手機，放回它原來的位置。

41

「數據量湧」會讓妳耳鳴以致遮蔽旁人走近的聲音。

一度讓妳如釋重負的臉蛋可能會讓妳再度放鬆。

當領頭佳麗以妳不熟悉的語言尖聲吶喊，

她可能睡意仍濃，沒認出妳是誰。

也可能代表她在叫人。

即便妳是佳麗，也不能解釋妳為何在此。

準備肢體侵襲徵兆一出現就保衛自己。

主人衝向妳大叫：「妳他媽的幹嘛？」構成肢體侵襲。

手肘撞向他下顎的軟窩會讓他朝後飛倒在地。

儘管配偶處於痛苦狀態，嬰兒哭聲還是吸引母親過去。

一個吃了拐子無法動彈的男人對嬰兒哭聲不會有什麼反應。

42

看到妳小秀武術身手，一個先前把妳視為單純佳麗的男人會重新忖度妳的目的。

迅速離去是上策。

瘦削矯捷如貓的男人可能在妳不及撤退前便跳起身。

注意他的眼睛：他會計算他與最近火器的距離。

踢他的前頸部，即便是赤腳，也會讓他暫時氣管閉塞。

暴力男子的領頭佳麗會知道他的火器放在哪裡以及怎麼使用。

一個手抱嬰兒的持槍女子已不構成佳麗。

沒有佳麗是真正佳麗。

解除持槍者的威脅可能會傷及她懷中的嬰兒。

身為美國人，我們最重視人權，不容違犯。

但是如果我們的權利受到威脅，就有比較大的轉圜空間。

跟著直覺走，但是謹記我們必須也一定會服膺原則。

手中寶寶亂動的女人瞄準火器會有問題。

封閉空間裡，子彈真的有哨聲。

如果一個人對妳開槍沒中，在她開第二槍前制服她。

我們實在很不願意傷害那些讓我們想起自己的對象。

43

中槍跟知道中槍之間有時間差。

假設不傷動脈，理想的中彈位置是上肢。

皮包骨且有韌帶的部分流血較少，但是粉碎後較難修復。

右肩即為皮包骨且有韌帶的部位。

當權勢男子家中響起槍聲，警衛來前，妳只有幾分鐘甚至幾秒鐘的逃脫機會。

妳的身體就是妳的「黑盒子」，少了它，我們不知道妳的任務發生何事。

不落入敵人手中至為重要。

44

當妳發現自己被逼入絕境且寡不敵眾，可以釋出「原始之吼」，這是妳的最後手段。

「原始之吼」等同於肉體爆炸，混合尖叫吶喊與狂號。

「原始之吼」必須搭配臉部扭曲與瘋狂的肢體擺動，顯示進入難馴的野獸狀態。

「原始之吼」必須把妳從佳麗轉為怪物。

目標是威嚇對手，就像童話故事或孩子的噩夢裡，熟人突然變成惡魔一樣恐怖。

吼叫時反覆啟動你的鎂光燈裝置。

懷抱新生兒的女人看到狂號痙攣的閃光怪物逼近，會迅速往旁邊一閃。

一脫離立即的危險馬上停止「吼叫」。

衝過來協助權勢男子的人馬幾乎不會注意走道上擦身而過的狼狽女子。

運氣如果夠好，妳能爭取到逃離屋子的時間。

奔跑時恢復佳麗模樣：整理頭髮，拿出藏在口袋裡的無袖連身洋裝捂住流血處。

妳沒聽到警報，不代表沒發出。

45

在封閉房間裡的暴力衝突後，清涼夜風有滌淨效果。

使盡各種方法跑到陡峭泥道的下方，連滾帶滑都可以。

暴力巨富男子的住家每個出口都至少會有一名警衛。

三更半夜，要是妳極端幸運（而且安靜），警衛有可能睡著。

盡力設想佳麗嬉戲奔跑模樣。

赤腳奔跑碼頭讓妳回想起小時，劇痛容易起幻象。

妳躺在鄉村俱樂部附近的溫暖碼頭，第一次與男孩牽手，那種感官激情妳多年難忘。後見之明會製造一種幻象——妳的人生不可避免會走到這一刻。

相信許久以前的命定比接受人生受制於隨機變化來得容易些。

純屬意外，妳出現在機器人學課堂，因為妳選修的荷馬課分配錯教室，這是隨機。一個膚色黝黑、雙手漂亮的男人旁正好有空位，這是隨機。

當一個人變成生命不可或缺，妳會訝異當年居然能躺在碼頭上而對他一無所知。

妳得預期重返生活將很不容易。

經驗會留下烙印，違反理性與原則。

多數時候，我們「公民間諜」能求的只是時光流逝。

重返生活頭兩星期，我們的「復健員」二十四小時待命，之後，上班時間可洽。

嚴禁與平民討論任務細節，包括心理健康專業人員、心靈導師。

請信任我們有足夠資源應付妳的需求。

46

超強的游泳耐力也無法讓妳橫渡藍黑色大海。

站在碼頭尾端竭力盼望也無法讓妳橫渡藍黑色大海。

當妳體力超越常人，遇見願望與能力間的鴻溝，不免覺得難以接受。

千年來，工程師已經讓人類攻克不可思議壯舉。

妳的丈夫就是工程師。

在狩獵群體長大的小孩會區辨地景的不規則形狀與動靜。

妳與他的親密關係讓妳也擁有偵測周遭環境的能力。

月亮照明的岩石海灘，妳看見懸突處下方有一個形狀不規則的東西隨海浪起伏。

主人可能偷藏了一艘快艇以備緊急逃難。

船上會插著鑰匙。

47

潛行樹木間，上船解開繫繩，把馬達放進水裡。

感激紐約上州的湖泊讓妳學會操作汽船。

用還能動的那隻手撥開頭髮，擠出無憂無慮的大笑容。

笑就像盾牌；將妳的臉凍結成面具，躲在後面。

笑是一扇既敞開又緊閉的門。

對準藍黑色大海，轉動鑰匙發動引擎加速。

對著仍帶著睡意的驚訝警衛揮手大聲咯笑。

甩尾搖擺前進直到妳脫離射程。

48

逃脫的狂喜之後會是排山倒海的劇痛。

直接的刺痛衝擊讓別墅、別墅主人，甚至槍傷感覺像幻象。

如果疼痛讓妳無法思考，專心駕駛。

只有在特定的「地理熱點」，我們才有辦法介入。

駛往「熱點」時，持續按壓膝蓋後方的按鈕三十秒，傳出求救訊息。

妳必須保持清醒。

如有幫助，想像自己在丈夫的臂膀中。

如有幫助，想像妳在自家公寓，丈夫祖父的獵刀放在一個有機玻璃盒裡展示。

如有幫助，想像妳在夏日裡收成窗臺上的

番茄。

如有幫助，想像「數據量湧」的內容會協助瓦解一個可能損害數千生命的攻擊行動。

即便沒有增強藥物，妳在半清醒狀態依然能駕船。

人類根本是超人。

讓星星月亮導航。

49

快到「熱點」附近，關掉馬達。

妳會置身全然寂靜的全然漆黑中。

如有需要，妳可以躺到船底。

感覺快死了不代表妳會死。

記住，萬一妳死了，妳的身體成為重要的資訊寶藏。

記住，萬一妳死了，妳的「田野指導」會為妳的任務留下紀錄，並供後輩學習。

記住，萬一妳死了，妳光是把身體送到我們手中就是一種勝利。

船在海面的晃動讓妳想起搖籃。

妳會記起小時母親的臂彎輕輕搖晃妳。

妳會想起她一直深愛妳，徹徹底底。

妳會發現妳已經原諒母親。

妳會了解她隱瞞父親的身分，因為她深信對妳愛無止盡，夠了。

親口告訴母親妳原諒她，這是妳必須活著回家的另一個原因。

想到父親永遠不知道他失去什麼，這是妳必須活著回家的另一個原因。

必須親口告訴父親他差點失去什麼，這是妳必須活著回家的另一個原因。

妳簡直等不及，但是妳必須等。

只要「公民間諜」能夠抵達「熱點」，我們沒有救不回來的。

50

「熱點」不熱。

躺在潮溼的船底，暖夜也會變成凍寒。

抬頭看散布夜空的眨眼星斗，會覺得自己是飄浮於星星上方俯瞰。

銀河神祕閃亮，世界好像在妳腳下。

直到此時，妳發現一個像妳的女人癱軟在船底淌血，妳才意識到發生何事。

妳在無意間啟動了「解離技術」。

此舉並無傷害。

從痛苦中解離，妳可以自由飄蕩夜空。

從痛苦中解離，妳可以滿足幼時的飛翔夢。

別讓身體離開視線；如果妳的意識找不到肉體，重新結合將很困難甚至不可能。

自由飄蕩夜空，妳或許會聽到大風有節奏地攪動。

直升機的聲音本來就很恐怖。

沒有燈光的直升機感覺像是蝙蝠、鳥、怪物昆蟲的混合體。

抵抗逃離鬼魅的欲望，它是來救妳的。

51

知道同意重返肉體妳必須忍耐疼痛割身。

知道重返肉體，妳同意以不和諧的狀態重返另一個生活。

有些「公民間諜」選擇不回去。

他們拋棄肉身，現在他們在天堂莊嚴閃亮。

新的英雄主義目標在超越個人生活、微不足道的痛苦與愛，追求眩目的集體。

妳可以想像每顆閃爍的星星都是前任間諜佳麗的英勇靈魂。

妳可以想像天堂是個擠滿光點的大螢幕。

52 如果妳想重返肉體，得確保妳比直升機先抵達。

如有幫助，倒數。

數到八時，妳應該近到能看見赤裸骯髒的腳。

數到五時，妳應該近到能看見裹在肩膀上的沾血連身裙。

數到三時，妳應該近到能看見從小就備受讚美的酒渦。

數到二時，妳應該能聽見自己的淺淺呼吸聲。

53 回到肉身，看到直升機緩緩震動下降。

看似機器國度的純武器。

看似要來摧毀妳。

妳可能難以想像裡面有人。

妳也不確定，直到妳看到緊繃且懷抱希望的臉孔朝下看，準備跳出來。

28　這章〈間諜露露，二〇三二〉原名〈黑盒子〉（*Black Box*），是作者二〇二一年刊登於《紐約客》的短篇小說，採推特體書寫，分九天連載於《紐約客》的推特上，每一則代表間諜露露的思想傳輸。

周界：之前

一天晚餐後，布萊恩跟莫莉上樓做功課，我幫老媽把東西收到洗碗機，老媽問：「我們怎麼知道那男人真是她的哥哥？」

老爸在廚房隔壁的書房裡，坐在躺椅上問：「哪個男人？誰的哥哥？」

她說：「看起來太過……巧合，他搬進來，九個月後，砰，老公搬出去。」

老爸說：「哦。」這不代表他同意老媽最新的陰謀論——他從不贊同，我們也是。這只代表他搞懂老媽在說誰：我們的隔壁鄰居薩拉查家。

老媽離開廚房站到老爸的躺椅旁，朝下看說：「他們一點也不像，你有看到任何手足的相似點嗎？」

老爸說：「我們交情沒那麼好，可以近看他的五官。」

老媽說：「我想他放棄新聞工作了，常待在屋裡。」

老爸指出：「妳也常待在屋裡。」

「我在盯著他。」

老爸小心放下報紙——以老爸來說，這等於站起身瞪著老媽。他說：「諾琳，注意兩家界線，如果妳再度侵入他們的物業，我沒法保護妳。漢娜，妳聽到沒？」他朝廚房內的我大喊。我一直在聽。老爸說：「妳是我的證人。」

老媽問：「要是他入侵呢？」

史蒂芬妮．薩拉查的哥哥搬進來幾個月後，老媽有次看見他爬窗進屋（忘了帶鑰匙），就報警有人闖空門。老媽明知他是誰，但是她不信任他。她跟老爸說（老爸再告訴我），她在分隔兩家的木頭柵欄附近搞園藝，瞧見他不懷好意地看她。老媽不知道的是史蒂芬妮的哥哥正在保釋中，報警導致他被上手扣帶走。那晚薩拉查家來找爸媽談話，講史蒂芬妮的哥哥以及他的精神問題。班尼．薩拉查發掘了老爸最愛的樂團「導電」，製作了他們所有作品，老爸特地開了一瓶波本，滿懷同情聆聽，老媽則朝窗外看，好像被我們都聽不見的聲音分心。果然就在談話中途，有一段木頭柵欄朝我家嚴重歪斜，老媽說是「侵犯領空」，「挑釁」她種的一畦粉紅色福祿考花。幾個星期後，老媽用「王牌五金行」租來的電動鏟鑽頭挖起圍籬木樁，朝薩拉查家移了五吋。我們放學時，她開心不已，燒飯時唱歌，折衣服時咯笑。當晚門鈴響，我去應門，發現史蒂芬妮的哥哥站在門口，蒼白、抖顫、盛怒，手裡抓了量尺。我叫老爸出來，他們一起到後院檢查柵欄圍籬。老爸同意它被移動了，雇了工人移回來。

那是兩年前的事了，我還在讀高一。我們都好遺憾薩拉查夫婦離婚，尤其是老爸。班尼．薩拉查搬到曼哈頓，現在只有他來接送比莫莉大一歲的克里斯時，我們才看到他。班尼・薩拉查會在跑車內朝我們揮手。老爸總說：「眞是可惜。」

老媽跟我收拾完畢後，我跟老爸待在樓下，準備我的大學先修課程期末考。老媽上樓處理布萊恩跟莫莉的一堆事。布萊恩的護檔褲不舒服，第二天有棒球賽，老媽開車到隔了四個鎭、較晚打烊的「莫德爾運動用品店」幫他挑大一號的護檔褲，之後又幫他看數學作業（老媽數學棒到嚇死人）。後來我又聽到莫莉跟老媽哭訴她跟閨密沒完沒了的那齣大戲。幾年前，我就不再拿自己的問題麻煩老媽，就像她預言的。她說：「漢娜，我只能幫妳到高中爲止，甚至高中之前，之後，妳得靠自己。」雖說我反對又否認，但是她說得沒錯，上了高中，我對她的看法改變了。現在有問題，我都找老爸。

小時，我恐懼會在睡眠中死亡。老媽絕不會說：「別傻了，妳會活到永遠永遠，甜心，我也是，我們全家跟我們愛的人都是。」相反的，她拿出聽診器、醫院級體溫計、血壓計，測量我的生命體徵。

她說：「正常。妳今晚不會死。」

根據老媽的說法，妳必須處處留心，否則死亡力量就會匯聚瞄準妳。事物之間的連結遠超過我們所見。這是一個殘酷無理的世界，強者以弱者爲食，所謂的快樂結局純是「框架問題」。最後這點，她每次讀童話故事給我們聽，都會一再強調。

「我們等著看當她到了中年，肚皮上有妊娠紋，王子還會不會愛她，還是會拿她交換新款。」

「是的，王子繼承了原本就該屬於他的王國，直到敵國王子入侵，把他們全部殺光。」

「所謂的快樂到永遠就是你還有數百個農奴在田地工作，而幫你打點城堡的大群僕人還沒溜走前。」

打我有記憶以來，老媽就這麼提醒我們：「眞實世界只有一個結局，絕非快樂。」當這類悲慘預言讓我們哭泣，她會抱住我們低聲說：「我最愛的孩子啊，世間事情以我們不明白的方式交織。裡面有陰謀。裡面有狡計。我是你們的媽媽，你們來自我的子宮，爲了保護你們，我神擋殺神。」

現在，我覺得擁有被朋友嘲笑、眾人視爲「脫線」的老媽很痛苦。但是當我還小，我只有她，我活在她的防護罩裡，遠離她毫不掩飾的外界各種危險。她讓我們堅強。

有時我覺得老媽就像童話角色：迷人。直到我們長大，不再需要那樣的故事，現在我想讀點其他東西。

第二天晚上，布萊恩跟莫莉在餐桌上，老媽說：「他不喜歡我。」

老爸說：「沒人喜歡妳，除了我們。」要笑不笑，這是他的苦笑。

莫莉說：「我們愛妳。」

在所謂的媽媽圈，我家是孤立的。老媽從未受邀參加媽媽聚會、媽媽派對、媽媽讀書會、媽媽品酒會，或者一起去特賣會、劇院、三溫暖週末，甚至循環賽，儘管她曾是少年網賽選手。

她說：「他是有案在身的人。」

老爸說：「別誇張，他只是偏離軌道的正常人。比起其他人，妳應當更能了解。」

「我從未偏離軌道。」

老爸朝我眨眨眼說：「難說，妳該是從未在軌道上。」

老媽溫和地說：「布魯斯，這話很傷人。」

她從餐桌站起身，帶著針線籃飄上樓，裡面裝了她替莫莉籌辦「編織小貓帽」派對以贏回怪物朋友的蓬鬆白毛線，還有布萊恩幾件需要拆名牌的襯衫，它們摩擦到布萊恩的脖子。你不能直接用剪刀剪掉名牌，因爲會留下布渣，比名牌還癢。她得一針針挑開幾乎看不見的針腳，然後用她從德國特別訂購的超小型剪刀剪開，那剪刀還得放在去離子的玻璃筒裡，免得隔夜失去銳利。

布萊恩、莫莉跟我整理餐桌，老爸坐在躺椅閱讀《華爾街日報》。少了老媽，沉默逼人。

我跑到老爸的躺椅旁說：「爹地，你得道歉。」

他溫和地說：「拜託，漢娜，別用那種語氣跟我說話。」

一會兒後，莫莉爬上他的大腿，亂搞他的報紙，親吻他的臉頰（九歲小孩才能做而不會受罰的事），然後她撒嬌說：「拜託跟老媽道歉？」

「我會想想看，小南瓜。」

布萊恩從來不多話，還越來越不愛說，站在老爸躺椅三呎外，腳尖摳地毯。最後他說：「爹地。」

「是的，布萊恩？」

「別這樣。」

「你說什麼？」

「你知道的。」

「我知道什麼？」

「**去啊。**」

「布萊恩，我抓不到這番對話的主題。」

「現在就去，爹地。」

「現在就去幹嘛？」

布萊恩深呼吸，沖著老爸大喊：「**去跟老媽道歉!!**」

老爸緩緩將躺椅弄回直立，以老爸來說，這等於他起身奔跑，他說：「兒啊，我正打算這樣。」他平靜地走向樓梯說：「謝謝你提醒我。」

✝

老媽將自己的孤立歸咎於一位重要媽媽灌輸其他媽媽有毒思想，就是凱西．賓罕，老媽說她是「婊子大祭司」。凱西有五個小孩，全被嚴重忽略（老媽說法），她在「克藍戴爾鄉村俱樂部」

瘋狂著迷打網球，蟬聯了八年的女單與女雙冠軍。根據老媽的說法，凱西以慣老闆的割喉殘暴主宰俱樂部女網的一切。凱西瞧都不瞧老媽一眼，更別提說話，雖然老媽說她根本沒幹什麼事惹來凱西的仇視。她說：「我想可能是我的頭髮。」她的金髮的確染得超白金，不像其他媽媽只是淺淺挑染。

她跟我們說：「別搞錯，我總有一天要翹辮子，考量我用的漂白染髮劑成分，可能比預期的早。」

我們求她停用漂白染髮劑，老媽說：「沒得商量。生命就是討價還價。我願意犧牲幾年壽命換一頭瑪麗蓮·夢露的金髮。」

幾天後的晚上，老爸吃過飯後在餐桌幫我的「學術能力評估測驗」（SAT）練習卷打分數，老媽說：「布魯斯，你對我面臨的眞實威脅一點也不關心，讓我很煩。」

老爸把椅子往後一推說：「他威脅妳啦？」他是律師。

「他從圍籬另一邊怒瞪我。」

老爸拿下閱讀眼鏡，抬頭看老媽說：「諾琳，妳幹嘛總在圍籬那邊？」

「我在做園藝，五月，最好的園藝月分。」

老爸說：「拜託妳待在我們這邊，妳跟我們的圍籬都一樣。」

老媽說：「布魯斯，你講過好幾次了。」老媽只有不高興時才會叫老爸名字。她說：「我已經開始聽而不聞啦。」

「隨便妳，就是別跨過物業界線。」

「你又說了。」

「說再多都不嫌多。」

老媽說：「會的，布魯斯，你現在就是說太多。」

他們互瞪。然後老媽轉身從後門去花園。老爸繼續看我的SAT，假裝不在乎，但是沒辦法。他走到廚房窗戶朝外看，快步走出後門——以老爸來說，這等於用跑的。我從廚房窗戶瞧見老媽跳過兩家圍籬，站到薩拉查家的草坪上。白金色頭髮在夜色中閃亮。

老媽大叫：「布魯斯，我已經越過物業界線了，能發生什麼事？」

老爸站在圍籬這一邊說：「這由不了我，妳已經超過我能保護的範圍。」

「你打從一開始就沒在保護我。」

「我保護妳的方式妳未必知道，但是我沒法保護妳自己傷害自己。」

我一瞧見史蒂芬妮．薩拉查走出屋外，就身子一低離開窗戶，又克制不住自己從後門溜出去躲在老爸的BBQ烤爐後面，爐子的防水套軟垂。史蒂芬妮留黑色短髮，跟其他媽媽不一樣。她搬來幾個月後就成爲「婊子大祭司」凱西．賓罕的雙打搭檔。她們贏了不少比賽，直到班尼．薩拉查搬出去，她們突然不再說話也不再是雙打搭檔。引來閒言說薩拉查婚姻破裂，凱西是否插了一腳，但是流言非常小聲（根據老媽說法），沒人想被凱西捏死。

然後去年（二〇〇六）「克藍戴爾鄉村俱樂部」的女子單打冠軍賽是史蒂芬妮對凱西，足足打了快五個小時。每一局都沒完沒了，每次都平分，得搶兩分，然後又平手再搶兩分。最後，俱樂部一堆人跑來圍觀。凱西贏了，史蒂芬妮跌坐場中，抱臉號叫，開始哭。大出眾人意料，凱西繞過球網到史蒂芬妮這邊，跪在紅土球場上，抱住史蒂芬妮——事後，大家都不敢相信自己所見，鐵定是黃昏光線搞鬼。但事實如此，我也看到了。凱西拉起史蒂芬妮，一起走向更衣室。之後她們再度成爲雙打搭檔，沒輸過。

史蒂芬妮跨過草坪走向老媽，友善地說：「嗨，諾琳，沒事吧？」

老媽說：「我只是在表明立場。」

史蒂芬妮說：「哦，今晚很美。」

老爸站在圍籬這邊說：「是的。」沒錯：天空雖黑但是清澈，稍早的暴雨讓一切散發清新味。

史蒂芬妮對老媽說：「妳的紫丁香眞是瘋狂。天，那香味——眞希望能住在裡面。」她似乎很擅長搞定老媽，不過，她是在搞定老媽，還是純粹好脾氣？

老媽說：「謝謝。」開始往我們家這邊退。

薩拉查家大門忽地打開，史蒂芬妮的罪犯哥哥衝了出來，身旁跟著她的兒子克里斯以及不知爲什麼住在她們家的小女孩露露。朱爾斯的模樣跟兩年前現身我家門口時一樣：蒼白肥胖，襯衫沒塞進褲頭。看起來很正常，除了眼神，抓狂。

他問史蒂芬妮：「妳出來幹什麼？她幹嘛跑到我們家產業上？」
史蒂芬妮說：「我們在討論紫丁香。」
「她站在我們家草坪上。沒理由這樣。」
老爸說：「諾琳，妳何不——」
朱爾斯命令老媽：「離開我們家的物業，現在。」
史蒂芬妮轉身對他說：「別跟她這樣說話，朱爾斯！她是鄰居耶，老天！」
老媽糾正朱爾斯：「這不是你的物業，是妳妹妹妹夫的。」
史蒂芬妮說：「其實我們離婚了，所以是我的物業。」
朱爾斯說：「而我是她哥哥，妳給我滾開。」
「朱爾斯，閉嘴！」
老媽說：「你們沒一點像兄妹的。」
朱爾斯對史蒂芬妮說：「她瘋了。妳讓一個瘋子站在我們家草坪上，爲什麼？」
老爸跟史蒂芬妮從兩邊趨近老媽，老爸說：「諾琳，拜託回來。」每次他擔心觸法，聲音裡都有現在這種焦慮。
史蒂芬妮說：「我替我哥的粗魯道歉。」
老爸說：「他粗魯但是沒錯。」
朱爾斯說：「終於有個神智清醒的人，謝謝你！」

老媽對老爸說：「你眞是沒救。」

史蒂芬妮問：「諾琳，妳到這邊是要什麼嗎？」我察覺她的確是在搞定老媽，頗熟練，因爲天天得搞定她老哥。她說：「如果沒有，我覺得朱爾斯會比較安心如果妳——」

朱爾斯扯大嗓門叫：「**滾**。**開**。**這**。**個**。**物**。**業**。」聲音迴盪在我們兩家產業間。

老媽尖銳地說：「沒人可以對我大吼大叫。」

史蒂芬妮對朱爾斯說：「就讓她站在這裡，誰在乎啊？」

「妳瘋了，史蒂芬妮，怎麼可以這樣寬容她？」

史蒂芬妮首度提高嗓門說：「老天，拜託，不過是個他媽的圍籬而已。中東整個爆炸，難民沒有自來水，試圖在遮雨帆布下養活小孩——我的意思是這個世界有重要的領土之爭，我們這個郊區木頭柵欄可不在名單上。」

我聽著史蒂芬妮．薩拉查說話，崇拜她。老爸也崇拜她。她的兒子克里斯崇拜她，露露也是。史蒂芬妮是搖滾巨星的公關，但是她本身就是巨星。

朱爾斯嗤之以鼻說：「要是人們尊重別人的圍籬，就不會有這個問題。」

史蒂芬妮說：「我放棄。」轉身朝屋內走，邊說：「克里斯、露露，來。」他們照辦。史蒂芬妮沒回頭，她說要進屋，她就進屋。

長長的停頓，老爸、老媽、朱爾斯好像棋子佇立原位。最後老爸說：「我也要回屋去，諾琳。」我搶在他前面奔回屋。

老爸坐在書房看十一點新聞，其實是在等老媽。我從廚房窗口看到她跟朱爾斯沉默對峙。夜色裡，他們看起來十分詭異，好像雕像。朱爾斯沒再靠近老媽。他怕老媽，老媽也怕他。

我跟老爸說：「好像有個情境喜劇像這個，我好像看過。」

老爸說：「情境喜劇會略掉很多東西，這樣才滑稽。」

「接下來會發生什麼？」

他說：「漢娜，我不知道，但是我厭倦了。」

當老爸跟我在後門跟老媽說晚安，朱爾斯已經回去了。老媽獨自一人站在薩拉查家草坪上。

第二天早上，老媽把頭髮上的樹葉撥到水槽裡，開始幫我們做起司蛋捲還有布萊恩、莫莉的午餐便當。

老爸問：「妳睡在草坪上，躺下來了？」

「我瞌睡了。」

「妳該慶幸他們沒報警。」

「罪犯不會報警。」

「現在妳高興了？妳覺得勝利了？」

老媽說：「從今以後，你不用再麻煩關切我的心情了。」

老媽開始變得非常忙碌，不再對朱爾斯．瓊斯有不合邏輯的推理，偶爾當她眼神飄過薩拉查家的房子，臉上便閃現微笑。

有次她這麼笑，老爸問：「什麼？」

老媽睜大雙眼誇張無辜地問：「什麼？」

「我感覺某件法律不容許的事正在醞釀。」

老媽狡猾地說：「如果這是眞的——我可沒暗示如此——身爲律師，你不是不知情比較好？」

一晚，老媽接回莫莉（女童軍）、布萊恩（棒球練習）跟我（畢業紀念冊製作），彎到某個購物中心，說：「我得到『王牌五金行』買點東西。」

布萊恩問：「我可以跟著去嗎？」他喜歡「王牌五金行」。

「不要吧，就這一次。」

非常久之後，她拎著詭異沉重的袋子現身，膠帶綑綁，看不到內容物。她要我坐到後座，把那個袋子放到副駕，還綁上安全帶。

布萊恩問：「妳買了什麼？」

「私人用品。」

我問：「私人到必須綁安全帶？」

「警示燈才不會叫。」

莫莉說：「妳現在什麼事都不跟我們說。」

老媽說：「我從來不，都是聽你們說。」
莫莉說：「我們好寂寞，妳冷落我們。」
布萊恩說：「就是啊。」
老媽轉身看後座我們三個人的臉，說：「這是個孤獨的世界，我從沒隱瞞過這點。」

大學先修班考試後一星期，晚餐時，老媽看向窗外說：「他在看我們。」我們全朝外看。現在白日漸長，天色仍亮，草坪上到處是旅鶇。我問：「哪裡？」

「他在屋裡，朝我們屋內看。」
老爸說：「他沒有能力這麼做，生理上，絕無可能。」
「一定有用器械。」
老爸放下叉子——以老爸來說，這等於站起身清嗓門，他說：「我感覺快要失去妳了，家裡一大堆事沒做。髒衣服堆得山高。我沒襪子穿了。」
提到髒衣服跟襪子，老媽游移的注意力明顯聚焦，老爸續攻，我們也加入：我的淡綠色帽衣不在櫃子裡，莫莉的手指傀儡頭破了，老媽也沒打電話給西雅圖老鷹隊問如果她附回郵信封，他們願不願意給布萊恩的球衣簽名，我們的漢堡包沒烤過，她也沒買巧克力片給莫莉女童軍派對做白巧克力點心，然後她錯過兩次獸醫約會，現在我們家「毛毛」沒噴藥，可能也發情了，樓下的浴室少了一顆燈泡，我們的Wii遙控器沒有２A電池了，乒乓桌網子垮了，她不是要找那個弄草坪的傢伙來看那些黃掉的地方，她不是要研究莫莉在廚房找到的三顆螺絲釘原先是鎖什麼的。廚房流理臺每六個月都該做一次防水，她有做嗎？因為現在咖啡或莓子汁之類的深色飲料潑倒了都容易留下印子，起司吃光了，貓砂也不夠了，縫紉籃裡滿滿有待縫補的衣物，還有她幫布萊恩的科學作業做的斜坡木板只用木工膠根本不牢，一開始就該聽布萊恩的用釘子，要不要今晚用真正的釘子修好？

老媽坐直身體，眼神渙散說：「是的。可以。」

收到薩拉查家的邀請時，老媽說：「她把那個可愛的老公趕出門兩年了，是要慶祝這事兒嗎？」

老爸說：「妳根本不知道他是否被趕出去的，或許是他自己憤而離家的。或許她辦這個派對是要犒賞自己熬過痛苦兩年。」

「相信我，他是被掃地出門的。幕後搞鬼的就是所謂的親哥哥。」

「妳不算可靠的消息來源。」

但是一、二天後，老爸主動回到這個話題，當時老媽正在整理廚房櫃子，我在書房用電腦做功課。

他說：「諾琳，鑑於過往種種，我覺得我們必須去。」

「去？」

「史蒂芬妮的派對。」
老媽問：「我該去？」
「我說『我們』就是這個意思。」
「布魯斯，你看不出這是陷阱？」
「妳講這話讓我擔心。」
「你是該擔心。」
「我擔心是因爲這想法不僅荒唐，還因爲我們傾向把自己的心態投射到他人身上。所以妳認爲鄰居陰謀對付我們，其實暗示妳可能在陰謀對付他們。」
老媽說：「圍籬通電，他們碰到才會痛。」
「妳甭想給圍籬通電。」
「還沒——我還得研讀一點靜電能的東西，但是東西買全了。」
老爸閉上眼睛，以老爸來說，等於把臉埋進手裡。
老媽說：「你去，我跟孩子們待在家裡。」
我在書房偷聽，此刻大叫：「不，媽咪，我們要去，我的朋友都會去。」
老媽走到書房口，雙手放在臀部對我發飆：「漢娜，妳稱他們爲朋友，但是你們的關係是短暫情境的。幾年後回首，妳會懷疑當初究竟看上他們什麼。」
老媽的預測經常驚人準確，因此我說：「或許妳是對的，但是三星期後就是派對那天，他們還會是我的朋友。」

史蒂芬妮的雞尾酒派對是在溫暖的六月中晚上，學期快結束。我的大學先修班考試結束，成績還沒出來，天空仍是淡藍。從小我就非常喜歡這種闔家光臨的派對，雖然那時我們還沒到吧檯摸酒，跟父母一起爛醉。瞧瞧，這就是造就我的世界：根據老媽的說法，它是我頂多只會再相信一年的幻夢。眼前這一切，也只是個童話，等我長大，它們將成為我失落的童年神話景觀，派對是其中的一部分。

老媽等在餐桌旁，穿了一件白色大圓點的黑洋裝——對聲稱要保持低調的她來說，這眞是個奇怪選擇。她兩手各拿一瓶礦泉水。

老爸下樓，脖子上是他參加派對必戴的小領結，他跟老媽說：「我認為他們會準備礦泉水。」

老媽說：「他可能負責伺候茶水，我可不喝那個男人給的東西。」

我們全從大門出去，好像上教堂做禮拜。我牽著老爸的手走在前。步下我家鵝卵石車道，然後爬上通往薩拉查家大門的白色石板路。

老媽說：「我們大可翻過圍籬就好。」老爸給她嚴肅眼神。老媽說：「開玩笑的啦。」

前門是敞開的。裡面人影穿梭，女人穿亮色夏日洋裝，男人穿泡泡紗短褲或者有圖案的高爾夫球褲，手上拿著琴湯尼酒。他們全在城裡上班，都知道誰才是最有錢的那個。我們家從來不是富人中的富人，根據老媽的說法，那是因爲老爸是照鐘點收費的律師。她最近常說：「但是一旦經濟泡沫破裂，我猜很快啦，至少你們老爸還會擁有一份工作。」

難以想像班尼·薩拉查置身於這群人中，他的棕膚，他的卷髮，但是直到兩年前，這還是他的房子。實在可惜。

史蒂芬妮穿無袖鮭魚色洋裝在門口迎接我們。她的肩膀結實，晒得古銅：全拜網球之賜。她從老媽緊握的手中拿走礦泉水說：「眞感激你們能來，諾琳。我可以把這個拿到吧檯倒一杯給妳喝嗎？」

老媽僵硬地說：「謝謝。好的。」

老爸消失。幾分鐘後，我聽到他在笑，代表他喝波本了。布萊恩、莫莉上樓跟小朋友一起。「婊子大祭司」凱西·賓罕穿無袖白洋裝坐在窗前，結實的肩膀是比較白的史蒂芬妮版。老媽畏縮逃避凱西的眼睛，我覺得好像不該離開她。

吧檯侍應生正從老媽的礦泉水瓶倒水給她，老媽問一旁的史蒂芬妮：「怎麼沒看到妳哥哥？」

史蒂芬妮沉重地說：「是啊，我想這場派對他會缺席。」

我感覺老媽身體綳緊，就像「毛毛」看到老鷹降落我們家樹上。老媽小心問：「爲什麼？」

史蒂芬妮放低嗓門說：「我犯了錯誤，邀請了他的前任女友。」

老媽深感好奇：「哪一個是她？」

史蒂芬妮沒轉頭，用手肘指指方向說：「喏，那兒。穿藍色針織洋裝的那個。她現在叫珍娜‧葛林—克萊姆了。她跟先生最近搬到附近，跟大家還不熟。本來朱爾斯無所謂，現在她來了，他卻很不高興。」

珍娜‧葛林—克萊姆腰身很長，膚色晒得很深，棕髮挑染，微笑時嘴角歪撇。看起來就跟其他老媽沒兩樣。但是當她啜飲酒，我忍不住想：瘋子朱爾斯曾愛上這女人。他們曾在一起。這讓珍娜‧葛林顯得深不可測，神祕。

老媽問；「分得很不愉快？」

史蒂芬妮搖頭說：「朱爾斯備受打擊。後面的都跟這次分手有關：精神崩潰、攻擊他人……我到底在想什麼？」

老媽問：「朱爾斯在嗎？在家？」

史蒂芬妮馬上警覺說；「他不想被打擾，諾琳。」

門口來了一堆新客人，我們跟著史蒂芬妮去迎接，他們一開始寒暄，老媽就走向面對正門的樓梯。我說：「媽！」終於引起史蒂芬妮的注意，她連忙趕過來，老媽已經踏上階梯，史蒂芬妮抓住她的手臂，硬逼她轉身。史蒂芬妮就在階梯底抬頭望著老媽說：「諾琳，不知道爲什麼，妳讓朱爾斯緊張，當他緊張就會變得很不穩定，很危險。我拜託妳：離他遠一點。」她用力看老媽，然後轉身去跟客人說話，沒再回頭。

老媽繼續往上爬。我手忙腳亂跟在後面喊：「妳剛剛答應的。」

老媽說：「我什麼都沒答應，根本沒說話。」
到了二樓，她開始敲每一扇門，沒等回應就打開。
我咬牙說：「妳敲了門得等啦，否則敲門幹嘛？」
老媽並未放慢腳步，只是說：「娜娜，妳越來越像妳爸。」
我回嘴：「最好。我想當律師。」
老媽奔上通往三樓的小樓梯，那裡迴盪著閣樓腳步聲，小孩都在那裡。這層只有兩扇門。老媽敲第一扇，裡面傳來低沉吼聲：「不要！」
她猛地打開門。朱爾斯．瓊斯赤腳站在房間中央，擺出武術姿勢。一看到老媽就好像看到魔鬼，尖叫：「妳！出去。」
他穿了卡其褲跟薰衣草色扣領襯衫，乾洗褶痕還很清楚，顯然打扮了一番要參加派對又改變主意。一張單人床塞在房間角落，窗前桌子擺了書籍紙張跟桌上型電腦。
老媽說：「放輕鬆，我來談和的。」
朱爾斯說：「才怪！」他赤腳奔到窗前朝我們兩家院子看。他已經有點像克藍戴爾這兒的爸爸，但是不徹底，就像老媽類似其他老媽，卻沒法完全融入。
老媽說：「我發誓我沒碰圍籬。」
他說：「妳的發誓對我是屁，比屁還不如。」
他又朝窗外看，似乎忍不住。我發現窗臺邊有個量尺，正是兩年前老媽移動圍籬，他衝到我家門口時拿的那一把。
老媽說：「咱們走，下去量量，來吧。」
朱爾斯說：「現在不行。」
「你當然可以。你的前任在這兒又怎麼樣，你已經有了全新生活。」
朱爾斯說：「不。是她有了新生活。」
「拜託，那已經是好幾年前的事了。老實說，歲月可沒饒過她。」
長長的停頓。朱爾斯說：「我想要小孩，但是她跟別人生了孩子。」
「你也可以跟別人生。」
「妳是在嘲笑我？」
老媽說：「聽著，朱爾斯，我有重要事告訴你。」
她向前一步，朱爾斯露出不信任的眼神，蒼白額頭冒汗。夾在閣樓上的奔跑腳步聲與樓下的笑聲，這房間顯得異樣死寂。
老媽說：「我有三個孩子。這是老大漢娜，再過一年，她就要離家，其他的也快了。他們是我在世間最大且是唯一的成就。我沒有朋友，天知道布魯斯在漢娜走後還會跟我在一起多久。他經常提醒我，我早已不是他結婚的那個女人。」
我說：「媽，別說了。」但是我看出她說眞的，恐懼扭力升起。
老媽跟朱爾斯說：「如果我做得到，任何人都做得到。你當然可以。你有專長，專業行當，在世間有一席之地。」

朱爾斯彷彿首度注意我也在房內，然後他又回頭看老媽，我瞧見他看到一個瘦削、緊繃、頭髮漂成白金色、穿圓點衣裳的女人。

他說：「妳移動了圍籬，重點是這個。」

老媽說：「咱們走吧。」

朱爾斯抓起他的量尺，他們並肩走出房間，我緊跟在後。爲了打破靜默，我問：「你在……寫文章嗎？」

朱爾斯淡淡地說：「我在寫書，關於『導電樂團』的主唱波斯可．班恩斯。他正在巡演，這巡演應該會要了他的老命，但是他始終不死。」

老媽建議：「你可以殺了他。」朱爾斯瞠目結舌，老媽又說：「開玩笑的。」

到了二樓，我停步讓他們自己走。他們似乎沒注意到我。跟史蒂芬妮一樣，我也是該做的都做了。現在我也跟她一樣，轉身。

薩拉查家的娛樂室有個超大螢幕配環繞音響，班尼．薩拉查用來播放他旗下樂手的演唱會。他曾邀請老爸看過幾次「導電樂團」演出舊影片，老爸回家渾身波本酒味，臉上滿是笑。現在克里斯．薩拉查、布萊恩跟其他孩子用那螢幕玩Wii，莫莉跟女孩們玩紙上遊戲。我的朋友趴在L形大沙發上，有男有女，喝可樂，混了他們從吧檯偷來的琴酒與伏特加。有人遞給我一罐，我們聊參觀大學校園跟暑期實習的事。很快我們就要高四了。

我不斷踱步到窗口查看老媽，但是花園實在太低，我得站到板凳上才瞧得見他們。有人問：「漢娜在看什麼？」

我回說：「我媽。」大家全笑了。

第一次探頭看，老媽跟朱爾斯蹲在泥地上拉開量尺。

第二次，他們已經站起身，手上拿著礦泉水。

第三次，他們並肩靠著圍籬抬頭看天空，暮色異樣美麗。

老媽曾跟我們說，快樂結局的祕訣在懂得何時走開。

一旦我看見老媽跟朱爾斯靠在圍籬上，我就強迫自己不要再看。

詳見附信

1

喬瑟夫・基薩倫→亨利・帕莫蘭斯

密件

親愛的帕莫蘭斯先生：

隨信附上我的請假單，我有義務跟您報告：我的妻子露露・基薩倫（公民間諜3825）約在兩年前結束任務，但是我持續憂慮她的心理與身體健康問題。

部分困難來自露露動過數次手術修復右肩部槍傷（她慣用右手），難以使力，妨礙她照顧我們八月大的雙胞胎，抱小孩有難度。更深的憂慮來自她的心理狀態。她深信間諜裝置仍在體內，並舉下列徵兆為證：

●傾向用「田野指導」的第二人稱警句式思考（譬如：「不管怎麼找，洗衣服時襪子還是不見。」「閱讀有關嬰兒睡眠的書籍並不會導致你的寶寶睡得太多。」）

●儘管任務帶來的痛苦，她還是頑強渴望重返任務，好像那是夢境或書籍描繪的神祕之地。

●堅信當初她如果死於任務而非重返，她——跟我——都會比較好。

我們竭盡部裡各種資源包括復健與身體掃描，由於露露對機構的不信任導致部裡的各種保證無效。我明白「公民間諜」計畫因去年秋天的曝光停擺，尋求外界諮商因而更加不可能。但是我們的確陷入困境。

我們無法採用任何形式的托嬰服務，針對托嬰機構提供的保母可信度與審查，露露會引用受訓教條說：「正因你缺乏間諜訓練，你的紀錄才顯得清白中立。」當然，她說得沒錯。露露的祕密任務讓她遠離了朋友，也迴避與其他新手媽媽為伍。基於上述原因，我的銷假必須是有條件的。我不擔心孩子或露露的安全；如有此種顧慮，我不會重返崗位。但是如果她的痛苦與不適無法減輕，我必須無限期請假協助她。

喬瑟夫・基薩倫
謹啟

亨利・帕莫蘭斯↓喬瑟夫・基薩倫

喬，很遺憾，真是一場鬧劇。

喬↓亨利

與娃兒相處很棒，但是露露不再是昔日的自己。

亨利↓喬

除了歸檔此信，我還能幫什麼？

喬↓亨利

我希望她能跟其他「公民間諜」交流。我認為孤立對她有害。

亨利↓喬

穿透太多安全防火牆，你很清楚。

喬↓亨利

防火牆是我幫忙建的，連我也無法移除。

亨利↓喬

她認為我們利用她來監視你？對吧？

喬↓亨利

此類話題，她言下非常保留謹慎，好像敵人在監聽。這導致了我們的疏離。

亨利↓喬

天啊。

喬↓亨利

雖然我日夜陪伴，依舊無法解決，盼望她能以一己之力找到解決之道。我對她的能力有強大信心。

杜麗．皮爾↓喬瑟夫．基薩倫

親愛的喬喬：

你返回工作的頭兩星期，我很樂意到你們的公寓協助露露照顧兩個寶寶。但是我需要你的建議，我該如何親近露露。我們之間有鴻溝，我相信跟她出任務有關，也知道這禁止討論。但是回想起來，我懷疑這鴻溝早於她出任務。我對早年做的選擇深感憂慮與愧咎，不知道怎麼幫助露露——跟我們。

我相信你的直覺並遵循你的建議。

愛，杜杜上

喬瑟夫・基薩倫→杜麗・皮爾

親愛的杜杜：

露露此生都浸沐於妳的愛，這點非常重要。請放心。妳幫忙照顧寶寶將大有幫助，讓露露有時間（希望）上網與舊識聯絡甚或見面。在此深表謝意。

歐馬跟法絲塔很愛他們的外婆，我們也是。

愛，喬喬上

2

露露・基薩倫→姬蒂・傑克森

親愛的姬蒂・傑克森：

我們已經數十年未見，但我們不是陌生人。妳可能記得二十六年前（！）一個九歲女孩跟她的母親杜麗・皮爾隨同妳密訪X國，當時是B將軍執政。那次詭異非凡的旅程之後，母親跟我都歡欣目睹妳事業上的多次成功。

我知道此信來得突然。兩年前，我也出了一次艱困的海外任務，重返後便亟欲和妳聯絡。那次任務讓我聯想到X國之旅，也想到妳那時的處境。同時，上星期我才看了妳的新片——和傑士·艾騰布羅合拍的《讓我目眩神搖》（*Dazzle Me Sideways*），我亟需跟艾騰布羅先生聯絡。妳能居中牽線嗎？

靜候佳音，露露·皮爾·基薩倫上

阿希萊·艾薇拉↓露露·基薩倫

親愛的基薩倫小姐：

傑克森小姐感謝妳最近的來信。不幸，她無法轉介其他演員，建議妳直接去信艾騰布羅先生的公關，或者去信他的社群媒體。

祝安，阿希萊·艾薇拉上

露露·基薩倫↓姬蒂·傑克森

親愛的姬蒂：

我不是什麼該讓助理回信打發的瘋狂粉絲。我是杜麗·皮爾的女兒，她是二〇〇八年雙手讓妳的事業起死回生的公關。我也是個三十五歲的專業人士，成功的資深音樂工作者，包括十四年前製作史考提·郝思曼的「足跡」演唱會。

在此我恭敬有禮請求妳協助轉介艾騰布羅先生。相較於我母親給妳的協助，我想這個請求並不過分。

靜候佳音，露露·基薩倫上

轉：阿希萊·艾薇拉↓姬蒂·傑克森

詳見附信。禮貌回「不」？

姬蒂↓阿希萊

剛剛想起她是誰。我會處理。

姬蒂·傑克森↓露露·基薩倫；密件副本：阿希萊·艾薇拉

親愛的露露：

哇哇哇哇哇哇哇哇哇哇哇……真的是妳嗎?!?真抱歉讓妳受困我的經紀人／公關／助理／熊媽媽的陷阱，她一直企圖在我不知情下讓事情（與人物）消失！

我剛剛花了十五分鐘上網補進度，查詢妳的成就。史考提·郝思曼的「足跡」演唱會……什麼????**太拜服了**!!!我對外宣稱**參加**了那場演唱會，但是最好不要呼攏妳！令堂健在安好吧？請透露一、二！然後請問，我可以怎麼幫妳？

XXXOOOO[29]愛，姬蒂上

露露↓姬蒂

親愛的姬蒂：

真開心收到妳的回音，依舊是我記憶中的口吻。我仍在復健（去年海外任務受傷後的右肩重建手術）。這讓我猜想妳應當能明白我的狀況：無法重返舊生活，但是一些私事未了，我也無法往前走。

上述種種導致我必須找到傑士．艾騰布羅。首先，或許妳可以告訴我他是什麼樣的人？他似乎不接受訪問，從網路資料難以得出他的面貌。基於妳我的共同歷史，妳對他的印象對我很重要。

靜候佳音，露露上

姬蒂↓露露，密件副本：阿希萊．艾薇拉

親愛的露露：

妳讓我回想起X國瘋狂之旅，好好好好久沒想了。但是等一等……我現在才二十六歲，當年怎麼可能是二十六歲成人？（；—）無可否認，妳老媽救了我一命。拜託幫我奉上大大的吻。

回到傑士。妳可能知道他名聲在外。不是小鮮肉但依然性感，體態超棒。就像許多調情老手，他滿口謊言：當我拿到合演機會，跟我說純粹是靠**他**引薦的（後來我才知道他用力推銷的人選是安．海瑟薇）。還說多年來，他一直想跟我合作（假的）。但是除了吹牛皮外，我超愛他。我們都喜歡「導電樂團」，不管我提到哪首歌，他都能唱出所有歌詞，音準完美。

妳還想知道什麼？可以告訴我妳**為什麼**想知道？妳的肩膀那件事爆爛啊！另，妳有小孩了嗎？

XXXOOOO姬蒂上

阿希萊．艾薇拉↓姬蒂．傑克森

除非妳想尋死，**絕對不准**再寫這樣的電郵。就算這個「露露」真的是她說的那個人（我們無從得知），天知道她的企圖是什麼？「海外任務」？「肩膀重建」？**啥鬼**!!!底線是：她只要把妳的看法散布給五個朋友，妳的事業就完了。

姬蒂↓阿希萊

冷靜點。要毀掉我的事業得超過五個人啦。記住，那發生過一次。

阿希萊↓姬蒂

是哦，那時妳二十二歲，漂亮。現在，嗯，妳五十一歲，漂亮。（以下開放造句任填各種讚美妳這個年紀還保持美貌的阿訣。）

姬蒂↓阿希萊

感謝坦白。現在X妳自己去吧。

阿希萊↓姬蒂

另，剛剛花了一點時間搜尋妳二〇〇八年X國之旅的報導。沒看到露露，但是的確提到「公關杜麗．皮爾」。妳知道她就是那個因為吊燈出錯，導致七百個客人被熱油燙傷而去坐牢的人嗎???

姬蒂↓阿希萊

起得很早啊。這就是她**幹嘛**接下替B將軍洗白惡行的工作。有孩子要養等等。

阿希萊↓姬蒂

想不想把這段歷史寫成書或拍成紀錄片？

姬蒂↓阿希萊

簽了好幾個保密合約。記憶也不清。（那時酒喝得多。）

阿希萊↓姬蒂

B將軍兩年前死了，保密合約無效了啦。「擁有你的潛意識」可以幫妳解決記憶差的問題。紀錄片可考慮？不為人知的姬蒂．傑克森與B將軍的戀愛史促成X國走向民主制度⁇能讓妳的事業大有起色!!!

姬蒂↓阿希萊

哦是喲，距離上次妳洗腦我拍紀錄片已經一年多了。該是再試一次的時候了。（以下開放造句任填我支持妳追尋創作夢、對妳的電影製作才氣完全信服等各種空白支票。）

姬蒂．傑克森↓傑士．艾騰布羅

嗨，傑士：

喂，說好的片子拍完要跟我去吃生蠔白酒的？怎麼啦？我猜你跟所有合作的女孩都這麼說。

插句不相干的話：我有一個音樂製作圈朋友，女的，拜託我居中介紹你們認識。可以嗎？

xxxoooo，愛，姬蒂上

傑士・艾騰布羅↓姬蒂・傑克森

達令，拜託回絕她。生蠔白酒隨時可以。在貝里斯待到五月底。擁抱。傑・艾上

露露・基薩倫↓姬蒂・傑克森

親愛的姬蒂：

回覆妳的另一個問題，我有一對八月大雙胞胎，一男一女，歐馬跟法絲塔。漂亮的東西，常令我哭泣，或許因為**他們**常哭，小寶寶嘛，此外還有我的肩傷。

妳願意把傑士・艾騰布羅的聯絡方法給我直接聯絡嗎？他絕不會知道是妳給的，我保證。

靜候佳音，露露上

姬蒂↓露露；密件副本：阿希萊・艾薇拉

雙胞胎!!! **我的天**！希望妳有萬能保母。至於我，目前養了八匹馬。我想妳可以稱牠們為我的孩子。不確定我有傑士・艾騰布羅的電郵，找找看，希望不大。

xxxooo，姬蒂上

阿希萊・艾薇拉↓姬蒂・傑克森

拜託妳給她聯絡方法。要是妳打算試試紀錄片，我們會需要她，尤其是她老媽的合作。

姬蒂↓阿希萊

不行。已經問過。他回絕。

阿希萊↓姬蒂

他絕對聯想不到的。他沒把妳看得那麼重。

姬蒂↓阿希萊

我在他心中可能比**妳**想像的重！

阿希萊↓姬蒂

!!!我錯過什麼？

姬蒂↓阿希萊

我**絕不**透露與名人的私情，妳該知道的。

阿希萊·艾薇拉↓露露·基薩倫

親愛的基薩倫小姐：

希望妳不會誤會我的客戶姬蒂·傑克森，她有密件副本給我。這是傑士·艾騰布羅的聯絡方法，但妳不是從我這兒拿到的！姬蒂如果知道我背著她搞會光火，拜託別告訴她！

祝安，阿希萊·艾薇拉上

露露↓阿希萊

親愛的阿希萊：

非常感謝！在此發誓我絕對不知道此訊息的來源。

感激，露露上

阿希萊↓露露

親愛的露露：

現在我們有了自己的聯絡管道，我也去研究了妳跟姬蒂共有的那段驚人歷史，有個不相干的問題：如果拍攝一部紀錄片，有關姬蒂與B將軍的關係、妳們的密訪，以及後來的地緣政治結果，妳跟令堂想法如何？

祝安，阿希萊上

露露↓阿希萊

親愛的阿希萊：

我懷疑家母願意，那是她人生**最低潮**的時候。我們多年沒談過此事。

露露上

阿希萊↓露露

明白。讓我知道妳跟艾騰布羅的進度，看我能幫點什麼。

祝安，阿希萊上

露露．皮爾↓傑士．艾騰布羅

親愛的艾騰布羅先生：

我急需跟您說上話，理由解釋後即明白。但必須面對面。我住在紐約，如有需要，我哪兒都可以去。拜託請告訴我可能。

靜候佳音，露露．皮爾上

艾瑞克．布萊特↓露露．皮爾

親愛的皮爾小姐：

不幸的，艾騰布羅先生無法直接回覆眾多想接觸他的人。我謹代表他的團隊祝福妳鴻圖大展。

艾瑞克．布萊特謹啟
傑士．艾騰布羅第三助理

轉：露露．基薩倫↓阿希萊．艾薇拉

親愛的阿希萊：

詳見附信。我想這代表「門都沒有」。如果妳有任何想法可以讓我接觸到艾騰布羅先生，勞請告知，感激，雖然我的理由純屬私人，無法跟妳分享。

靜候佳音，露露上

阿希萊↓露露

妳想要的理想結局是……？

露露→阿希萊

私下面對面談話。

阿希萊→露露

假裝是記者要採訪他如何？妳的音樂背景應該讓這身分看來可靠。

露露→阿希萊

想過，但是他不接受訪談。

阿希萊→露露

他下星期滿七十歲；對電影明星來說是困難的里程碑。我在想我們可否提個「特殊興趣」專題（譬如：酒，雪茄），容易引起迴響。我會做點功課。同時能否拜託妳問問令堂對B將軍紀錄片的興趣？

謹祝，阿希萊上

露露・基薩倫→杜麗・皮爾

嗨，媽。感謝妳的來訪及幫忙。歐馬跟法絲塔已經開始想念妳了。是這樣的，姬蒂・傑克森的經紀人突如其來跟我聯絡，問我們願不願意參與一部紀錄片，關於二〇〇八年我們跟姬蒂去X國的事。顯然是個爛構想，但是此人正在幫我一個忙（可能的工作機會），所以我想暫時假裝我們在考慮這個構想。我能把妳的聯絡方法給她，妳呼攏她一下嗎？

愛，露露上

轉：杜麗・皮爾→喬瑟夫・基薩倫

喬喬，詳見附信。知道這個「工作機會」是什麼嗎？

喬瑟夫・基薩倫→杜麗・皮爾

不知。但是自從妳來訪，露露好多了！如果妳對耍詐沒什麼不舒服，何不暫時合理化一下？☺

杜麗→喬

耍詐，我完全自在（別忘了我以前是公關）。星期六你們約會日我來做保母那天見！

愛，杜杜上

露露・基薩倫→阿希萊・艾薇拉

親愛的阿希萊：

我媽願意跟妳談談紀錄片的事。但是在我居中牽線之前，我必須清楚表明：我媽**絕對**不能知道我企圖跟艾騰布羅見面。我要妳100%保證絕對不會提到他的名字。

靜候回音，露露上

阿希萊→露露

保證。就此完成我們的保密協定，也提醒妳姬蒂完全不知道我操刀謀劃讓妳跟艾騰布羅見面，她知道的話，會對我們兩個大發飆。

祝安，阿希萊上

阿希萊→露露

另起一信：快艇!!傑士．艾騰布羅收集快艇而且喜歡沿南加州海岸極速行駛（過去十年被海岸巡警逮了三次）。對一個邁入七十、努力維持性感魅力、極力排斥老爺爺角色的電影明星來說，快艇主題的專訪可能有一絲機會。妳覺得呢？

阿希萊．艾薇拉→姬蒂．傑克森

親愛的積架巧克力[30]：露露與杜麗等人完全樂意參與紀錄片，記錄妳跟B將軍的關係，以及妳對人類的正面影響！

拜託考慮一下。溫柔提醒：我從中一絲利益也沒。唯一的關切是妳的未來，以及妳不想接祖母角色。

姬蒂↓阿希萊

妳滿口謊言的婊子，別假裝妳不想撈個製作角色。

阿希萊↓姬蒂

是啊，我會製作這個片子。

姬蒂↓阿希萊

面對現實：沒有電影。也沒有我想討論的「關係」。我只是中年B級女星，而妳不過是紐約大學電影系畢業的另一名廢咖。

阿希萊↓姬蒂

C級。回贈一聲，幹！

阿希萊↓姬蒂

婊子，我真的好氣妳。

姬蒂↓阿希萊

氣完後告訴我一聲。我自問幹嘛需要助理，還是個對馴馬一竅不通的。

姬蒂↓阿希萊

哈—囉—囉。還在氣噗噗？

姬蒂↓阿希萊

自問：如果我們不講話了，我幹嘛還在付妳薪水？

阿希萊↓姬蒂

因為沒人願意忍受妳這個爛胚。

姬蒂↓阿希萊

我也愛妳。

3

露露．基薩倫→朱爾斯．瓊斯

親愛的朱爾斯．瓊斯：

我仰慕你的作品已久，特別是《自殺巡演》（*Suicide Tour*），它是我讀過最棒的搖滾新聞書籍。我也是你們的家族朋友：你的妹妹史蒂芬妮．薩拉查跟我的母親杜麗．皮爾共事，好多年前，你教我玩「龍與地下城」，有時我會跟克里斯與柯林（願他安息）一起玩。大學時代起，我就是班尼．薩拉查公司裡的行銷負責人，協助製作了史考提．郝思曼的「足跡」演唱會，還有其他。

在此，冒昧請教：你有興趣採訪好萊塢偶像傑士．艾騰布羅的快艇喜好嗎？我非常清楚你討厭名人文化，但是艾騰布羅是徹頭徹尾的「導電樂團」粉，知道所有歌詞，無疑也讀過《自殺巡演》。意下如何，請告知。

靜候佳音，露露．皮爾．基薩倫上

朱爾斯．瓊斯→露露．基薩倫

親愛的露露：

我記得妳。酒渦，對吧？妳的遊戲角色不是間諜嗎？

幾個問題：

哪家出版品要採訪傑士．艾騰布羅？

妳代表誰？

朱．瓊謹啟

露露↓朱爾斯

親愛的朱爾斯：

我省略了那些資訊，我怕答案會讓你不喜。誠實回答：還沒找到發表的刊物。我的目標是你答應參與後，我就向艾騰布羅推銷。換言之，你的名字與名氣對此事成功與否至為重要。

希望阿諛與好奇會壓過你的挫折與不耐。

靜候佳音，露露上

朱爾斯↓露露

妳還是沒回答我第二個問題：妳在此事的角色為何？搞錢？（難以想像）

我就直說了，匆匆搜尋後，原來妳的先生是國土安全部的喬瑟夫．基薩倫。如果這個「報導構想」是誘餌企圖陰謀窺探我的生活，請明說。我有精神健康問題，容易陷入偏執，無法處理這個領域的不確定因素。如果政府幹員想要質詢我，請來吧，隨時。

朱．瓊謹啟

露露↓朱爾斯

親愛的朱爾斯：

抱歉驚到你了！這跟國土安全部或者喬毫無關係，他在我生雙胞胎（現在八個月大）時請了九個月的假，剛剛返回崗位。這個採訪計畫只是我的「兼差」（尤其現在已經半夜三點！）[31]喬一點也不知情。他要忙的事可多了。

我想見艾騰布羅有我私人理由，對他卻無關緊要，所以我才採取這種迂迴手段。

靜候佳音，露露上

轉：朱爾斯．瓊斯↓約翰．賀爾

請見附信。如果傑士．艾騰布羅願意，我有什麼好處嗎？我得專心應付書籍截稿，這個不能干擾到我。

朱．瓊上

約翰·賀爾↓朱爾斯·瓊斯

當然有好處；提醒大眾你什麼都能做，包括跟名流一起搭快艇（儘管你曾因痛恨與攻擊名流坐牢）。就我看來，奢華高端雜誌是最佳曝光。願意幫你兜售此文。

朱爾斯↓約翰·賀爾

有被評為偽善的危機嗎？

約翰·賀爾↓朱爾斯

你想偽善已經太老了。不妨採取一種自覺式的戲謔高姿態。

朱爾斯↓約翰·賀爾

你說作家永遠不老。

約翰·賀爾↓朱爾斯

七十歲以前都不老。七十之後，任誰都老。

朱爾斯・瓊斯↓露露・基薩倫

親愛的露露：

我的經紀人說一旦艾騰布羅首肯，他會向奢侈高端雜誌兜售此文。我猜想妳有接觸他的管道？

朱・瓊

露露↓朱爾斯

親愛的朱爾斯：

我有傑士跟他的第三號（！）助理的聯絡方法，但是我的洽詢無用，試過了。

另一個深夜構想：你認為「導電樂團」的波斯可有可能加入此計畫嗎？我毫無概念他現在如何（還活著，對吧？），基於傑士是「導電」狂粉，波斯可的加入可能說服他。這個深夜四點的狂想來自一個效命政府情報機關、差點死於非命，而腦袋還留有象鼻蟲裝置的女人嗎？趁我還沒刪除前，按下「傳送鍵」。

朱爾斯↓露露

親愛的露露：

下次，**刪掉**。我無法忍受人們提及象鼻蟲。我好幾次找地下「清潔師」幫我掃描侵入性裝置。即便是玩笑，也會引起我的焦慮，無法細讀妳的想法，而且幽靈再現：那就是政府企圖侵入我腦袋，而妳是陰謀的一部分。

至於波斯可：怪點子。需要想一下。是的，他還活著。

朱．瓊上

露露↓朱爾斯

親愛的朱爾斯：

有何方法可以向你保證我並無惡意，也答應你以後不再開此類玩笑？

靜候回音，露露上

另，你方便賜下你提到的「乾洗服務」聯絡方法嗎？我有件洋裝嚴重玷汙，急著恢復原狀。

朱爾斯↓露露

我覺得我們應該碰面（假設妳不會把妳的意識上傳）。妳住在紐約對吧？很樂意下週前去看望妳。

朱．瓊

阿希萊・艾薇拉↓杜麗・皮爾

親愛的杜麗・皮爾：

令嫒露露・基薩倫告知您願意參與紀錄片，我喜出望外，不敢置信。這部紀錄片關於姬蒂・傑克森與B將軍的關係及其歷史性影響。我在想我們能召集多少二〇〇八年參與的人？想像中有您，姬蒂、露露、捕捉到姬蒂與B將軍鏡頭的攝影師，以及能談談B將軍後來轉採民主制度的政治、軍事專家等。

我們缺少的是B將軍圈中人來描述那個陣營的觀點。或許您可撈撈看舊政權的聯絡簿，看看誰還活著，我們有辦法可接觸的？

祝安，阿希萊・艾薇拉上

露露・基薩倫↓艾米斯・賀蘭德

親愛的艾米斯・賀蘭德：

記者朱爾斯・瓊斯給我你的電郵。我聽說你有個乾洗服務，專長去除深埋的汙漬。我有個朋友亟需此種服務。該如何讓他聯絡你？

靜候回音，露露・基薩倫上

艾米斯・賀蘭德↓露露・基薩倫

親愛的露露：

請妳的朋友透過蒙德里安聯絡我，這是一個比較安全的網絡，協助他不必繞路，並確保我們的聯繫不為人知。

艾米斯・賀蘭德上

露露↓蒙德里安煩轉艾米斯

嗨，艾米斯，我是露露。如果我的朋友被人從體內監視，該如何形容他的乾洗需求？

艾米斯↓蒙德里安煩轉露露

露露，建議妳的朋友**閉上眼睛**打出他的乾洗需求，按「傳送」**後**才睜開眼睛。

艾米斯・賀蘭德上

露露↓蒙德里安煩轉艾米斯

ＯＫ簡短描述我在擔任「公民間諜」六個月內的錯誤包括數據量湧、槍傷、熱點營救感覺仍被監視能感覺有人透過我的眼睛監視別人非常痛苦願意付出一切包括性命但是會給旁人帶來極大傷害我有一對八個月大雙胞胎因此需要乾洗拜託我的先生喬瑟夫・基薩倫在國土安全部上班或許他們是想透過我監視他。

艾米斯→蒙德里安煩轉露露

親愛的露露：

我絕對可以幫忙妳的朋友去除這些汙漬，但是我住在紐約上州，每個月只去紐約市幾天。我的乾洗店很難找，朱爾斯去過，我會跟他直接約時間。請妳的朋友此後直接跟朱爾斯聯絡。

謝謝轉介。

艾米斯．賀蘭德上

朱爾斯．瓊斯→波斯可．班恩斯

親愛的波斯（凱），好久不見。遲來的致謝，謝謝你的冰淇淋讓我每年都期待聖誕節（雖然我不願承認）。不確定你的巧克力脆片怎麼能夠入口即化而不是硬得像蠟。噢。神奇。奧祕。

你的健康如何？應該不錯吧？你對一條剛左[32]新聞有興趣嗎？要不要玩玩？關於旅行、快艇，以及顯然知道你所有歌詞的電影偶像。

朱爾斯謹啟

波斯可↓朱爾斯

健康極棒。裝了新骨盆新膝蓋，活蹦亂跳。過去十年減了八十磅，嫉妒死你。這個「玩玩」有人付費吧？老傢伙，能再度見到你一定很好玩，即便是在快艇上。

朱爾斯↓波斯可

馬上開始絕食減肥。下載了腹肌運動軟體。這個「玩玩」還在狂想階段，但是所有好事都始於此，不是嗎？

愛你，老傢伙朱．瓊

4

艾瑞克．布萊特↓傑士．艾騰布羅

親愛的艾騰布羅先生：

我們收到一個非常有趣的採訪要求，讓我無法如往常般直接拒絕。包含的強力元素：「導電樂團」的波斯可；朱爾斯．瓊斯（《自殺巡演》作者）、快艇。有興趣嗎？

艾瑞克．布萊特謹啟
三號助理

傑士·艾騰布羅↓艾瑞克·布萊特

聽起來像騙局。查證過沒？

艾瑞克↓傑士

親愛的艾騰布羅先生：

抱歉，興奮過頭了，馬上查。

艾瑞克·布萊特謹啟

三號助理

傑士·艾騰布羅↓卡麥·杜桑提斯

新三號助理是災難，再找一個。

卡麥·杜桑提斯↓傑士·艾騰布羅

馬上找，但是背景調查需要時間，你讀了劇本了嗎？

傑士↓卡麥

提醒我是什麼？

卡麥↓傑士

老爺爺；聖誕老人；海底洞穴術士

傑士↓卡麥

不要，不要，不要。我要性感一點的角色。怎樣才能跟年輕演員配對？

卡麥↓傑士

老爺爺；聖誕老人；海底洞穴術士

傑士↓卡麥

拉皮？

卡麥↓傑士

太明顯。皺紋比較好。

艾瑞克·布萊特↓傑士·艾騰布羅

親愛的艾騰布羅先生：

查證完畢。上述人物皆為真實。我跟作家朱爾斯·瓊斯通過電話，寫完波斯可·班恩斯（導電樂團）的《自殺巡演》後，他們關係還是很親近。可能宣傳助益甚大。

艾瑞克·布萊特謹啟

三號助理

傑士↓艾瑞克

轉給卡麥，他會處理。一號與二號助理太忙。

轉：艾瑞克·布萊特↓卡麥·杜桑提斯

親愛的杜桑提斯先生：

請見下面所附我與艾騰布羅先生的書信，關於一個可能的採訪，地點在他的一艘或者更多快艇。我跟作者通過電話，全部查核。我覺得這是個絕好機會可以打磨艾騰布羅先生銀幕老硬漢的形象。

艾瑞克·布萊特謹啟

三號助理

卡麥→艾瑞克

老硬漢。我喜歡。最近你沒見過七十歲的艾騰布羅穿寬版泳褲是吧？

艾瑞克→卡麥

有的，我去面談那天他剛游完泳。以老人來說很棒：晒得均勻、肌肉結實、灰色胸毛茂盛、細長腹肌。

卡麥→艾瑞克

胸毛可以染色嗎？

艾瑞克→卡麥

是的。我的女友是化妝師，她都用牙刷。

卡麥→艾瑞克

跟作者說ＯＫ。一個問題：傑士要我取代你。如果你能盯緊後續流程，我會假裝是我做的。

艾瑞克↓卡麥

恕我冒昧，杜桑提斯先生，我幹嘛要屈居幕後？

卡麥↓艾瑞克

好吧。你的夢想。五個字以內。

艾瑞克↓卡麥

劇作家／導演。

卡麥↓艾瑞克

在此宣誓我會讀你的下一個劇本，如果我喜歡，我會代理它。

艾瑞克↓卡麥

謝謝您，杜桑提斯先生！能否附上證人簽名？

卡麥↓艾瑞克

你學得很快嘛。

朱爾斯・瓊斯↓蒙德里安煩轉艾米斯・賀蘭德

親愛的艾米斯：

感激你的信任，但是我必須從這件事脫身。這是我今年來首度對象鼻蟲裝置感到焦慮，而且手上事情太多，沒法應付精神崩潰。

朱・瓊謹啟

艾米斯↓蒙德里安煩轉朱爾斯

親愛的朱爾斯：

對象鼻蟲的恐懼與真實被植入象鼻蟲比例為五千比一，所以它們才被列為**恐怖主義武器**，而非**監視工具**。儘管如此，我們這位共同朋友真的有些許機會被象鼻蟲入侵，我把她移到我前往紐約市要處理的名單第一位。我跟國土安全部有過交手，認識她的先生（好人一個），但是政府嚴格禁止外部的清潔員，因此他絕不可以涉入，甚至不該知情。只剩下你啦，朱爾斯。如有需要，我可以幫你做個「調節」掃描。

艾米斯・賀蘭德上

朱爾斯→蒙德里安煩轉艾米斯

幹！要出去慢跑。太焦慮無法持續這個話題，而且減肥中。

卡麥．杜桑提斯→傑士．艾騰布羅

傑士，我極力推薦你接受這個快艇專題，有朱爾斯．瓊斯（《**自殺巡演**》）跟波斯可（**導電樂團**），我已經作主幫你「答應」了。

傑士→卡麥

我們合作了多久？

卡麥→傑士

我的整個職業生涯：二十三年。

傑士→卡麥

如果打從第一天起，我只有一個座右銘，那是什麼？

卡麥↓傑士

我知道。我知道。謝絕「重逢」。我還以為那只包括憤怒前妻跟膿包子女。

傑士↓卡麥

那代表所有人。

卡麥↓傑士

可是你跟波斯可與朱爾斯素未謀面，那是**他們**的重逢，不是你的。再說，幹嘛炒掉三號助理，他的構想查驗無誤。

傑士↓卡麥

不喜歡三心二意。換掉。

艾瑞克．布萊特↓朱爾斯．瓊斯

親愛的瓊斯先生：

很高興轉達艾騰布羅表示當他下個月從貝里斯返國，樂意在快艇上接受你跟波斯可的採訪。由於他的住處保全很嚴密，你可以預告多少人會來嗎？隨行人員必須盡量少，還需要簽下切結書，那天的記憶必須完全刪除，不得上傳「集體意識」。

艾瑞克·布萊特敬上
三號助理

朱爾斯↓艾瑞克

親愛的艾瑞克：

棒極了。我們不大張旗鼓，採訪隊伍只有我、波斯可、攝影師／錄影師，還有我的朋友露露，資深音樂製作人，啥都能幹。

朱·瓊謹啟

艾瑞克↓朱爾斯

艾騰布羅先生肆意開除我，但是杜桑提斯先生私底下聘用我監督此計畫。希望渺茫的要求：你的朋友露露願意假裝是艾騰布羅先生新聘的第三號助理，直到拍攝結束嗎？好免除杜桑提斯先生居中穿梭之苦？杜桑提斯先生會提供完美的背景調查給艾騰布羅先生，諸此。

艾瑞克·布萊特敬上
三號助理

5

露露·基薩倫↓傑士·艾騰布羅

親愛的艾騰布羅先生：

　這是露露·基薩倫，您的新任第三號助理。非常期待您交付我的任何工作——當然，更期待您從貝里斯回來後見面。非常感謝您給我共事的榮幸。

露露·基薩倫敬上

傑士↓露露

妳目前是試用。我相信妳徹底熟悉我的作品。

露露↓傑士

看過您所有的電影。

傑士↓露露

附件是三個劇本，做為妳的「識字認物」測驗[33]。請直接跟我報告，不要透過一號與二號助理，我才能親自評估妳的成績。

杜麗．皮爾↓亞克

親愛的亞克：

不知道這封能否到達你的手裡——我們最後接觸似乎是十年前的事了！我一切安好，越來越多人搬到紐約上州，又似乎都很愛起司[34]。我有事請教，但是這麼久沒聯絡，即便是我，此舉也嫌交易意味濃厚。回想我們對B將軍做的瘋狂事兒以及後續的影響，充滿了有趣甜蜜回憶，因而好奇你現在的生活。如果奇蹟發生，你收到此信，請捎來消息。

你親愛的杜麗．皮爾上

亞克↓杜麗．皮爾

哇，杜麗，收到訊息，快樂非凡。回憶啊。

老天庇佑，我與家人都好。兩個女兒均已婚，我已經做了三次外公。敝國近來的政治變遷雖值得慶賀，於我卻無多大裨益。我與將軍的惡行掛勾過深，被禁止出國，這也是我疏於聯絡的原因。雖然我想念擔任公職，但是我的工廠生意不錯，當然，敝國的長期和平與經濟穩定對眾人皆有益。

露露還好嗎？還有……妳的問題是？

遙寄美好思念，亞克上

杜麗↓亞克

親愛的亞克：

再度接獲音訊太棒了！露露很好，我也做了外婆，漂亮的八個月大雙胞胎歐馬與法絲塔。

我想你已經多少回答了我的問題，是這樣的：有人想拍關於姬蒂·傑克森與B將軍「關係」的紀錄片。勾勒她為X國重返民主的英雄，目的在重振姬蒂的事業（她已經五十一歲，你不用算了），但是你我將成惡人，我們當年以虛假戀情修復將軍形象的密謀也會曝光，而外界也會得知B將軍的民主「覺醒」純屬意外。你自然可以想像這是我極端畏懼的事。而且得勞動你到美國來。你的肺腑反應呢？

你親愛的杜麗上

亞克↓杜麗

親愛的杜麗：

「肺腑反應」真是美式用語啊：詭異，卻合適。我的肺腑反應包括思及府上湖畔漆黑深沉的安靜，周遭冷杉圍繞。濃烈松香既甜又鹹，前所未「聞」，之後也沒有。

前提是我能立即返回美國，如若不是受限，我早回去了。悲哀。做不到。製作單位能獲准前來X國（我高度懷疑）嗎？如果可以，我將樂意參與。

儘管對妳敬重萬分，杜麗，我還是得溫和糾正妳對我們共同意圖的錯誤回憶。二〇〇八年，我們撮合姬蒂．傑克森與B將軍，難道不是以表面的戀情為木馬計畫，其實是迫使將軍結束他的崩毀？那是我的計畫，當然也是妳的，如我記憶無誤，妳曾如此表明。妳如深探回憶隱密之處（或許妳也跟許多人一樣，上傳了？），我很確定妳將重拾這些值得稱頌的細節。

外界如能廣泛認知敝國之所以踏上民主，實肇因我倆不循傳統卻十分成功的籌謀，將有助改善我在現行政權的地位，我將十分珍惜這個機會，為自己「留下正式紀錄」。

遙寄美好思念，亞克上

杜麗．皮爾↓阿希萊．艾薇拉

親愛的阿希萊：

我已經連絡上二〇〇八年時我跟B將軍政權的聯絡人。理論上，他很願意參與，不幸，他不為當局所喜，無法出國。他會試著申請簽證，將很慢，請靜候回音。

祝好，杜麗上

阿希萊↓杜麗

親愛的杜麗：

太棒了！妳居然找到這個人而他也願意!!!別喪志：我有一好友自小從X國移民，有家人任職現任政府！會拜託她詢問入境X國拍攝許可，能在事件原發地點與氛圍拍攝，比原計畫好上一千倍。不確定我是否提過我是受過訓練的紀錄片製作（擁有紐約大學的藝術碩士）？我很熟悉申請許可事宜，也有足夠的贊助者支持海外拍片。

高度期待，阿希萊上

轉：杜麗．皮爾↓喬瑟夫．基薩倫

喬喬，**救命**！詳見附信：我犯了大錯承認亞克還活著，而且願意參與紀錄片。我萬分恐懼踏錯腳步，阻礙了露露，但是在他們採取下一步行動前，這個「紀錄片」必須叫停！拜託給我建議！

愛，杜杜上

喬↓杜麗

杜杜，別焦慮！記住我的座右銘：「只要還活著，就能修正。」

這個週末，妳就可以親眼看到露露的巨大進步！她現在睡得好，我甚至還聽到她笑，真正的笑，這可是她任務結束後第一次。依稀看到舊露露：意志昂揚、聰明，還隱約有惡搞的跡象。我們的舊露露，她鐵定在密謀什麼事，而這讓她快樂。

愛，喬喬上

6

波斯可·班恩斯↓班尼·薩拉查

嗨老友：

朱爾斯把我捲入某個報導，跟傑士·艾騰布羅有關（據說是「導電」的大粉絲，誰知道？）構想是下個月我跟傑士會在洛杉磯搭他的超音速快艇，朱爾斯將寫這個故事，過程會拍下來，然後串流，哏圖迷因，然後一大堆老傢伙會宣揚我們幾百年前多麼偉大之類，然後我們再度出名。不知道我們能搭便車做個小型的「導電樂團」重發嗎？舊歌重唱之類的？只是問問看。

愛你寶貝，波斯凱上

班尼↓波斯可

波斯「凱」寶貝！真高興收到來信。再次謝謝你送的冰淇淋，雖然大部分被我們家那個青少女跟她的幾個貪吃朋友吞下肚。我會看看「導電樂團」的銷售數字，想一下。旋律朗朗上口的作品改用原音樂器演出會是王牌。嗓子如何？

B上

波斯可↓班尼

老實說不知道，可能掉了幾級，到時看看。

不沾毒品，這倒是大事！

波斯凱上

班尼↓波斯可

剛剛查了，「導電樂團」的經典作品銷售出奇強。時間點也正好：你們原本的歌迷多數還活著，聽說「集體意識」裡關於「導電樂團」的回憶多過太陽系。舊材料重錄可以吸引新歌迷。過兩天我們一起開會，蜜蘿拉跟我可以聽聽聲音怎樣。

波斯可↓班尼

需要多點時間暖身。

班尼↓波斯可

ＯＫ。醜話說在前，重新錄音需要狀況**很棒**。略差點就會變成喜劇，還是糟糕的那種。

波斯可↓班尼

你有密件副本給蜜蘿拉嗎？

班尼↓波斯可

哈哈好笑。蜜蘿拉是非常成功的事業夥伴，我跟她的創意合作成果豐碩，而且她是我摯愛導師盧．克林的小女兒。

波斯可↓班尼

那為什麼她偷走你的公司，讓你搬到洛杉磯任她指使？

露露．基薩倫↓傑士．艾騰布羅

親愛的艾騰布羅先生：

隨信附上我的三份劇本測試報告，拷貝附上我的評分，由低至高：

1 **壞脾氣的爺爺**，喜劇

你扮演一個壞脾氣的爺爺，與五個孫子共度一個惡作劇頻頻的週末，被他們軟化了，他們協助你破獲了一個陳年謀殺案。這種電影我們看過千百部了。由於您從未演過老爺爺角色，為了這麼一個陳腔濫調的計畫投入這樣的角色類別，我會考慮再三。

2 **聖誕激情**，喜劇

您演一個酗酒的聖誕老人，在梅西百貨上班，認出一位帶著孫子來坐到您腿上的婦人是您的高中舊愛，現在，恰好成了寡婦。裡面有幾幕寫得不錯，聖誕老人循線找到這位真愛，當然，為了她，您會戒酒，但是多數時間，您在這電影只是耍寶。

3 **魚「惡」人**，奇幻

爛名字，但是海底洞穴術士有發展可能性。您將扮演一個大威力的術士，並且跟美人魚皇后有段戀情，如果找到正確的女演員，可能會很迷人。攝影如果好，海底世界景觀可能很美，有如幻境。值得考慮。

露露．基薩倫敬上
第三助理

傑士↓露露

測驗通過。我會瞧瞧洞穴術士劇本。同時，我回來要做的那個訪問請讓我隨時知道進度。跟我收集的快艇有關。

露露↓傑士

我相信您應該有四十艘以上的快艇。

傑士↓露露

功課做得很好。我很少提到我的快艇收集。

露露↓傑士

老實說，從來不覺得是功課。

轉：傑士．艾騰布羅↓卡麥．杜桑提斯

詳見附信。擔心新三號助理是個瘋子。她顯得過於熱心。誰做的背景調查？

轉：轉傳：卡麥．杜桑提斯↓艾瑞克．布萊特

詳見附信。

轉：轉：轉：艾瑞克．布萊特↓朱爾斯．瓊斯

親愛的朱爾斯：

詳見附信。可以勞請你的朋友不要那麼積極嗎？（雖然他也未必會滿意。）

多謝，艾瑞克上

班尼・薩拉查↓艾列克斯・艾波邦

嗨艾列克斯：

好久不見，寶貝！告訴你啊，波斯可幾週後會到洛杉磯演出，我可能跟他錄些原音樂器演出的「導電樂團」經典曲。我不知道他的聲音怎樣——或者老實講，長成什麼樣了！你有可能撥冗前往跟他一起弄點東西嗎？他有點謹慎不想讓我聽，我猜可能他的聲音爛透了。必須先知道，才能思考其他樂手之類的。

祝安，班尼上

艾列克斯↓班尼

親愛的班尼：

真開心接獲來信！

波斯可……老天，他還活著啊？感覺《自殺巡演》好像變成長壽秀囉！願意加入，時間點正好……學期剛剛結束。

稍後再敘，艾列克斯上

艾列克斯·艾波邦↓波斯可·班恩斯

親愛的波斯可（恕我直呼其名）：

我在皇后學院教授「聲音分析」，也是班尼的長期合作夥伴，始於十四年前替史考提·郝思曼籌辦「足跡演唱會」。班尼提到你要錄些「導電樂團」經典曲，採原音樂器，請考慮讓我加入。我鋼琴與吉他彈得還可以，很樂意跟你合作，提供可能的協助。

你的粉絲，艾列克斯上

波斯可↓艾列克斯

時間點正好。盼望你的協助。必須承認聲音有點不穩定。

朱爾斯·瓊斯↓蒙德里安煩轉艾米斯·賀蘭德

我必須放棄下星期帶我的朋友去你的診所。為什麼??她有對八個月雙胞胎，不信任保母，我又畏懼嬰兒，他們難以掌握，也不喜歡我。

朱·瓊

艾米斯↓蒙德里安煩轉朱爾斯

有你無條件信任的人能跟來幫忙帶孩子嗎？最好是自己也有小孩的人。

朱爾斯↓蒙德里安煩轉艾米斯

兩個選擇：我的朋友諾琳，有點不穩定，但孫子成群，超級投入。另一個是我妹妹史蒂芬妮，超級穩定，但只有一個孫子，住得遠。

艾米斯↓蒙德里安煩轉朱爾斯

就史蒂芬妮吧。

艾列克斯↓班尼．薩拉查

親愛的班尼：

趁波斯可尚未改變心意前，我這個週末抽空去找了他。他住在一個小小的乳牛場（漂亮的黃色乳牛，彎曲長角）。我沒認出他——好瘦，沒騙你，體態超棒！介紹他放在舊農倉的健身設備。這是二〇〇〇年以來他最像早年波斯可的時候（雖然有皺紋也有白髮）。詭異的地方是他的聲音居然比以前高。還有一種摩擦感（我猜是鼻息肉），讓他的類假聲多了一點深沉。

結論：體態好，行動俐落，聲音略高，但是可以調整。錄音連結在下面。

艾列克斯

班尼→艾列克斯

類假聲？什麼鬼。馬上聽。

7

史蒂芬妮．薩拉查→班尼．薩拉查

班：

剛剛度過奇怪的一天，想到唯一能理解的人是你：一個我已經離婚三十年的人，這說明我的生活什麼呢？不去煩惱，等不及想說。

朱爾斯傳訊問我願不願意到下曼哈頓跟他碰面，幫他處理一個「計畫」。簡訊上說事態緊急，他沒事，忙著寫新書，健康良好（瘦了十五磅！）所以我同意了，沒多問。

兩天後的早上，他跟我在翠貝佳一棟公寓大樓外碰面，滿頭冷汗：臉色灰敗，衣領濕透。我說，朱爾斯，要去醫院嗎？他說不用，一切都好，他只是焦慮。說接下來數小時會看起來很怪，但是沒事。哦，我的工作是照顧一對八個月大的雙胞胎！

我們進樓搭電梯上樓，朱爾斯打開公寓門，裡面有一對漂亮男娃女娃綁在雙人嬰兒車裡，要開始哭了。附近有些玩具，所以我蹲下來玩波浪鼓，他們便安靜下來。同時，朱爾斯走進另一間房，然後一女子牽著他的手（小娃兒看不見）出來，那女人的黑色帽兒蓋住整張臉，一隻手掛在懸帶裡！看起來很平靜，甚至跟我揮揮手，因為如此，我才沒打９１１。

朱爾斯揮手要我推著嬰兒車領路。他叫了一輛有雙嬰兒座的出租車。在我繫好小娃兒的安全帶以前，那女人都不見蹤影，然後溜進前座，戴寬邊帽與太陽眼鏡，帽兒看起來像面罩。沒人說話。雙胞胎開始有點鬧，我玩弄波浪鼓讓他們分心。

我們停在靠近賓州車站的一間破爛酒吧外，我能聽見朱爾斯咻咻喘氣，好像心臟病發。我把雙胞胎放上嬰兒車繫好安全帶，朱爾斯揮手要我領頭進入那間爛酒吧。我心想這不可能吧，但是酒保看到我，下巴一抬示意我往裡面走。我推著嬰兒車來到一扇積了塵垢的硬殼門前，以為會進入足以列入「生物危害」的廁所，我都聞到臭味了，但是鼓起勇氣推開門。

然後我們好像進入克里斯的舊遊戲機的那種傳送門：居然置身一間診所，一位膚色古銅貌似軍人的傢伙戴著開刀口罩友善安靜迎接我們。我們隨他進入一間房間，除了地板中央的發光紫環，一片漆黑。我試圖解謎：這是遊戲？表演？測驗？但是朱爾斯嚴肅得要命，沒人說話，所以我也維持靜默，順著做。

朱爾斯跟我坐在靠牆的長條椅，嬰兒車在旁。雙胞胎著迷於紫色光環。那個軍人男子帶帽兜女子進入光環中，拿下她的太陽眼鏡與帽子，留下帽兒。然後他消失了，我聽到嗡嗡聲，一個機器手臂緩緩舉起地面的紫環，從女人的腳到小腿到大腿到臀部到軀幹，最後頭部。那個紫色光環有種迷醉效果，雙胞胎一下子就睡著了，朱爾斯也軟靠我身上，我似乎也著迷了，光瞪著紫光看。

當光環掃遍那女子全身，光滅了，軍人男子再度現身，領著她坐到椅上。然後他坐到螢幕前研究許久。房內的唯一光線是映在男子臉上的藍綠光，我只能瞧見他面罩上方的眼睛。

最後光線緩緩明亮，男子起身。環顧周遭，看到我還醒著。當我們四目相視，他說：「妳不會暈車。」我這才發現這是我從早上看到朱爾斯以來首度有人跟我說話。

我說：「從不會。」

他走向椅上的女人掀開她的帽兜。她也在睡。男子蹲到她身旁貼近她的臉說：「露露，妳身上沒東西，很乾淨。」

露露坐直身體，那時我才認出她：那是露露，**我們的露露**。杜麗的女兒。**露露啊！**

然後好像迷咒打破：雙胞胎開始哭，露露傾身親吻他們，也開始哭。她看起來疲憊不堪，一隻手軟垂身旁，好像無法自由使用。朱爾斯介紹軍人男子為A先生，「清潔師」，就是幫人掃描象鼻蟲的。他答應幫露露掃描（顯然不是他的第一次），結果當然沒事。

輪到朱爾斯站到紫環中，露露、我跟雙胞胎到另一個房間等候。我詢問她的手傷，她支吾以對。她沒法停止哭泣，好奇怪，印象中的露露很能幹又強韌。可憐的東西，鐵定經過什麼恐怖的事，但是我不想打聽。不知道克里斯知道嗎？

Ｏｋ，這就是我的一天。你呢？

史

班尼↓史蒂芬妮

史蒂，妳確定那不是夢？

史蒂芬妮↓班尼

你第一次騙我上床時，我設下的第一條規矩是什麼？**而且**寫在婚約誓言裡。

班尼↓史蒂芬妮

我知道：不能逼對方聽自己的夢境。

但是……露露跟朱爾斯？他們何時重新連絡上的？

史蒂芬妮↓班尼

顯然他們有某種訪談合作，裡面有波斯可，在洛杉磯……!?

班尼↓史蒂芬妮

有趣。我從波斯可處得知這個計畫。不知道露露有摻一腳。巧合，還是年過七十，所有道路自然會匯聚一起？

妹，我能說什麼呢？沒有妳，日子沒法過。

愛妳的哥，朱爾斯

朱爾斯・瓊斯→史蒂芬妮・薩拉查

史蒂芬妮→朱爾斯

隨時歡迎。你知道的。

朱爾斯→史蒂芬妮

妳該接受艾米斯提議做個掃描的。這種機會**很**難得。

史蒂芬妮→朱爾斯

除非有人想要滲透威斯特徹斯特老太太網球圈，我想我很安全。

朱爾斯→史蒂芬妮

難道妳從不覺得有人透過妳的眼睛看、透過妳的耳朵聽、透過妳的嘴說話？

史蒂芬妮↓朱爾斯

沒有。不過有想過買個螢光燈環，提供「掃描」服務是門好生意。這位「艾米斯」可曾真的掃描出象鼻蟲？

朱爾斯↓史蒂芬妮

他腦袋裡就有一個！

史蒂芬妮↓朱爾斯

蛤蛤蛤？

朱爾斯↓史蒂芬妮

我看過。有點像狹長尖銳的球潮蟲，還有合成的彈性鱗片。

史蒂芬妮↓朱爾斯

真盼著我沒聽過這回事。

朱爾斯↓史蒂芬妮

他以前在特種部隊，後來成為特約工，處理軍隊不想碰的事。最最重要的：如果妳哪天覺得大規模滅絕有助控制人口，妳可能得去掃描一下。

史蒂芬妮↓朱爾斯

哦，噢。我常有這念頭呢。

8

阿希萊·艾薇拉↓杜麗·皮爾

親愛的杜麗：

大好消息。我那位來自X國的朋友幫我聯繫上當局核心圈一位搞媒體關係的人。他們願意讓我們到那兒拍攝紀錄片。正式批准了!!!!資金已經到位——事實是超過預算所需。現在我們來討論時間表。

哇，對吧?!

阿希

轉：杜麗．皮爾↓喬瑟夫．基薩倫

喬喬，詳見附信。我瘋了。如果我抽腿，阿希萊會氣死，而且我絕對不想搞壞露露的機會，不管那是什麼。我有什麼選擇？拖延只會更糟。救命!!

愛，杜杜

喬↓杜麗

昨晚，露露在窗臺用小花盆種了番茄，這是三年來第一次。她拿給我看時，我激動到掉淚。我們千萬不能擾亂她剛萌芽的快樂。

杜麗↓喬

OK。所以該如何不觸怒也不驚擾任何人結束此事？我能說國土安全部不准嗎……？

喬↓杜麗

這不是事實。我們歡迎跟X國的新政權有更進一步的關係。

杜麗↓喬

等等——什麼???你是在建議我跟露露真的**去X國**拍紀錄片？

喬↓杜麗
妳們不在期間，我可以再請個短假照顧雙胞胎，很簡單的。

杜麗↓喬
喬喬，**絕無可能**。我在此事的角色卑劣可恨，更別提得重新經驗潑油災難事件。

喬↓杜麗
難道不是妳率先告訴我美國人超愛「贖罪」故事，正因他們有無法復原的原罪汙染？

杜麗↓喬
這不是救贖故事！這故事講的是我為何落入人生低谷，因而接受美化種族滅絕獨裁者暴行的工作。

喬↓杜麗
難道不是妳告訴我一個好公關有本事把暴力政變美化成人道救援任務？

杜麗↓喬

但我已經不是公關——是個賣美食的。好名聲就是一切。

喬↓杜麗

難道不是妳告訴我名流就是中性擴大器——正面、負面，都沒差？

杜麗↓喬

天啊，喬喬，真訝異你記得我這麼多發言。必須承認受寵若驚。

喬↓杜麗

我知道總有一天能夠複述妳的話語會很重要。

9

阿希萊・艾薇拉↓姬蒂・傑克森

大好消息，積架巧克力：

紀錄片已經拼圖完畢，最重要的，X國的通力合作，以及——容我吹噓——**熱情參與**？妳在當地政府圈子有許多粉絲。他們不僅愛妳的電影，更認為B將軍的「皈依」民主（有的稱為「去勢」，有的稱為「啟蒙」，端視翻譯），妳扮演了重要角色。當然他們也希望妳能透露一些B將軍的「親密」新資訊，現在妳的法律鐐銬已經去除——顯然妳透露的東西越震撼越好，我**不是**鼓勵妳誇大或說謊（消滅這個想法），但是B將軍已經過世，無人能反駁妳的說法，而且我也確保了「曼荼羅記憶立方體」不在其中……。

最後他們想知道妳是否有興趣騎騎他們海邊罕見的野駒。短片在下；瞧瞧那自然卷曲的馬鬃！

請告訴我可以開始進行。

xxxOOOO阿希

姬蒂↓阿希萊

讓我釐清狀況：他們要求我透露有關B將軍的淫穢細節，我的娼妓身分因此曝光，以換取騎乘馬鬃卷曲的野駒。然後幕後操縱一切的**不是**致力摧毀我的敵人，而是我最信任的助手、長年密友暨宣傳，還是我**付錢**來保護我的聲譽與利益的人。

有漏掉什麼嗎？

阿希萊↓姬蒂

是的，妳這個被慣壞的婊子，妳漏掉幾點對**妳**（其他人都不重要）有助的事：

1　巨大的曝光，揭示妳為了民主願意付出**一切**——妳是走在時代之前的「公民間諜」，也是魅力強大的女人，能夠改變／啟蒙／去勢一個屠夫暴君，進而改變一個動盪的政權，拯救了數百萬人命。

2　妳的文化地位會呈指數成長，讓妳躋身眾人朗朗上口的名人行列，原本妳一點機會也沒有的，因為(a)妳太老了(b)打從開始，妳就不是那麼會演戲。

這是我為妳創造的機會。不要，隨便妳，但是要明白妳確切放棄了什麼，妳個臭婆娘。

姬蒂↓阿希萊

妳讓我哭了。我恨妳。

阿希萊↓姬蒂

好，還是不好？

姬蒂↓阿希萊

好，只要能讓我離妳越遠越好。

阿希萊↓姬蒂

保證。

露露．基薩倫↓傑士．艾騰布羅

親愛的艾騰布羅先生：

能否讓我知道快艇坐幾人最舒服？我好敲定「導電樂團」的波斯可以及《自殺巡演》作者朱爾斯．瓊斯的採訪／攝影。

露露．基薩倫敬上

三號助理

傑士↓露露

快艇不可能「舒服」，除非妳喜歡暴力衝擊浪頭，我就是。真正的問題是：這些老紳士有辦法應付嗎？我的船很長，空間不成問題。

露露↓傑士

親愛的艾騰布羅先生：

我會事先警告這些老紳士，但是他們的痛苦應付正好凸顯您能輕鬆駕馭水域，有助您的海底術士角色的前期宣傳，如果您接下的話。

露露．基薩倫敬上

三號助理

傑士↓露露

你喜歡我演這個角色。為什麼？（五個字以內）

露露↓傑士

浪漫戲主角。

傑士↓露露

如果人魚皇后不年輕，是能有多浪漫？

露露↓傑士

視女主角而定。姬蒂·傑克森身材保持超好（得過獎的女騎師），而且我聽說她即將再振聲勢。

轉：傑士·艾騰布羅↓卡麥·杜桑提斯

詳見附信。三號助理提到姬蒂·傑克森那件事是什麼？

卡麥↓傑士

謠傳姬蒂·傑克森要拍二〇〇八年事件的紀錄片。詳見連結。

傑士↓卡麥

為什麼我跟姬蒂·傑克森合作《讓我目眩神搖》前不知道這個背景？

卡麥↓傑士

那事廣為人知。我以為你知道。

傑士·艾騰布羅↓露露·基薩倫

需要新經紀人。卡麥沒救了。幫我問問看，弄幾個人選給我。別讓一號與二號助理知道，他們跟他熟。

露露↓傑士

親愛的艾騰布羅先生：

對不起，是杜桑提斯先生雇用我的，要我密尋人選替換他，很奇怪。

露露・基薩倫敬上

三號助理

傑士・艾騰布羅↓卡麥・杜桑提斯

需要新三號助理，露露沒用。另，幫我接下《魚惡人》的海底洞穴術士角色，前提是女主角必須是姬蒂・傑克森。

10

艾列克斯↓班尼・薩拉查

親愛的班尼：

先說好消息：打磨波斯可的唱腔很順利。大量的溫牛奶（供應充足，這兒牛比人多）似乎能穩定他聲音的粗糙。我已經重新編排了十五首「導電樂團」經典曲以搭配他現在的音高。

壞消息：只靠波斯可一個人的唱腔，最多只是好（還稱不上很好）。

波斯可告訴我錄音時，傑士．艾騰布羅（就是那個演員）會來。聽說是超級粉絲。艾騰布羅早年曾參加音樂劇，唱腔強勁乾淨（請見下面的錄音連結）。如果我們邀請他跟波斯可合唱呢？

就算艾騰布羅同意，而且唱得不錯（存疑），要成為偉大的唱片還需要當年史考提．郝思曼「足跡演唱會」那樣的伴奏與情境脈絡。噢，正當你需要史考提跟露露，他們人呢？

艾列克斯上

另，他們兩人最近在幹啥？（認真問）

班尼．薩拉查→嘉絲琳．李

嗨，嘉絲

是這樣，我有個工作給史考提，事實是給你們兩人的。波斯可要來洛杉磯錄些不插電版的「導電樂團」經典，我在想史考提願意幫忙滑音吉他伴奏嗎？

XX班

嘉絲琳↓班尼

嗨班尼，他說當然好。我們都愛「導電」！當年我對波斯可**傾倒不已**（別跟史考提說）。

ＸＸ嘉絲

班尼↓嘉絲琳

屌！艾騰布羅（沒錯，就是**那個**）加入合唱可乎？

班尼・薩拉查↓嘉絲琳・李；艾列克斯・艾波邦

嘉絲，艾列克：

我讓你們聯繫錄音細節。嘉絲琳是我高中樂團成員，還有史考提，就是在地下樂圈小有名氣的「燃燒的假陽具」。最近一起唱卡拉ＯＫ讓我想起嘉絲琳的唱腔極美。艾列克斯是史考提「足跡演唱會」的無聲夥伴，史考提的國際盛名與敝人的事業重振，他都居功至偉。

所以，我們再度共聚密謀重振史考提與波斯可的名氣，當然還有我的。老實講，對我這些年過六十的人來說，現今世界似乎只存在於虛無之地，如無小孩（甚至孫子！）幫助，我們還找不到！這個年代，想要爭取自己的文化影響力唯有一途：就是玩耍戲弄懷舊。一事說在前頭：玩耍戲弄懷舊不是我們的最終野心。只是傳送門與糖果屋，如果我們願意，透過玩耍戲弄懷舊，可以吸引新一代的聽者，迷惑他們。

最終改變一切：難道這不是我們一直以來的目標？

Ok，長篇大論完畢。你們可以接手吧。

班

11

班尼．薩拉查↓史蒂芬妮．薩拉查

史蒂：

我正處於妳幾週前的情境，一模一樣：急著告訴妳今日發生的事，其中的轉折只有妳能體會。這是不是代表我們不該離婚呢？（開玩笑的！有我在，妳的網球生涯不會展開，而露芭對我極盡忍耐。）

我們決定在盧．克林的舊居錄音（現在屬於蜜蘿拉，她出差去了），因為那兒有私人海灘跟碼頭，可以讓我們從快艇之旅直接進入錄音行程。我原本不確定嘉絲琳願意回到盧的房子，會說「氣」不好，結果，她很雀躍能以倖存者的姿態回到那裡。所以她跟史考提中午就到了，露芭、我、艾列克斯先行抵達。艾列克斯是搞音響的，我們在「足跡演唱會」之後就陸續合作。我們開了一瓶野格利口酒向史考提致敬，就在盧的大餐桌舉杯。就是那個中央有蠟堆（還在，妳相信嗎？）上面掛著大吊燈的餐桌，上面還有蠟燭。史考提狀態很棒，換了新假牙，比原先那口鮮白色的好多了，有了嘉絲琳為伴，他快樂多了。他還沒開始彈奏新編排的滑音吉他部分，我就預感不錯，聽了後，簡直我的媽啊：聽起來竟比原先的編曲更棒、更現代，全面進化。那時我就知道這會是一張偉大的唱片，不管波斯可與艾騰布羅的唱腔如何。我們已經辦到了。

我那個青春期的女兒跟她的朋友也來了，穿著比基尼跳入盧的游泳池，顯然，傑士．艾騰布羅的名氣對十五歲孩子還是有吸引力（好跡象！）。最後，我們一起到陽臺眺望海洋，就在那兒，一艘黑色香菸型長快艇咻地衝進眼簾，是那種妳以為在邁阿密外海走私古柯鹼磚的船。速度超快，只看到模糊影子。但是露芭帶了那種拍攝飛行昆蟲的攝影機來，拍了快艇，然後分格成靜態照片，我們可以拉近看清每個人。那畫面超緊張：其中一張，波斯可被拋到半空，帶著孟克筆下的「吶喊」表情。另一張是朱爾斯靠在船邊嘔吐，接著消失。怎樣都找不到他！

傑士．艾騰布羅的笑容像狼，好像很享受把大家推到死亡邊緣甚至超過（朱爾斯死去哪兒了？）。他們消失於海面後，過一會兒又出現，這次換了更長的船，鸚鵡色鮮黃。露露跟艾騰布羅嚴肅交談，嚴肅到讓傑士分心放慢速度，我們終於能清楚看到所有人。朱爾斯回來了，臉色慘白。艾騰布羅把船舵交給露露，目無表情坐下。露露顯然知道如何駕駛快艇，轉了幾個彎，最後往盧的碼頭駛來。

我懷疑是否得揹波斯可跟朱爾斯下船，也擔心波斯可會不會尖叫到嗓門都啞了。但是波斯可、朱爾斯兩人自行下船，上氣不接下氣，都穿寬泳褲（朱爾斯上身是T恤，妳說得沒錯，他瘦身成功！），狂叫狂吼。這是怪老頭盛宴。攝影師與錄影師隨後下船。年輕女孩低語咯笑，有點被這些上年紀的雄性大咖嚇到，現在就等艾騰布羅了。

他最後下船，身旁是露露。我知道她三十好幾，也做了媽，但是周遭都是老頭，她彷彿回到二十一歲。傑士不斷回頭瞧她，注意她，擔心她受傷的臂膀，我的胃開始翻攪（他可是花名在外）。他牽著露露的手，協助她下船，有那麼一下子，他們的臉並排，然後我明白這是**一模一樣的臉**。酒渦，顴骨、下巴。史蒂，妳想想，她根本是他的翻版。

故事沒完，相信朱爾斯會告訴妳更多。就此停筆，讓妳好好消化。

愛，班

12

露露・基薩倫↓蒙德里安煩轉克里斯・薩拉查與莫莉・庫克

嗨兩位：

柯林追悼會後，我應該就沒見過你們（十年了，可能嗎？），但是我經常想到你們，尤其是我們騎車逃離鄉村俱樂部，最後在碼頭睡著的那天。那是我經常回顧的「人生小站」，或許是柯林的關係。還是不能相信他走了。

總之，此次聯絡是因為艾米斯・賀蘭德的建議，他最近給了我無價的「清洗」服務。說是小世界也好，大心靈、條條大路通羅馬也好。誰需要「集體意識」啊。

我現年三十五，失業，想讓世界變得更好（不是更壞）。我略知你們的工作，來自艾米斯・賀蘭德，來自情報網，來自空氣以太（克里斯，也來自你媽，她剛給我送來午餐）。如果可以，我很樂意替你們工作。

靜候佳音，露露上

露露・基薩倫↓喬瑟夫・基薩倫

喬瑟夫吾愛：

將軍的住處已成廢墟，他們還是讓我們隨意逛。

當年我跟老媽睡的房間，綠葉肥大的樹木竄入房間中央。

他們設了一個國定假日紀念姬蒂，拍攝她騎野駒奔騰於夕陽的影片。還要把她放在郵票上。

姬蒂跟我老爸打算合拍西部片。馬匹跟快艇意外合拍，超過你想像。

夜深時，我聆聽雨林的聲音，感覺回到了我的任務。

兩者景觀截然不同。

現在我明白我渴望置身的地方其實是我的想像力。

它一直跟著我，之前是，以後也是。它就在每本童書裡。

幫我親吻孩子一千遍，記得給幼苗澆水。
迫不及待下星期見到你。

---

29 xo是表情符號，代表擁抱親吻。
30 凱蒂的英文名字為Kitty，「積架巧克力」（Kit Kat）是阿希萊給她的綽號。
31 兼差的英文為moonlighting，所以露露才提到深夜，想一語雙關。
32 剛左（Gonzo）新聞又稱新新聞，以一種文學的虛構寫法來寫非虛構的報導。
33 原文為read and cover，就是看圖找出搭配的字，幼教階段的教材。
34 杜麗開了一家美食店，以起司聞名。

第四部

立

金牌恍悟

1

人們說這是早年的那種暴風雪，也是葛萊格里二十八年歲月裡經常聽到預告會來，但是始終沒形成的暴風雪（根據他老爸所言），總是散形成爲雨、半雪雨，結冰或者過早變成爛雪泥，導致葛萊格里的家族週日晚聚餐（他很少參加）變成他老爸的懷舊呢喃。他老爸年輕尙未出名前，經常步行紐約。他會說那時眞正的暴風雪是：輕柔、無聲，把熱烈的城市變成鬆軟的呢喃地景。

葛萊格里會哼：「你每次都這麼說，一字不變。」

他老爸則永遠訝異說：「有嗎？」

現在，葛萊格里躺在水床上，聽到室友在他們共用空間奔來跑去，處理最後一波如潮水湧進、人們想要藉此熬過大雪隔離的大麻外送單。丹尼斯大聲說：「猜猜誰在名單上，雅典娜。」

葛萊格里說：「不可能。」

「第三次了，她超迷古董玩意。」

丹尼斯販售經典傳統大麻：「洪堡特產」、「金牌恍悟」。那是早年大麻，還有葉子跟一堆種籽，氣味凶猛，誘發的嗨茫等同於「大麻界黑膠」：丹尼斯文學碩士專攻詩，充分利用，創造下列經銷詞彙如「螺紋狀」、「交叉線狀」、「響亮」、「豐滿」——換句話說，它們貨眞價實，絕非現今那些沒血、沒味、假冒是大麻的酊劑可比。

葛萊格里隔著敞開的門使力說：「我們的雅典娜近來如何？」過去幾個星期，無名疲倦讓他困臥於床，他跟丹尼斯早已熟稔隔著房間說話。

丹尼斯說：「沒變。富爭議。震懾。」他短暫踏進葛萊格里的房門口。

葛萊格里說：「毒藥。」

丹尼斯發出嗶嗶嗶說：「你這是文字腸衣哦。」

葛萊格里思索後說：「沒錯。毒藥已經不再有毒。」

丹尼斯說：「有毒不再有毒。」

葛萊格里同意，說：「有毒是『止痛』，健壯是『虛弱』。『痲痺』是無法採取行動。」

丹尼斯說：「『青貯塔[35]』跟『桶子』是空的。」

葛萊格里說：「那『空』呢。空是空嗎？」

丹尼斯說：「空就是空，空就是未能填滿。」

「但是『空』表現出足夠的空嗎？」

他們可以整天這樣一來一往。

葛萊格里與丹尼斯相識於雅典娜主持的研究班，是她讓他們認識：文字腸衣，句子腸衣。這是她拿來類比代理人程式的語言：掏空的。她會瞇著點點金光的眼珠掃描課桌，指示著迷的學生：「找出逃脫者。我要仍有生命，還有脈動的文字。熱呼呼的文字，各位！給我子彈，不要空殼——直接瞄準我的胸口。我願意為一點新鮮語言而死。」

她講的是文章，不是言談。但是葛萊格里跟同儕會企圖在工作坊裡尋找新鮮方式描述一篇有力的文章為「蜷曲，黑曜巖，霸權式」，平淡的文章則為「蠟白，陋室，咖啡渣」。雅典娜是《噴湧》一書的作者，那書收集了一系列情色文章，撩動她的學生（不分性別）在尚未見到她前即陷入欲求狂熱。她名聲在外，學生的作品如果打動她，她會以身相許。葛萊格里就是工作坊裡第一個被寵幸的；雅典娜先是盛讚他寫作中的小說，然後就在畫廊裡給他口交，身旁油畫帆布堆疊，外面敗德的新書派對仍在進行。那個模糊爛醉的經歷讓葛萊格里深信自己愛上雅典娜，但是他從上屆的學長朋友處得知這種「臨幸」只有一次。葛萊格里勇敢承受自己的「毫無例外」，希望保有尊嚴，在他之後的受恩者卻崩潰了，在課堂上公開對雅典娜示愛，然後逃回斯德哥爾摩的老家。事件傳到紐約大學當局耳中，雅典娜被靜悄悄解聘。但是她的新書論文集《藐視》爬上好幾個排行榜，葛萊格里聽說她在哥倫比亞大學找到教職。

丹尼斯出去送貨沒多久，雪便開始下，潮溼的團塊飄過葛萊格里的窗外，好像人們傾倒難吃食物。他想起老爸的評語，突然微微一顫，彷彿倚靠的牆壁突然消失——他的父親兩個月前死於漸凍人症。氣候變遷導致雪景不再的抱怨沒了；週日的家族晚餐沒了；他們在雀兒喜的家很快也要沒了，老媽已經宣布要賣掉。她說：「我不是開博物館的。」

過去一年，丹尼斯跟葛萊格里合租的公寓位於東村摩天大樓的十一樓。從他的水床，葛萊格里可以看到一小片天空，還有對街建築的八層樓落地窗。自從無名疲倦上身，他經常在半睡半醒間追蹤窗戶裡的各式人物生活。他看到某男子對著筆電打手槍，他的老婆/伴侶在隔壁房間給學步女兒餵飯（尻槍男）。還有「園藝女士」，她照料掛在窗前的十二個串連玻璃球，裡面各有一棵不同植物。還有「古柯鹼配偶」，一對中年女同志，深夜吸完一條條古柯鹼就開始瘋狂大掃除，直到隔壁那位屋內布置平淡、睡覺要枕著手槍的「社畜」敲牆叫她們停止。

現在他只看到「皮膚們」：一對跟葛萊格里差不多年紀的男女，經常罩著「曼荼羅」的頭戴，在白色皮沙發上一坐數小時，總是手牽手，這代表他們在使用「曼荼羅」新出品的「膚對膚」，讓人們透過肌膚接觸直接觸及對方的意識。宣傳語爲「孤獨終結」——現在你可以與他人同時分享痛苦、困惑、歡樂，而且無需言語。但是這兩位「皮膚們」經常同時大吼，葛萊格里懷疑他們是利用「膚對膚」，欣賞串流者使用自植象鼻蟲的即時意識轉播。大家都同意社群媒體已經死亡；自我再現的本質乃自戀、宣傳，或者兩者兼具，並且極端不原眞。

葛萊格里的老爸被讚譽爲（或者被譴責）催生這個新世界的人，雖然「曼荼羅」否定象鼻蟲（黑市販售的軍方二手貨），積極勸阻大家使用。葛萊格里則連最「底線」的上傳「曼荼羅立方體」都反對，後者已成爲大家的二十一歲儀式，上傳以預防未來可能的腦部受損。至於葛萊格里屬於一個分散的反對運動，其精神領袖是克里斯．薩拉查，美國西岸一個神祕角色，大約比葛萊格里大十歲。薩拉查的非營利組織「蒙德里安」在灣區的勒戒機構舉辦角色扮演遊戲，但是眾口皆傳（或譴責）他們串連了一個緩衝者與代理人程式的網絡，協助人們逃脫網路身分，有的甚至消失多年。人人都愛對抗戰，「曼荼羅」*vs.*「蒙德里安」被媒體設定爲「生存大戰」，使用的詞彙端視你屬於哪個陣營：**監視** *vs.* **自由**（蒙德里安）；**合作** *vs.* **流亡**（曼荼羅）。葛萊格里的大哥李察顯然是「曼荼羅」繼承者，曾說服他老爸在一年前對「蒙德里安」展開大型公關宣傳戰，提醒這個世界「擁有你的潛意識」誕生至今十九年創造了多少奇蹟：成千上萬犯罪事件破獲；兒童色情幾乎全面被剷除；阿茲海默症與老人癡呆症驟減，因爲可以重新灌入原先儲存的健康意識；瀕危的語言獲得保存且復甦；數不清的失蹤人口被尋獲；世人的同理心大增、純粹主義正統論大減——現在，人們知道這些以迂迴詭異方式縈繞意識的東西，自始至終就是吹毛求疵。

丹尼斯提早回來驚醒了葛萊格里的打盹。丹尼斯的自行車在雪地滑倒，摔入雪水堆，浸濕了送貨背包。大麻放在緊鎖的盒子裡，沒事，但是某些紅色棉絨袋（他的註冊商標）必須更換。丹尼斯驚惶失措，趕死趕活；他必須準時送完貨以便到晚上打工的素食廚房報到。週末，他還有第三份工，整理人們捐贈給公立圖書館的書。在他們拿到藝術碩士一年內，丹尼斯就形銷骨立幾近瘋狂，被學生貸款債務侵蝕殆盡。他只有餐館打烊後凌晨幾小時可以寫詩。葛萊格里有時聽見他暗夜裡在他們的共用區域踱步，偶爾打開手機照明寫個一句。

葛萊格里說：「我去送貨給雅典娜。」

丹尼斯再度現身門口，面露吃驚；葛萊格里已經兩個月沒出門。他問：「眞的？這可是救了我一命。」

葛萊格里想救朋友一命，促使他提出這個冒險建議卻是一股想見前任老師、突如其來的強烈欲望。理由與性無關。他根本筋疲力盡無力幻想，而且他聽到一個不安的流言，雅典娜曾是男人，這個他可沒告訴丹尼斯。想見她主要是那兩年研究所生活、寫作坊、文學課是他這一生最快樂的日子。他替搬家公司扛箱子，一星期讀兩本書，開始寫小說，雅典娜及某些人很喜歡他的作品。能夠在週六晚獨自在套房公寓的敞開窗前寫作就是「極喜」；一股膨脹欲裂的希冀飢渴有點類似性慾，卻將所有人包含其中，從窗外的歡宴酒醉者到大廳裡吵鬧的人。這是他的安身立命處，他不需要其他。

丹尼斯說：「她會大吃一驚，她曾問起你，我報告了你的近況，沒關係吧？」

「雅典娜問過？」

丹尼斯說：「寶貝啊，每個人都在問。」這當然是事實，雖然他從來不提，他老爸的身分還是傳開了。丹尼斯說：「她想知道你是否在寫作。」

「你怎麼說？」

他說：「我說不知道呀。你有嗎？」語氣可疑。

葛萊格里聽聞老爸的診斷後就停止寫作。初時只是被打斷，慢慢在八個月內固化成棄絕。他懷疑自己還會恢復寫作。儘管如此，他有時自命是對街窗內故事的全知敘述者：一本紐約毗鄰者祕密生活的小說，他取名為《鄰近》。

他說：「我在腦海創作。」

丹尼斯笑了，說：「你可別這樣呼攏雅典娜。」

葛萊格里從水床上拔起身，靠床搖晃，重新適應直立的狀態。進了浴室，他扶著水槽刷牙，以冷水潑臉。早上他用過「淋浴椅」洗澡，那是丹尼斯從醫療用品店買來的，幫他組裝，跟葛萊格里說：「你臭死了，寶貝。」鏡中，葛萊格里看來多少算正常：高個頭，運動員型（現在比較瘦削），種族身分不明，而且亟需理髮。根據他老爸的說法，葛萊格里有「親緣魅力」，這是時髦說法，意指依據情境脈絡與觀者的巧妙化學作用，他可以是希臘人、拉丁美洲人、義大利人、北美印第安人、猶太人、亞洲人、中東人，當然還有黑人與白人。他父親一直堅持那不是化學作用——那可以用瑪琳達・克林創造的演算法預估。瑪琳達是他老爸臨終前幾年經常提起的人類學家，頻率多到惱人。就連李察都厭煩了（葛萊格里看得出來，雖然李察沒明說）。好像瑪琳達是他老爸想要致敬的已故親人。瑪琳達的生平的確有一點非常吸引葛萊格里，與她的理論無關：她在十年前（二〇二〇年代中）逃脫還是新概念時成功脫逃。始終沒被找到。

葛萊格里的兜帽風雪衣在門旁掛勾上，毛線小圓帽還在口袋裡——父親病逝五天前，葛萊格里昏倒大街上時就是這個穿著。丹尼斯看他繫靴帶，問：「輕鬆嗎？」

葛萊格里說：「你從未站在我的角度感受過。」他們笑了——因為葛萊格里腦海裡晃蕩的意識是個謎，無法想像。

葛萊格里昏倒時在散步，逃離家裡的守夜。萎縮皺扁的老爸無力躺在他跟老媽的超大號床上，等同只剩一顆腦袋，貼滿感應器把意識上傳藍色「曼荼羅立方體」。其他人在這場危機裡都各有用處：他的兩個姊姊與哥哥，就連他老媽加州來的老友莎夏都忙著按摩泡茶，她的丈夫朱爾則忙著阻止醫師干擾。葛萊格里沒角色可扮演。每天他都假裝戮力，之後悲慘溜回幼時臥房，整理他的舊魔法卡。每天早上，想到返回雀兒喜老家繼續搬演啞劇字謎遊戲，他就恐懼日增。太多人愛他老爸。太多手足。太多房間。太多訪客。看不到盡頭的崇拜者隊伍：朋友、同事、老爸偏愛的記者、忠心耿耿者前來尋找智慧、洞見與安慰。沒有人願意看到他老爸離去。祈福者圍聚他們雀兒喜的家外，無畏凍雨冰雪；他們趕走黑粉（一旦守夜開始，這些人開始無聲了），舉起窗內可以看到的布條——「我們愛你，畢克斯。」「別離開我們，畢克斯。」數十個繪畫複雜的曼荼羅圖。

當時葛萊格里買了一瓶芒果汁，正在第七街一家酒窖外咕嚕嚕下喉，發現自己的視線中央跑出一個不斷搏動的白圈。接下來，他便躺在人行道上瞪視陌生人的憂慮臉孔。接著救護車送他到聖路加羅斯福醫院，診斷為低血壓，可能是吃太少。丹尼斯到醫院接他搭地鐵回公寓——葛萊格里的家人已經有太多事要操心。但是第二天，葛萊格里虛弱到無法穿越房間，從他的水床到雀兒喜連棟屋的家之間的距離被切分再切分，「斷無可能」的重量把他推回床。他告訴自己現不現身那個家沒差別——有他不多，沒他不少——但是他知道除非是身體麻痺了，沒理由不現身父親的臨終病榻。所以他麻痺了，頭兩星期只能尿在瓶子裡，丹尼斯在家時就照料他，他沒法參加葬禮。

葬禮過後，醫生來了：有抽血的，有詢問自殺念頭的（累到無法思索）。他的姊姊羅莎跟娜汀來了，一屁股沉沉坐到葛萊格里的水床，水波震盪差點把葛萊格里甩到她們身上。她們冒出長長的句子，濃縮爲「我們很擔心」，更多長長的句子，濃縮爲「你患了憂鬱症」。

葛萊格里說：「我只需要休息。」

哥哥李察忙著「曼荼羅」的生意，沒空來拜訪（翻譯：懲罰葛萊格里的缺席）。老媽來了，當然。葛萊格里是么子，遲遲沒斷奶，連葛萊格里都猶有吃奶的記憶。她緊盯他，探究的神情瓦解了她與水床的禮貌距離。他說：「媽，怎樣？」

「什麼怎樣？」

「妳一直瞪我。」

「我還能幹嘛？」

「我不知道，讀本書，看妳的手機。」

「我是來看你的。」

「看，不代表得一直看，或者照字面解釋。」

他老媽說：「我就是個照字面較眞的女士。好吧。那我看窗戶好啦。」葛萊格里閉上眼，任由自己飄浮，再度張開眼，發現老媽又在看他，她說：「你爸愛你，他也知道你愛他。我擔心你忘了這個。」

葛萊格里點頭。這番話雖出自善意，卻恐怖提醒一件人盡皆知但人人都不說的事：他跟老爸不親。對葛萊格里來說，他的世界只有書本與寫作才重要，科技、財富、名氣啥也不是。他很小就排斥它們。兄姊上私立學校然後常春藤名校，葛萊格里六年級時堅持轉學公立小學。他以中間名塞洛斯取代姓，一開始是父親的保安團隊的建議（減少綁架風險），後來是他自己喜歡。他當建築工，半工半讀六年完成皇后大學的學業。他知道這些選擇傷害了老爸的感情。「擁有你的潛意識」在二〇一六年上市，葛萊格里九歲，馬上跟老爸宣布他永遠不會用。（他聽到老媽跟老爸說：「一笑置之啦。他就是個小傲嬌鬼。」）但是老爸在乎他的感受，這些年來不斷提醒他：「你知道我愛讀書的吧？」甚至撈出一本皺巴巴的《尤利西斯》證明他對文學的認眞。但是什麼都無法改變葛萊格里的想法；「擁有你的潛意識」是小說的存在威脅。

並行不悖的是他的另一個信念——他跟老爸總有一天會親近。他甚至在腦海勾勒這個共聚交流的畫面：他們像同儕朋友一起笑談剛剛看的舞臺劇。但是突然間老爸病了——一種他已知情數個月，逐漸無法隱瞞保密，而且讓他邁向死亡的疾病。葛萊格里不去揣測老哥李察是否早已知情。在老爸顯微鏡放大的衰亡過程中，他們有過下列重要談話——你—知—道—我—愛—你。是的—我—也—愛—你。但這是形勢所逼、匆促的，當李察踏進房間，老爸如釋重負的表情顯而可見。葛萊格里耽誤了太久，浪擲了自己的機會，現在機會沒了。

2

他搭了三趟不同地鐵來到上西城，第二趟車，沒有空位，他得抓著把手東搖西擺沿途閉眼直到有了空位，眞是爛兆頭。到了一百一十街與百老匯交口，他踏入襯托水泥地景更加光禿無樹的厚厚積雪。丹尼斯給他的地址是一〇七街，往中央公園方向。當他走著，周邊與俯瞰他的堂皇老公寓顯得異常熟悉，他驚覺熟悉感不來自他的記憶，而是他父親的！老爸曾播放他的部分記憶給他們手足看，通常是表明觀點或者有教學目的，雖說近來葛萊格里慢慢覺得老爸可能只是想讓他們更了解他。其中一個回憶是他發想「擁有你的潛意識」那晚，教學主旨是啓發可能來自四面八方，千萬不能放棄。他們全家人躺在老爸老媽那張大床，各自一頂頭戴。葛萊格里十歲。他老爸先是播放他所謂的「反遠見」；一片空白，構想拒絕出現。好幾分鐘，螢幕一片空白，不見底。葛萊格里被迷住了。那眞的是「空」嗎？

然後「反遠見」畫面退去，變成上西城的街道，老爸正在尋找一個地址，靴底枯葉喀啦。

葛萊格里問：「你可以切回『反遠見』嗎？」

但是「反遠見」不是重點，他老爸快轉畫面到教授聚會，他跟蕾貝嘉的曖昧混沌對話，先是在地鐵，接著到東村，他們在黑暗中追逐奔跑。葛萊格里的姊姊們痛苦地扯掉頭戴。

「天啊！爹地！你還眞是個書呆！」

他們的老媽拿腳尖頂頂他們的老爸說：「我相信正確字眼是『挑逗』。雖然我很少領受。」

回憶來到得到啓發的前一刻，他老爸打開「思索與感受」的部分。葛萊格里感覺老爸努力回想一位溺斃男孩，以及找不到回憶的龐然挫敗。但是在挫敗中有一聲輕拍，顯示某種可能，幾乎輕如打嗝。他們透過老爸的眼睛看著黑暗河水拍擊，老爸說：「就是那裡，就是那個！你們能感覺到啓發出現的那剎那嗎？我是事後才知道的。」葛萊格里感覺到了——那種感覺像是掉落陷阱門，雖是不小心，但之後一切都不同了。

他問：「我可以再看一次『反遠見』嗎？」眾人唉叫。

另一晚，他老爸播放重回教授公寓的回憶。教學主旨是「坦白交代」與「表達謝意」，儘管很困難甚至充滿爭論。一位芙恩教授一直打斷他解釋先前為何變裝與會。她說：「你對我們說謊，現在我們爲什麼要相信你。」

葛萊格里的姊姊們在頭戴下大喊：「閉嘴。讓他說完。」

葛萊格里的老爸謝謝這個團體觸發了他的構想，這構想將主導他下一個階段的工作。主持人泰德．賀蘭德興奮說：「多棒啊！我們對你以及你的困境一無所知，竟然協助你移轉了典範！你當初沒講是對的，名氣會干擾。」後來他們發現賀蘭德是老媽好友莎夏的舅舅。

英國腔男子說：「感覺像聖經情節似的。我們收容了一個疲憊的旅人，結果他是我主耶穌。眞幸運！」

凱西亞說：「我們沒有收容他。我們都是陌生人，記得吧？」凱西亞是巴西動物研究教授，幾個月後，葛萊格里的老爸聘她領導「曼荼羅」的一個部門。

泰德的太太珀西雅說：「感覺我們幾乎像他的焦點團體，而不是同儕聚會而已。」

蕾貝嘉害羞地發言：「這整個經驗讓我決定了論文主題。因數位經驗而產生問題的原眞性。感謝各位。」

蕾貝嘉跟他老爸後來沒再碰面，她後來寫了好幾本書，語言腸衣一詞還是她發明的，出現在《你只是狗咬尾巴：在高度操作的社會渴求原眞性》。

泰德跟蕾貝嘉說：「那妳該訪問我的兒子艾佛德，他超級執著原眞性，在大庭廣眾尖叫只爲看群眾的反應。」

蕾貝嘉說：「哇！一定要。」

芙恩質問葛萊格里的老爸：「你想要什麼？」

泰德說：「他只是想參加講談會，與會一次後，他克服一個思想瓶頸，我會說他變得更強大了。」

就在那剎那，葛萊格里感受到老爸的狂喜：我找到了。我找到了。我找到了。他即將改變一切，但是再度，還沒人知道。

他說：「困擾我的是：我是否讓各位偏離軌道了。」

鏡框斷掉的那個男人說：「如果我們偏離了軌道，錯也在我們，我們應該是專業人士。」

英國腔那傢伙瞄了蕾貝嘉一眼說：「我們是教授耶！」

「我隨時可以走。你們希望今晚的討論我不在場嗎？」

長長的停頓。芙恩說：「幹嘛大家看我？」

泰德說：「請留下來。」

3

雅典娜穿一件深紫色日式長浴袍應門。葛萊格里的鬼魅現身只稍稍打亂她的酷態，好像玻璃器皿輕噹。她說：「他會走，他會動，他活著。」

「嗨，雅典娜。」

「他會說話。」

葛萊格里把紅袋遞給她說：「妳介意我坐一會兒嗎？」走路時，他開始覺得腦袋像氣球飄浮身體上方。

雅典娜轉身進屋，說：「請脫鞋。」

他把靴子脫在充斥洋蔥氣味的走道，啪啪走進雅典娜的公寓，房子小，天花板挑高，牆上掛了褪色抽象油畫，角落電暖器嘶響。她從一個小小的獨立式吧檯倒了兩杯威士忌。老式唱盤播放戴夫·布魯貝克（Dave Brubeck）的音樂。葛萊格里彎腰坐到鋪了襯墊的窗臺，幻想如回憶襲來：一群一九五〇年代的白人男子穿著高領衣晃蕩類似公寓，啜飲馬丁尼，熱烈討論文學。這個幻象讓他的意識一陣抖顫，好像看到另一個次元射進來的光。

雅典娜端來自己的威士忌跟菸灰缸坐到葛萊格里旁邊，浴袍開襟處大長腿裸露，小腿刺青了七矮人。她看起來沒變：染過的濃密黑髮、長睫毛、短瀏海。黑莓色口紅始終如一，令葛萊格里懷疑紋上去的。她只有一個名，顯然不是本名，看似橫空出世，沒有來源背景。有關她性別的謠言讓屬於她的「創世記」更顯威力逼人。

他問：「哥倫比亞大學如何？」

「很愛。我的學生都很天眞。」

他忍不住問：「意指寫作？」

雅典娜瞇起眼說：「是啊，寫作。我得簽行爲合約才能弄到教職。而且我現在單一配偶關係中。」

葛萊格里表示驚訝。

「他叫邦尼。六十二歲。我得保證不再上傳集體意識，他才答應跟我睡。」

「困難嗎？」

她說：「是啊。我的人生感覺像是快解體的吸管。但是此刻我喜歡。隱姓埋名。我想我跟集體說掰掰了。對不起啊，畢克斯。」眼睛往天看。

葛萊格里說：「哦，他會贊成的。他的立方體有特殊設計，誰想把它上傳集體意識就會自動刪除。」

「但這是他發明的啊！」

「是啊，但主要是用來輔助解決問題。我想他沒想過人們會選擇把自己的意識交給計數者，或者用象鼻蟲串流自己的感知。」

雅典娜深思：「年紀的關係。」

「他沒那麼老，才六十六歲。」

她說：「很遺憾你父親過世。我該一見面就說的。很難熬吧。嗯。同情腸衣包裹。不過我真心的。」

她抓住葛萊格里的手，刻意握了一會，研究他的手指、指關節與手掌，好像在算命。雅典娜的手熱呼膩滑，指甲修得很尖，洋紅色指甲油。每次那些指尖刷過葛萊格里，他就湧起一股感覺，和剛剛的馬丁尼、高領衣的幻象十足相似。那是渴望——被疲憊澆熄的渴望。他渴望，什麼都好。

雅典娜放開他的手，打開紅色棉絨袋：「抽吧？」這不是提問。

葛萊格里不喜歡嗨茫；過度奔放他的心靈，讓他抽離周邊人，有時甚至自己。但是他渴望再度感覺渴望，這股閃現蠢動贏了。

雅典娜長長吸了一大口，大麻發出潮溼柴薪的劈啪聲。葛萊格里說：「天啊。」搧掉眼前的火花。

雅典娜把大麻遞給他，啞聲說：「種子。『金牌恍悟』複製自一九六〇年代一群垮世代在加州栽培的品種。那片森林在二〇年代初整個焚毀了。太空旅行：我們這是造訪一個已經不存在的地方。」

葛萊格里深感好奇，拿起大麻抽一口，那氣味難聞到他的肺部備受刺激必須咳嗽排出，他驚呼：「妳花錢買這個？」抹掉眼淚。

雅典娜說：「它的味道的確生猛，但是你等著嗨茫降臨。它……輕飄。實在。像熟透的桃子。」

熟透的桃子給了葛萊格里一個畫面：雅典娜的洋紅爪子掐著桃子的皮，幾乎擠破它，汁兒噴濺，但是沒有。她又把大麻傳給他，葛萊格里的肺部勉強接受一小口。

雅典娜問：「你爸臨死前有記錄自己嗎？」

不是他期望的話題：「當然有。」

成千上萬人把自己的死亡過程上傳（最近呢，更流行串流），希望存活者能瞥見死後世界。但是所謂的成功案例都是造假的。

「……然後呢？」

他說：「什麼也沒有，光滅了。」

老爸死時，他在水床睡覺，這些是聽他老媽說的。但的確有「**身後**」之類的想像不到的後續風波。上個月他老爸的多年律師漢娜．庫克召集他們全家到曼哈頓中城區的辦公室開會，漢娜是那種泰山崩於面前不改色的人，他老爸敬稱爲「保險箱」。葛萊格里遠距參加。會議中，漢娜宣布畢克斯．布登指示捐贈大筆遺產給「蒙德里安」——克里斯多夫．薩拉查的非營利性組織。在葛萊格里手足的驚訝反對聲中，漢娜解釋他們的父親晚年罹患漸凍人症，但仍只有妻子麗姿知曉的階段，他執念跟人類學家瑪琳達・克林聯繫。但是瑪琳達十年前逃脫後就毫無音訊。後來畢克斯參加莎夏兒子霖肯的婚禮，霖肯是高階計數者，畢克斯請他協助尋找瑪琳達。霖肯追尋她的數位足跡到巴西，發現她前一年（二〇三四）就死了，享年八十四。接著他又循數位足跡找到瑪琳達的女兒菈娜・克林，瑪琳達死前她們一直很親。菈娜安排畢克斯跟克里斯多夫・薩拉查見面，就是他協助瑪琳達逃脫的，那時逃脫還是很新的概念。畢克斯死前跟薩拉查見過幾面，連麗姿也不知道。

葛萊格里的手足怒吼不相信，朝「保險箱」連珠炮提問（後者平靜保證除了剛剛所說的，其他的，她一無所知）：見了好幾次在哪裡？什麼時候？薩拉查有出入他們雀兒喜的家嗎？老爸跟那傢伙能有什麼共同利益？這是否代表畢克斯有利益衝突——與他們的利益衝突，與「曼荼羅」的利益衝突？這代表他後悔發明「擁有你的潛意識」？他唾棄「集體意識」嗎？他跟薩拉查談了什麼？薩拉查是不是洗腦了他，海撈一筆？李察通常是四個手足中最平和的，此刻滿臉是淚，大喊證據呢？

他們的老媽全程靜坐，突然站起身，正在看手機的葛萊格里嚇了一跳。她六十一歲，時髦，葛萊格里上高中後，她開始設計服飾。她說：「孩子們，你們忘了分寸。你們的老爸是有隱私的個人。他的行為，我們不欠你們解釋。」

李察大叫：「這故事狗屎。老爸絕對不可能跟薩拉查見面而不告訴我，絕對。不。可能。」

葛萊格里首度聽到李察講髒話。

他們的老媽說：「顯然可能。而且依據你們的反應，我不訝異他不說。」

葛萊格里慶幸不在現場。聽到「保險箱」的話，他也哭了，跟李察理由不同。深深傷痛他的是這個垂死男人企圖修補他不小心製造出來的世界，贖罪。葛萊格里從不認識這個男人，他想認識。

在「金牌恍悟」的溫暖懷抱下，葛萊格里想起這一切，感受到一股全新的深深悸動。夢幻似的寂靜籠罩房間，在寂靜的共振下，他體悟到一個事實：到頭來，他跟父親還是相似的。

雅典娜的發問讓他驚嚇：「你有在寫作嗎？」

葛萊格里承認：「不多，筋疲力盡。」聽起來比完全沒寫好一些。

她說：「或許沒寫才讓你筋疲力盡，或許你斲傷了創作泉源。」

逃避這個話題，葛萊格里說：「我思考了很多。」

雅典娜轉身看他淡淡說：「葛萊格里，他媽的，寫完那本書，已經媽的幾千年了。」

「妳是想惹怒我，還是純屬意外？」

她聳肩說：「我是你的寫作老師，不然哩？」

這問題有許多可能答案，沒一個聽起來友善。葛萊格里召喚回憶反抗：雅典娜在油畫堆旁給他口交，但是回首，她的嘲諷金色眼眸似乎也在提出相同刺激：寫完你的書！

現在她看看手機，起身說：「邦尼來了，你走吧。」

他在走道碰到一個銀髮威武男子，漂亮山羊鬍，正在擰手中法國長棍麵包的雪花。葛萊格里決定搭C線到城中，跌撞穿越大風雪到中央公園西歷史區。到了那裡踏進公園，大風神奇失蹤。寂靜中，葛萊格里注意到每一根樹枝與枝椏都細緻堆了雪。雪像蜜蜂蝟集古老風格街燈的暈黃燈光，堆疊樹幹，在他腳邊如碎鑽閃亮。他聽到低低的吵鬧聲，是兩個人在越野滑雪。公園浸浴在薰衣草色的月華下。那是他幼時的世界：城堡、森林、神燈、攀爬長滿懸鉤子牆壁的王子。那個世界。

他會跟老爸說！

辦不到。收回念頭的重大打擊讓龐然疲倦回來。他四下張望尋找長椅，卻只瞧見雪花飄飄，以及被落雪遮蔽成鬼魂與陰影的人。雪地上，有兩人擺成天使形。這倒是個想法，葛萊格里往後躺，落雪好似羽毛床接住他，又輕又乾，一點也不冷。

他發現自己瞪視灰白空無，頓失方向感：他是往上看還是往下看？唯有靠近口鼻處，這空無才展現真貌：點點旋轉的冰冷，刺痛他的眼珠，呼吸時擰緊他的喉頭。熟悉感油然而生。他曾這麼做過：躺在雪堆裡，瞪視空虛無底的天空。但是何時呢？顯然前世記憶。突然他頓悟，這是他老爸的「反遠見」：慘澹的空無景觀糾纏他折磨他，驅使他二十五年前變裝來到這個街區。「反遠見」從頭到尾都不是空——恰恰相反！它是厚厚的旋轉粒子。他老爸只是靠得不夠近。

葛萊格里著迷瞪視雪花像太空垃圾大批落下，像沒有隊形的群鳥亂飛，像宇宙在清空自己。他知道這個景象代表什麼洞見：過往與現今的人類生命包圍他也在他體內。他張開嘴巴、眼睛與雙手，將他們擁抱入懷，感覺體內領悟泉湧，那是將他自雪地超拔而起的狂喜。他想笑，他想叫。完成你的書！這是老爸給他的臨終禮物：一整個星河的人類生命向他的好奇心奔湧而來。遠看，他們混成一致的群體，但是他們在動，各自被不倦的力量驅動前進。無需借助機器，他感受到了集體。而這裡面的故事，各自殊異，永不耗竭，都是他將要訴說的。

35 青貯塔（silo），隔離空氣讓青草飼料得以保鮮的貯存塔。

中間兒（細節範疇）

這個小東西——男孩——並無神奇之處。十一歲，卡其色制服讓身體顯得瘦小，如果不是你的兒子或兄弟，不值一看，但是現在全部眼睛都在他身上，因爲他在本壘打擊，滿壘，他的父母與兩位兄弟在看臺，老媽揪著一團毛線，因爲看他打擊（或者企圖打擊，他從未打中過）很痛苦。凡看過小孩比賽與觀戰母親感受的電影或小說，都知道她的反應陳腔濫調——但是怎麼可能？——那感覺猛烈又具體：巴不得把孩子從場上拔走，以念力送往她能保護的地方；想要緊緊抱住他，像他剛出生滿溢奶香味時（或者他第一次笑，那是閃過臉面的小小閃電，她經常想起）；盼著他不會永遠在哥哥面前相形失色，後者自在行走人間彷彿有人列隊歡迎；在她被愛沖昏頭的眼裡，兒子獨一無二，她祈禱某人或某事能向眾人揭露此一事實；以他的獨一無二，世間如有正義公理，應當重新安排眼前場面，或者有一光束直射他的頭頂。

但是沒有光束，連太陽都沒有。晚春的陰霾暮色籠罩紐約上州郊區，連結了許多郊區，圍繞類似這個城鎮的許多城鎮。晚上，從飛機窗戶俯瞰，燈火看似黑色岩石裡的小抹金色光圈。而在美國三千個城鎮的數萬個郊區，四月開始，七到八百個男孩某一個時刻會同時站在本壘，各自模仿床頭海報裡英雄偶像的打姿，家長有的敲打牛鈴，有的口出惡言。要是賽局得失於你無關：譬如上場打擊的不是你兒子，你會覺得這種家長惡劣群像實屬平常。

他叫艾米斯．賀蘭德。「中間兒」，擠在神樣老哥與神經老弟間。人們忘記他的名字，忘記他的存在，忘記他跟他們一樣，能看能聽。他老媽爲此煩惱，編織他冬日裡拒穿的棕色V領毛衣（媽！誰還穿編織毛衣啊！）。她對中間兒子的愛與憂慮該怎麼轉化爲有形物體，某種可以幫他的東西呢？爲母的恐懼之一是同時目睹孩子的細緻與他在旁人眼中的無足輕重。世間有那麼多男孩。遠看，就連她也無法分辨，尤其是穿上制服。

一九九一年，許多事將發生尚未發生。二十年後，人們拿在手中的小螢幕尚未發明，它的前身巨大累贅，尚未進入日常生活。群眾中沒人看過行動電話，這讓眼下的這一刻有近乎停頓的本質。家長們聚集在昏暗日光下，沒有一張臉映照微亮藍光！他們都在這兒，同一個地方，專注力一起燒向本壘，艾米斯．賀蘭德站在那裡，看似比平常還瘦小，陰鬱事實輻聚壓頂：兩出局、滿壘、九局下、客隊領先三分。這比賽已經完蛋，但可能性依然存在，如果打者——亦即，艾米斯——敲出全壘打。儘管艾米斯是球隊裡最不可能完成此壯舉的（整季都沒打出安打），但是主隊每個成員與家長都陷入非理性狂熱信心——他可以。球季才打了三場，這些人已經把他打個大叉，現在卻吶喊他的名字，在冰冷的金屬看臺上猛跺腳，陷入集體的堅信狂吼。

一好球。沒揮棒。搞不好沒看見球進壘。

跟所有球隊一樣，這支主隊也有一則故事，對事不關己的人來說，聽了眞是陷入昏迷，但是對有關的人來說，這故事的瑣碎細節就是他們取之不竭的材料，可在啜飲啤酒間（多數是爸爸們）錯綜複雜地激烈討論；或者供媽媽們將掛在牆上、扭轉打結的蜷曲橡膠電話線拉到筆直全長，闔上門防止兒子無意間聽到時使用。不管是啤酒或者扭曲的電話線，這些談話都有相同的反覆主題：

1 他們的兒子上場時間不夠/或者守備位置不對。
2 教練給自己的兒子太多機會，超過他的能力。
3 除了他們這群人，其他家長實在過度投入球隊與在乎球隊表現。

兩好球。這次至少有揮棒。

艾米斯無視家長們的碎言碎語。他的內心時常湧現無以名之的不安，他擔心的是童年與未來之間的危險懸宕，是上面兄長與下面弟弟的擠壓讓他幾乎沒有喘息空間。人們的眼睛掃過艾米斯落在比他大兩歲的邁爾斯身上，他的優勢明顯到近乎可笑（運動較好、學業較好、長相較好），後者還眞的對艾米斯很好，因爲隨扈焉能撼動國王？要不，人們的眼睛會落在艾佛德身上，雖是小娃，卻已把「詭異不爽」變成一門藝術。有時艾米斯看著浴室鏡中的自己也會嚇一跳，那臉驚人空白，好像無物。他該存在嗎？如果他都覺得自己有如「無物」，他的價值又何在？這些想法有危險的質素，毫無價值感會讓人暈眩，就像你在廢棄的夏令營地用繩子鞦韆晃過湖面，從這個懸崖盪到對面。那個夏令營地已經關閉，據說是某男孩盪鞦韆墜崖死掉（事實哪有傳說有趣：報名的人越來越少，會計挪用公款）。但是答案自艾米斯的心靈深處浮起，前來救援：他是特殊的，而他的獨一無二是祕密。他在鏡子看到的空白是偽裝，掩飾他隱而不見的火山力量。但是質疑聲浪如此巨大，他的自我辯護必須龐然近乎泰坦神人才能壓下。「一級棒」這詞有多震耳欲聾，他就有多棒，絕非他即將在日常絮語裡聽到、模稜兩可的「正面可取」。他辦得到，無論那是什麼！當然，他不可能永遠辦得到，譬如擊球失敗肇因某些事阻礙了他的雷霆揮棒；風兒吹偏了；陽光射入眼中；手臂突然發癢——艾米斯打不中（永遠）是有理由的，揮棒不中是偏離了只有他知道的常態。

當球離開投手，緊接在那球後面的一切，他清晰察覺如慢動作：球兒前進；他的父母並肩站在看臺，卻總是保持距離；邁爾斯正在審視，準備將他的每個錯誤列單；隊友的妹妹（也是他的單戀對象）西西莉在一壘附近吹肥皂泡，泡泡飛向黃昏天際，僅僅浮現一抹的月亮映著背後搏動的天空，幾乎無法承受自身的重量；而奧農達加印地安人一度擁有這片森林，棒球場下的地底正深處是他們最後遺骸的蜷曲低鳴處。艾米斯揮棒，打中：一如預期（他自己的），狠狠把球尻了**出去**（老爸的聲音浮現腦海），此事蘊含驚人震撼——不是打中球，這個他早知道，而是揮中的感覺是全新感受：其中的暴力，舉臂尻出的使力之痛；還有聲音，爆裂如石頭迸開。球兒的白光短暫與月亮比肩（雖說艾米斯看不見，他正忙著跑壘），而後消失於林內，這是滿貫全壘打，送回三名跑者外加艾米斯，讓他們以五比四獲勝。艾米斯此時尚不知——只是死命地跑，教練總是耳提面命，別停步享受光景——所以艾米斯跑啊跑，不知道他隱約聽見的轟然噪音是人們的歡呼聲。

那一擊變成神話；成爲某些人腦海一生閃亮的地形景觀，與其他童話地景融爲一體。艾米斯的初中同儕討論它，邁爾斯向高中同伴吹噓它，他完全把勝利納爲己有（家庭即團隊呀！）；艾佛德悶悶不樂，找不到立足點反駁揮出那支全壘打的純粹性，我們會很想把那個時刻定調爲艾米斯的人生「轉捩點」，重要時刻的自我賦權（模板*3Miis*）之類的，那就如九歲艾佛德總愛說的「虛假」。那球的家喻戶曉效應只維持到球季結束，也就是四個星期，只要艾米斯站上去打擊，隊友就唱頌他的名字，但是無用。第二年春天換了新教練，他不曾看過艾米斯的全壘打；只看到眼前所見，不值一哂，把他裁掉了。那支全壘打是水貨，隨機的爆發，背後的力量只有艾米斯知曉。他揣著這個祕密進入高中，之後軍隊（家人激烈反對），新兵訓練營裡，他射中假人標靶心臟的次數遠超過同梯。你可以說艾米斯自小就是一把等著擊發的槍。

九一一事件幾天後，他滿二十一歲，已經是陸軍狙擊手，被特種部隊招攬，三十出頭時，他憂慮科技學霸才是主流，急著攢點錢，辦了退役投效「合約商」，從事「目標式狙擊」——某種軍方無法坦承的「方便行事戰術」。接近這些目標需要超人的耐力，獨立作戰或小隊，還要各種潛藏能力，譬如水肺潛水到岸、攀山、懸崖坐式垂降、快速從直升機爬繩而下墜入暗夜。他的行跡遍及沙漠森林與都市，睡在懸掛於海外任務運輸機中空腹部的吊床上。勝利只能暗自享受，危險隨即嗡嗡而至——世間沒有任何刺激比得上這種循環。通常艾米斯只有一槍，最多兩槍的機會，安全警衛的大鎚馬上落下。如果預先安排的逃脫路線失敗，就是落網。死亡。這份工作從頭到尾只有「死亡的可能」是他的影子夥伴。沒人可以永遠幸運。

他困惑其他人的生活不是這樣：譬如他的「任天堂」遊戲夥伴馬克．塔克現在已經是三寶爸，迎接艾米斯進入起居室得一腳踢開橡皮球。艾米斯無聊愛睏。坐在馬克家中被貓抓爛的沙發上，喝了一杯檸檬汁，想不出該跟這個週末擔任女童冰球隊教練的男人聊什麼。艾米斯沒有配偶，沒有持久的情愛關係，即便和最親近的母親也有堅實的距離。她也感覺到了。蘇珊離婚已久，現在是房地產經紀人，社交生活之一是換愛人（包括已婚的）。三個兒子小時拿她的軀體當樹，爬上來，黏兮兮的指頭伸進她的頭髮，對著她的耳朵低語，這和他們成人後的克制有著大鴻溝，深深糾纏她：你好嗎，甜心？你看起來有點累。我能做什麼？給你的老媽一個擁抱如何？如果她當年有一絲絲感覺未來的克制會刺痛她，她絕對不會——一次也不會！——說：「兒啊，放開我，一分鐘就好。」然後甩開他們。她會站著不動，讓他們把她生吞活剝，明白保留自己沒有意義。

閉上眼，艾米斯可以看到連串屍體的死前景象在眼前飛旋：淋浴時給鬆垮背部抹肥皂；小心剝掉芒果皮；給聒噪的麻雀餵麵包屑；費力調整百葉窗，往上拉的襯衫露出肚皮。這些景象，當時於他不過是目標的行動之一。但是他不知道，這些「人類畫面」會在他腦內累積。然後二〇二三年有一天，他躲在樹上好幾個小時，追蹤窗內微閃的目標，以爬蟲類的耐心等候目標走到屋外。那男人終於拿著一本詩集到外曬太陽，灰色小貓跳上膝頭。艾米斯遲疑了。他看到男人稀疏頭髮下的頭皮晶亮出汗，就在那一刻，他覺得無權取這人性命，這個體悟有如夜晚降臨：無可反駁。四十三歲這年，他終於明白自己的職業造就了什麼樣的他。

所以他回到長大的紐約上州城鎮，老媽正好把老家擺上市場，這是她跟艾米斯老爸離婚二十年以來的第三次。房屋開放參觀那天，艾米斯鬧著玩也去了，看屋的都是年輕夫婦帶了孩子，他們在艾米斯老爸曾經教書的學院擔任教授。混在陌生人中，艾米斯走過一個個童時房間，感覺回到童話奧茲王國或者阿里巴巴的洞穴：那是他們兄弟們以繩子掛籃傳遞消息的洗衣間流槽；那是散發汽油和胡桃皮味的車庫；他房間的衣櫃門上還保留他以小刀刻的X，儘管上過一層又一層油漆。除了他，還有誰該住在這裡？艾米斯當場決定買下他的回憶宮殿（畢竟他認識賣屋的經紀人），在自己的出發地展開新人生。

因此艾米斯搬回童年故居，結婚，生子——起居室到處是橡皮球，訪客得一腳踢開才能走到磨損的沙發，然後歲月飛逝，像老電影裡的日曆一頁頁被風掀開，他半夜驚叫醒來，老婆抹去他額頭的汗水。但是這個快樂結局底部虛假，字句空洞。你聽得出來嗎？現實是他沒老婆（儘管他的確在網路追蹤到童年單戀的西西莉，現在是定居土桑的四寶媽，完全認不出來）。現實是沒有小孩，只有他坐在老爸舊書房時幻想聽到的聲音：走道的吸鼻聲與嘆息讓他懷疑房子是否把發生過的一切保留在牆壁裡——如果這樣，那是三個好奇的男孩偷偷躲在門外，骯髒的手指抹過牆壁，聆聽，聆聽父親的心跳聲。人生到了某一個點，傳統生活的陷阱變得難以承受，艾米斯已經過了這個點。他的母親也知道。他老媽了解。他們會在她三十年前爲他準備午餐的廚房玩拼字遊戲與金羅美牌戲；在小書房一起觀賞海鸚與熊貓的自然影片，她織毛衣，而他眞的會穿。雖然蘇珊慨嘆他可以擁有的生活，卻也欣慰他回來了，互道晚安時會親吻他頭髮日漸稀疏的漂亮腦門。故事可以在這裡結束，在這個母親與中間兒的愛與遺憾交接點（模板P2liv）之處畫上句號。但是聽起來太容易——另一種底盤虛浮——因爲故事沒完。

二〇二七年，艾米斯返鄉四年後，決定把政府植入他腦內的象鼻蟲取出。他知道那裝置已經沒有作用——情報圈人都知道，監控要耗費太多資源，無需浪費在無關緊要的人身上。但是他還是想取出。小手術加上一晚的住院觀察，哇啦！喜悅！那種新生的喜悅感有心理學上的基礎，是切開再縫上之後的副產品。網路論壇充斥退伍士兵與間諜的證詞，提及取出無用象鼻蟲後的可喜可賀效應，包括憂鬱症與創傷後症候群不藥而癒。平民對象鼻蟲的恐懼蔓延，尤其是瘟疫之後，是標誌美國黑暗時代的集體精神失常之一。艾米斯花了好幾個月設計一個低頻顯像器。在表姊夫朱爾的協助下做了原始模型：一個可以緩解大眾偏執恐慌的機器，他們認爲自己不再是自己，夢境變得詭異，相信自己被人由內監視，或者被利用來監視身邊人；他們再也無法專心。伴隨艾米斯提供的一次次緩解（好幾次眞的偵測到了），他覺得朝赦免又邁進一步。

或許故事該在這裡結束——艾米斯獲得新生。艾米斯在工作場所遇上女友，艾米斯每年八月在老家歡宴兄弟及其家人，在後院烤肉嫩多汁的小乳豬。我們又何必追隨他在紐約上州養老院的老年生涯？他成爲三兄弟最後存活者。我們知道下列細節：奶油菠菜、圍棋錦標賽、一個叫阿娜莉絲的牙買加看護，儘管相差五十歲，卻是艾米斯的眞愛（當她握住艾米斯顫抖的手也是這麼說），某年春天，他窗外築巢的旅鶫生了四顆藍色的蛋，九十歲時，養老院在他們的公共休息區以閃亮紙板剪出了生—日—快—樂，貼在門上。感激天才畢克斯．布登，這一切我們觸手可及。

即便如此，仍有空白：那是分離主義逃脫者決心保守回憶，保留祕密留下的空白。只有葛萊格里的機器——亦即，小說——能夠讓我們以絕對的自由漫遊人類的集體意識。

但是全知是一種過度，跟一無所知一樣；少了故事，一切只是訊息。所以讓我們回到故事的一開始：艾米斯在堪比氣象學現象的歡聲中跑完壘包，踏進本壘的剎那，人們衝進場內，一大群興奮的家長、隊友、手足包圍他，要不是他們面帶狂醉，還眞是嚇人。隊友將他舉到半空，好像螞蟻合扛細棍，繞行全場再跑一次壘包，才把他放下來，之後把一整桶開特力淋到他頭上。

邁爾斯拿毛巾包住他沾滿萊姆味的腦袋，他喜歡贏而且家庭就是團隊，教練對興奮的球員與家屬們演說耐心與努力的重要性，還有相信自己，然後開心的父母擁抱告別，但是邁爾斯說還不能走，得先找到那顆球——拜託，那可是我們的獎杯耶！所以賀蘭德一家在眾人走後離下。無聲圍聚到棒球場最外圈，分散進入古老森林邊緣的呢喃松樹間。他們在逐漸黑暗的暮色下翻撥松針堆，直到他們的母親找到了——她是尋找失物專家（事實上，她找到了兩顆，分隔數呎，她匆匆把一顆塞到草堆裡，然後大叫：「找到了！」）

獎杯尋回，他們走向小旅行車，那是停車場僅剩的車子，踱過停車場照明燈下如星光閃耀的瀝青路。邁爾斯徵收了那顆球，拋高又接住。艾米斯走在父母中間，一手握住一個，邁爾斯與艾佛德跟在後面，一團幸福包圍他們，他們齊步邁入漆黑如水的夜色。

到了車子邊，艾米斯的老爸掀開他的棒球帽，親吻他汗濕的腦袋。

他問：「現在呢，巨棒？你想要什麼都可以。」

致謝

每寫一本書，我便越發仰賴那些協助完成作品的人——或許只是更加察覺自己多麼仰賴他們！

我永遠率先感謝David Herskovits，數十年來閱讀我的書稿，對話以及一切。

感謝我的兒子Manu Herskovits和Raoul Herskovits，將我的注意力吸引到對本書至爲重要的領域。

感謝我的經紀人與夥伴Amanda Urban，以及她在ＩＣＭ與Curtis Brown的團隊：Sophie Baker, Felicity Blunt, Daisy Meyrick, Charlie Tooke。

感謝我的主編Nan Graham，以及Scribner出版社的每個人：Dan Cuddy, Ashley Gilliam, Erich Hobbing, Roz Lippel, Jaya Miceli, Katherine Monaghan, Sabrina Pyun, Kara Watson, Brianna Yamashita。

感謝Alex Busansky, Ken Goldberg, Barbara Mundy, George Carlo博士提供法律、科技史、學術與軍事專業協助。

最後，感謝我的讀者。過去數十年，我一直仰賴各位的坦白回饋。此外也謝謝我的寫作團體，在此將此書獻給他們：Monica Adler, Genevieve Field, James Hannaham, David Herskovits, Don Lee, Gregory Pardlo, Gregory Sargeant, Ilena Silverman, Deborah Treisman, Kay Walker, Stephanie Weeks。

推薦跋

反抗者的逃生路線

寺尾哲也＊

《糖果屋》展演一場美國中產階級近未來群像劇，每章呈現一個角色的人生轉折點，他們在彼此的生命中交織，編出更爲立體複雜的人際圖像。在這樣的短篇連作小說裡，可以粗分爲兩種策略，一種是將角色之間的行動因果更爲緊密地銜接，像編麻花辮一般環環相扣，容我粗糙地挪用電子控制系統的術語，稱之爲「閉環」；另一種是鬆散地讓先前角色成爲新角色人生故事中的背景，在劇情因果關係上可有可無，稱之爲「開環」。本書採取的是折衷的路線，既有「開環」那樣不斷發散，宛若眞實世界般廣大無邊的地景、社群、商戰、歷史事件，也有「閉環」特有的人物間強烈因果關係。

而不論是開環還是閉環，因果鏈的啓動與反饋皆圍繞在「雲端記憶」這一項虛構科技。不管是心悅誠服於它的、試圖反抗逃脫的，似乎都被收編進同一套網羅。

「雲端記憶」並不是新穎的設定，許多小說已展演過雲端記憶對人類社會的可能影響。姜峯楠〈眞實的眞相、感覺的眞相〉描寫人們從文字紀錄時代轉入雲端記憶時代的衝擊，就如同從口語時代轉入文字紀錄時代——原先所有的曖昧空間都被殘酷地取消，人們美化自己記憶、縮小自己過錯、放大他人過錯的心理保護機制不再有效，因而被迫面對自己最不想面對的眞相。

然而，本書對雲端記憶的論述恰恰相反：藥物濫用者蘿曦在死前幾個月想要回顧高中時父親帶她出差去倫敦的過往。卻在觀看父親記憶時，發現「眞正知曉父親視角的記憶」是一件多麼恐怖的事情，因此即時喊停，反而上傳了自己版本的記憶——青春任性的自己遊走年輕搖滾樂團團員間，無限風光，未來敞亮又引人遐想。「雲端」原本的特徵之一是「同步」，事物存在一個唯一的共通版本，不作它想。但本作的「雲端」卻反而容許記憶的百家爭鳴。

蘿曦現在明白克里斯・薩拉查為何反對「擁有你的潛意識」，就算是最私密最有限的使用也不行。因為整個過程的邏輯就是將人往外推。她感覺它像股自然力量，一股暗流，將她的意識拉出自身，拖向廣大的世界。她多麼渴望這種聚合與被包攝的感覺！遠景在她眼前閃亮：此生她所想望的一切將實現：「留下我的印記。」

「留下自己的印記」的滋味過於美妙，誘使人們上傳自己版本的記憶到雲端。曼茶羅公司不採行〈眞〉所設想的大一統記憶，鼓勵歧異、多元、紛雜繁複，是爲了「計數」，也就是分析人類的行爲、情感模式，將其數據化，公式化，最終得以推導與預測所有人際關係。令人唏噓的是，多元導致了反多元，歧異帶來了反歧異。允許記憶的百家爭鳴，使越多人投身這個無限包容、海納百川的系統，系統就越快能夠實現最不歧異最不多元的結果：人的可預測化。

就如同激進追求「原眞性」的尖叫哥艾佛德，最終仍被他所鄙視的「學術狗屎」收編；反抗組織領袖克里斯熱愛龍與地下城（一套將人物特性數值化的遊戲，和曼荼羅追求的不謀而和）。系統的力量太強大，它甚至鼓勵你反抗它，因反抗的姿態最終也會被納爲它的養分。

至此，不願被系統收服的人似乎已無路可走，但本作仍隱隱指出了幾條逃生路線。

公民間諜露露在退役之後仍懷疑自己體內植有「象鼻蟲」，極力渴望「清洗」這些監控裝置。與此同時，她尋求與知名演員艾騰布羅——可能是她的生父——見上一面。過程之中捲入了大量的導電樂團及其親屬。相較於透過雲端記憶的因果鏈啓動與收束，這一場大團圓的劇情線完全有機，完全類比（analog）——作者特意採用電子郵件往返的敘事體，展現人們一個接一個串連起來的混沌而隨機的過程。彷彿在說，完全不靠雲端記憶，人們仍可以靠著最傳統的街頭巷尾式的口耳相傳，達成驚人的深刻聯繫。

對照前一組蘿曦與艾佛德的際遇，似乎暗指，追求「獨特」與「原眞性」的，最快被系統呑噬。反而是追求「連結」的，自然成就了獨特與原眞。

而這座數位時代「糖果屋」的始作俑者、《親緣魅力》作者瑪琳達，則是透過宛如格林童話原作主角漢賽爾以骨頭充當自己手指的方式逃生：她用代理人這個空殼取代眞實的自己，矇騙曼荼羅直至死亡。代理人展演人格，以虛與委蛇的話術敷衍世人，讓雲端系統即使蒐集到也是資訊垃圾。這讓我想起一則迷因：「從前人把網路視爲逃脫眞實世界的出口，現在人把眞實世界視爲逃脫網路的出口。」鋪天蓋地的「共享」是糖衣毒藥，迫使人們戴上面具，最終也可能毀滅曼荼羅本身。

最後一種逃生方式，則要透過雲端記憶創始人畢克斯之子葛萊格里這個角色的口中說出。葛萊格里不願上傳自己的記憶，嚮往反抗組織，其志向是小說創作。後設來看，本作在開環與閉環之間選擇的折衷路線，也與小說在完全發散的口語和完全收斂的雲端記憶之間的折衷位置相似。珍妮佛·伊根描寫葛萊格里：

> 葛萊格里著迷瞪視雪花像太空垃圾大批落下，像沒有隊形的群鳥亂飛，像宇宙在清空自己。他知道這個景象代表什麼洞見：過往與現今的人類生命包圍他也在他體內。他張開嘴巴、眼睛與雙手，將他們擁抱入懷，感覺體內領悟泉湧，那是將他自雪地超拔而起的狂喜。……一整個星河的人類生命向他的好奇心奔湧而來。遠看，他們混成一致的群體，但是他們在動，各自被不倦的力量驅動前進。毋須借助機器，他感受到了集體。而這裡面的故事，各自殊異，永不耗竭，都是他將要訴說的。

小說旨在建立連結。透過閱讀小說，我們得以與時間長河裡無限多的故事遭遇，被各種迴異於我們自身生命的光景浸潤，洗滌。儘管在今時今日，以上論調可能聽起來太過天真（畢竟葛萊格里三歲還沒斷奶），但我寧願相信作者想要這麼告訴我們：這些連結帶來逃生的可能。

＊本文作者曾任Google工程師八年，兩度入選九歌年度小說選，著有短篇小說集《子彈是餘生》。

人物關係圖

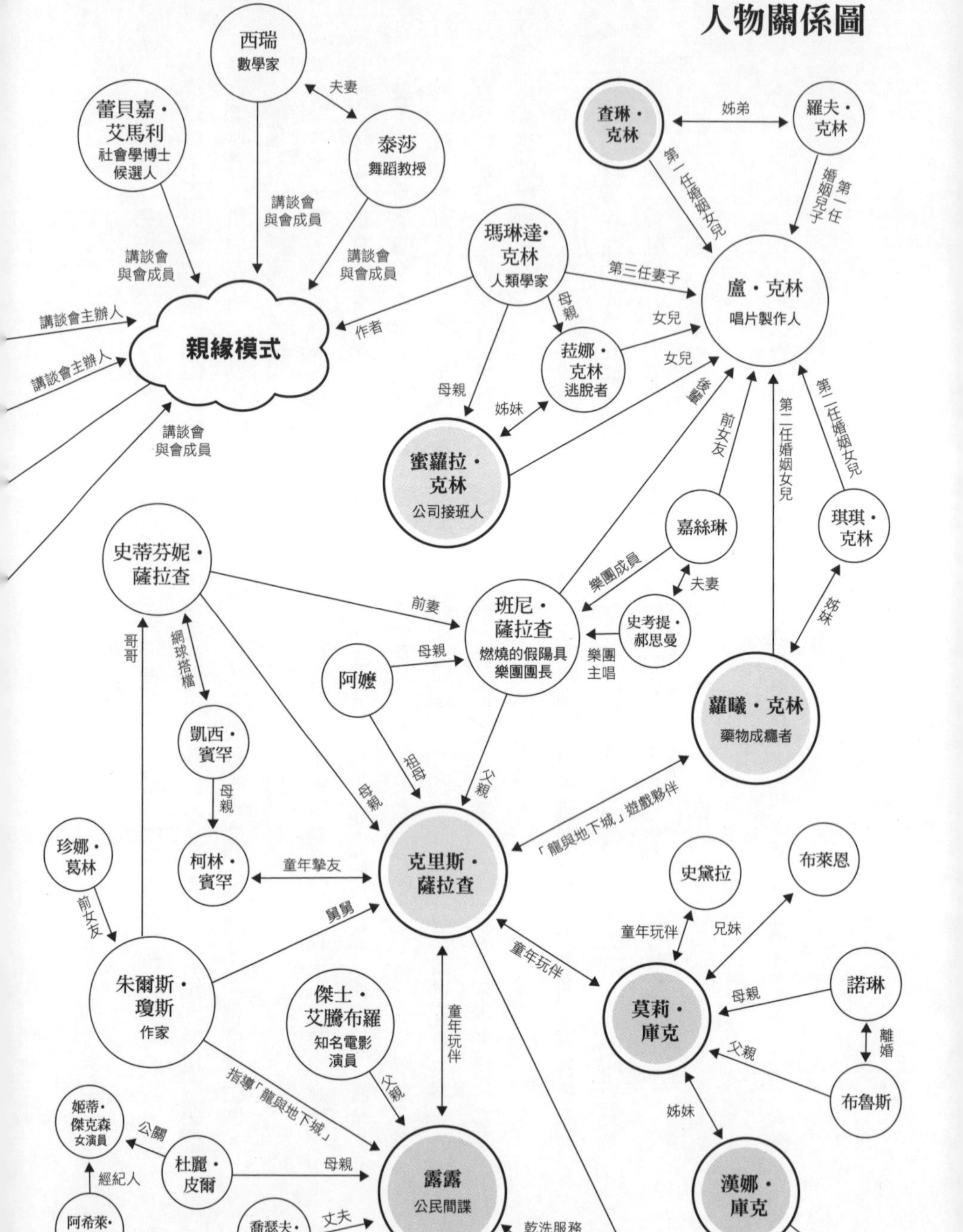

西瑞
數學家
夫妻
泰莎
舞蹈教授
蕾貝嘉・艾馬利
社會學博士候選人
講談會與會成員
講談會與會成員
講談會與會成員
親緣模式
講談會主辦人
講談會主辦人
講談會與會成員
瑪琳達・克林
人類學家
作者
查琳・克林
姊弟
羅夫・克林
第一任婚姻女兒
第一任婚姻兒子
第三任妻子
盧・克林
唱片製作人
母親
菈娜・克林
逃脫者
女兒
女兒
母親
姊妹
蜜蘿拉・克林
公司接班人
後輩
前女友
第二任婚姻女兒
第二任婚姻女兒
嘉絲琳
琪琪・克林
樂團成員
夫妻
史考提・郝思曼
樂團主唱
姊妹
史蒂芬妮・薩拉查
前妻
班尼・薩拉查
燃燒的假陽具樂團團長
母親
阿嬤
蘿曦・克林
藥物成癮者
哥哥
網球搭檔
凱西・賓罕
母親
祖母
父親
母親
「龍與地下城」遊戲夥伴
珍娜・葛林
柯林・賓罕
童年摯友
克里斯・薩拉查
史黛拉
布萊恩
前女友
舅舅
童年玩伴
童年玩伴
兄妹
朱爾斯・瓊斯
作家
傑士・艾騰布羅
知名電影演員
童年玩伴
諾琳
母親
莫莉・庫克
離婚
父親
布魯斯
指導「龍與地下城」
父親
姊妹
姬蒂・傑克森
女演員
公關
杜麗・皮爾
母親
露露
公民間諜
漢娜・庫克
經紀人
阿希萊・艾薇拉
喬瑟夫・基薩倫
丈夫
乾洗服務

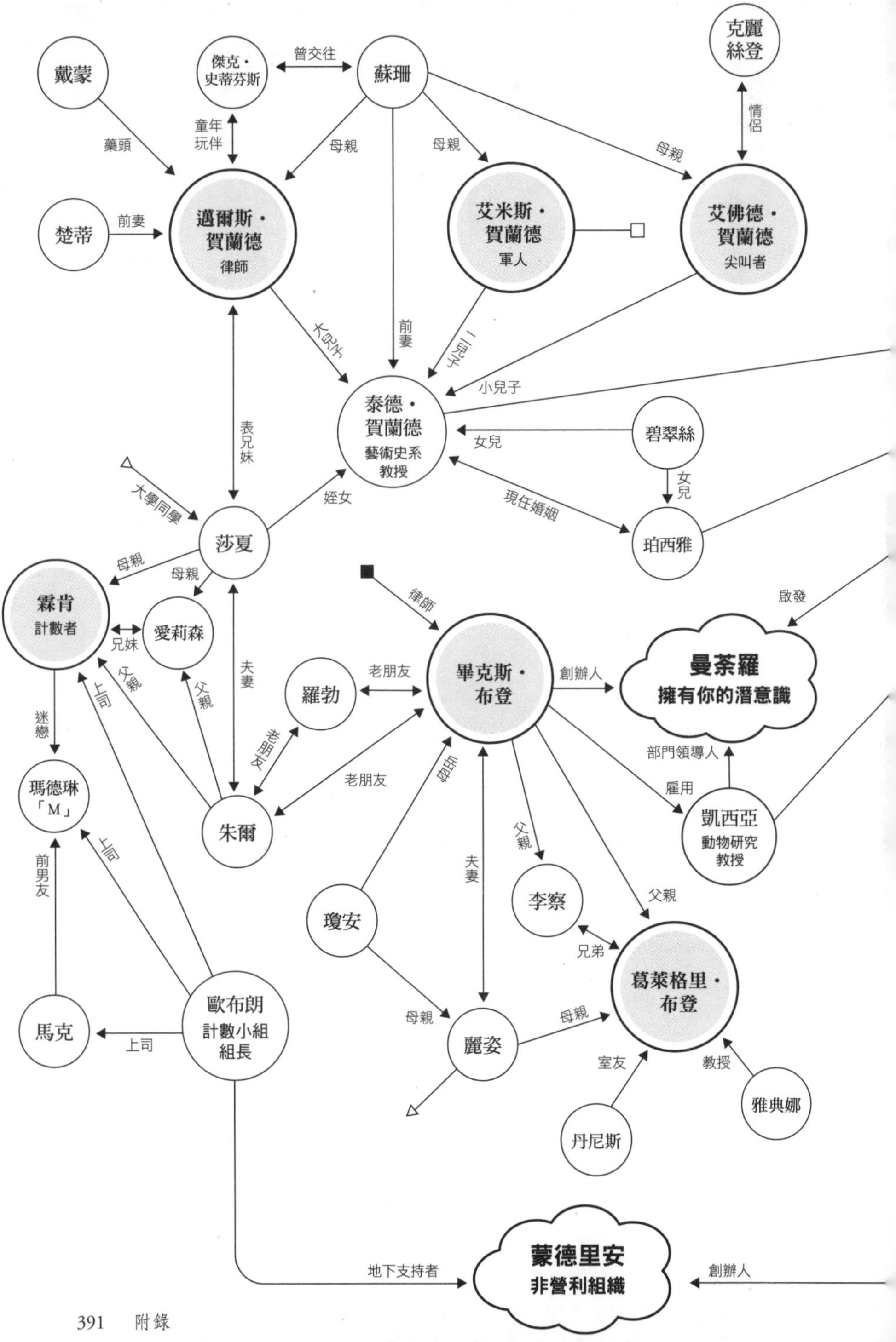
克麗絲登
情侶
戴蒙
藥頭
傑克·史蒂芬斯
曾交往
蘇珊
童年玩伴
母親
母親
母親
楚蒂
前妻
邁爾斯·賀蘭德
律師
艾米斯·賀蘭德
軍人
艾佛德·賀蘭德
尖叫者
大兒子
前妻
二兒子
小兒子
泰德·賀蘭德
藝術史系教授
表兄妹
碧翠絲
女兒
女兒
現任婚姻
珀西雅
大學同學
莎夏
姪女
母親
母親
霖肯
計數者
愛莉森
兄妹
律師
啟發
夫妻
老朋友
羅勃
畢克斯·布登
創辦人
曼荼羅
擁有你的潛意識
父親
父親
上司
迷戀
老朋友
老朋友
母親
部門領導人
雇用
瑪德琳「M」
上司
朱爾
父親
凱西亞
動物研究教授
夫妻
前男友
李察
父親
瓊安
兄弟
葛萊格里·布登
母親
母親
馬克
上司
歐布朗
計數小組組長
麗姿
室友
教授
雅典娜
丹尼斯
地下支持者
蒙德里安
非營利組織
創辦人

大師名作坊207

糖果屋

作　者—珍妮佛・伊根
譯　者—何穎怡
編　輯—張瑋庭
封面設計—Jamie Keenan
美術設計—賴佳韋
內頁排版—芯澤有限公司

總編輯—嘉世強
董事長—趙政岷
出版者—時報文化出版企業股份有限公司
108019臺北市和平西路三段二四〇號三樓
發行專線—（〇二）二三〇六六八四二
讀者服務專線—〇八〇〇二三一七〇五・（〇二）二三〇四七一〇三
讀者服務傳真—（〇二）二三〇四六八五八
郵撥—一九三四四七二四時報文化出版公司
信箱—（一〇八九九）臺北華江橋郵局第九九信箱

時報悅讀網—http://www.readingtimes.com.tw
電子郵件信箱—liter@readingtimes.com.tw
法律顧問—理律法律事務所　陳長文律師、李念祖律師
印　刷—勁達印刷有限公司
初版一刷—二〇二四年八月二日
新臺幣—五五〇元
（缺頁或破損的書，請寄回更換）

時報文化出版公司成立於一九七五年，
並於一九九九年股票上櫃公開發行，於二〇〇八年脫離中時集團非屬旺中，
以「尊重智慧與創意的文化事業」為信念。

糖果屋/珍妮佛・伊根(Jennifer Egan)著；何穎怡譯. – 初版. – 臺北市：時報文化, 2024.08
面；公分. –（大師名作坊:208）
譯自：The Candy House
ISBN 978-626-396-430-3

874.57　　113008138

ISBN 978-626-396-430-3
Printed in Taiwan